# A POUSADA
# intergaláctica

**ALIENS DE FÉRIAS**

# A POUSADA
# intergaláctica

## ALIENS DE FÉRIAS

Clete Barrett Smith

Tradução de
RODRIGO ABREU

1ª edição

— *Galera* —

RIO DE JANEIRO

2014

CIP-BRASIL. CATALOGAÇÃO NA PUBLICAÇÃO
SINDICATO NACIONAL DOS EDITORES DE LIVROS, RJ

S646a

Smith, Clete Barrett
  Aliens de férias / Clete Barrett Smith; tradução Rodrigo Abreu.
– 1ª ed. – Rio de Janeiro: Galera Record, 2014.
  (A pousada intergaláctica; 1)

  Tradução de: Aliens on vacation
  ISBN 978-85-01-08825-3

  1. Ficção americana. I. Abreu, Rodrigo. II. Título. III. Série.

14-15656

CDD: 813
CDU: 821.111(73)-3

Título original em inglês:
ALIENS ON VACATION

Copyright © 2011 by Clete Barrett Smith

Texto revisado segundo o novo Acordo Ortográfico da Língua Portuguesa.

Todos os direitos reservados. Proibida a reprodução, no todo ou em parte através de quaisquer meios.

Design de capa: Marília Bruno

Direitos exclusivos de publicação em língua portuguesa somente para o Brasil adquiridos pela
EDITORA RECORD LTDA.
Rua Argentina 171 – Rio de Janeiro, RJ – 20921-380 – Tel.: 2585-2000, que se reserva a propriedade literária desta tradução.

Impresso no Brasil

ISBN 978-85-01-08825-3

Seja um leitor preferencial Record.
Cadastre-se e receba informações sobre
nossos lançamentos e nossas promoções.

EDITORA AFILIADA

Atendimento e venda direta ao leitor
mdireto@record.com.br ou (21) 2585-2002.

*Para Myra,*
*sempre*

# 1

**Quando o táxi parou** em frente à casa da minha avó, eu quis me esconder debaixo do banco e me encolher de vergonha. Pisquei algumas vezes, mas a visão não ficou nem um pouco melhor. De todos os lugares em que meus pais já me largaram para passar o verão, aquele era o mais esquisito.

A placa na entrada dizia tudo: A POUSADA INTERGALÁCTICA. A casa vitoriana de três andares tinha pelo menos *potencial* para ser normal, com a cerca de estacas brancas e as cadeiras de balanço na varanda que cercava toda a construção, mas... não era. A casa era toda preta, com murais enormes de cometas, estrelas e planetas em todas as paredes, pintados com uma tinta que lembrava esmalte cintilante.

Fiquei imaginando se teria que apresentar um requerimento formal para me tornar a aberração da cidade ou se ser parente da minha avó já me garantiria automaticamente o título.

O motorista do táxi encheu as bochechas cobertas de barba rala com ar e soprou enquanto olhava para a entrada.

— Esse deve ser o lugar, garoto.

— Sim — respondi.

Ele esfregou a papada com as costas da mão.

— Sabe, uma vez eu vi um documentário sobre esses malucos que ficam obcecados por aqueles programas de TV antigos, tipo *Jornada nas estrelas*. Os "Trekkies". Tinha um sujeito, um dentista, que decorou o consultório como aquela nave... como é mesmo o nome?... Ah, sim, a *Enterprise*. Ele até fez as assistentes usarem aqueles uniformes espaciais malucos. — O motorista olhou para o monte de esculturas de naves espaciais prateadas espalhadas pelo gramado da minha avó. — Isso aqui é um desses lugares?

— Aham — respondi.

Ele ficou quieto por um instante. Então disse:

— Essas pessoas são um pouco esquisitas.

— Aham — repeti.

Balbuciando sozinho, o motorista abriu a porta da frente e andou até o porta-malas para tirar minha bagagem. Fiquei ali, no banco traseiro do táxi. Ainda não estava pronto para aceitar o fato de que teria que passar os próximos dois meses, três dias e quatorze horas da minha vida ali.

O lugar era no fim do mundo. Logo depois da cerca da casa da minha avó, o asfalto acabava e a rua virava uma estrada fina de lama e cascalho, que se contorcia morro acima até desaparecer na floresta. A mais ou menos um quilômetro e meio, tínhamos visto a placa de entrada da cidade, que dizia: BEM-VINDO A FOREST GROVE, WASHINGTON — SEU OÁSIS NA MATA SELVAGEM. Eles com certeza tinham acertado a parte da mata selvagem.

Minha mente trabalhava, freneticamente, criando fantasias de fuga. Eu poderia ficar amigo do motorista e viver no táxi enquanto ele carregava turistas para tudo que é lado durante o verão. Ou poderia dormir no porta-malas e comprar minhas refeições nas máquinas dos postos de gasolina. Aposto que ele até me deixaria dirigir de vez em quando, talvez à noite, nas estradas do interior onde não havia guardas por perto. Então poderíamos...

O devaneio morreu quando o motorista abriu minha porta, que fez um guincho de metal enferrujado.

— É isso aí, parceiro. Você pode ficar sentado aí o dia inteiro se quiser. Mas terei que começar a cobrar por hora.

Desejei que minhas pernas me empurrassem para fora do táxi, mas enfiei a mão no bolso da calça jeans para pegar o dinheiro. Depois de contar com cuidado um bolo grosso de notas de um e cinco, percebi que só com a corrida de táxi estava gastando quase metade do dinheiro que meus pais tinham me dado para o verão. Chequei o taxímetro outra vez, com medo de que talvez o motorista estivesse cobrando mais do que deveria, se aproveitando de uma criança viajando sozinha. Mas percebi que era besteira. Afinal de contas, foram mais de duas horas do aeroporto até aqui, e cada minuto da viagem me levava mais para dentro da mata selvagem. O estado inteiro não passava de árvores e montanhas. Provavelmente tiveram que derrubar muitas árvores naquela manhã, só pra abrir espaço para o meu avião pousar.

O motorista pegou meu dinheiro, olhou outra vez para a Pousada Intergaláctica e balançou a cabeça.

— Boa sorte, garoto, boa sorte mesmo — disse, antes de bater a porta e sair com o carro.

Olhei bem para a casa da minha avó e bufei. Já tive sorte demais desde o fim das aulas e o começo das férias de verão na semana passada. Só que foi apenas má sorte.

Achei que aquele seria o primeiro verão em que eu ficaria em casa. Mas minha mãe teve uma viagem de última hora para Jacksonville, onde apresentaria um de seus seminários de gerenciamento para chefões de grandes corporações. E meu pai teve que ajudar um dos sócios do escritório de advocacia a montar uma nova sede em Atlanta.

Eles poderiam ter oferecido um pouco mais de dinheiro para a empregada ficar na nossa casa em horário integral durante o verão. Eu já passo bastante tempo com ela mesmo. Ou, como já sou velho o suficiente, poderiam ter me deixado ficar na casa de algum amigo. Puxa, por uma chance de ficar mais perto de casa, eu teria aguentado outra temporada com a irmã da minha mãe e seus filhos irritantes em Lakeland (como no verão depois do quarto ano). Ou até mesmo outra sentença de dois meses confinado nas cabanas fedorentas do Acampamento do Aventureiro Feliz (como no verão depois do quinto ano).

Mas, em vez disso, eles me mandaram de Tampa, na Flórida, até o outro lado do país, para ficar com a mãe do meu pai. Nunca a visitamos antes, mas isso não era nada estranho. Meus pais só viajam se for a trabalho.

Caminhei na direção do portão da frente, chutando as pedras no caminho com um pouco mais de força que o necessário e olhando para a prisão bizarra em que eu passaria o verão. Como iria entrar para o time titular de basquete do sétimo ano agora? O Treinador marcou três treinos por semana, e torneios quase todo fim de semana durante as férias. Eu finalmente teria a chance de mostrar a ele que sou um armador melhor do que Tyler Sandusky. Todo mundo sabe que o Treinador escolhe os titulares durante o programa de férias. Os testes oficiais, no inverno, duram apenas dois dias e são uma piada.

E agora Tyler venceria a aposta que fizemos sobre qual de nós dois fará parte da equipe titular, e eu terei que dar toda a minha mesada para ele. Na verdade, terei sorte se fizer parte do time, mesmo como gárgula do banco de reservas, só sentado ali, assistindo, enquanto Tyler joga. O mais provável é que eu volte ao time interno, jogando com os outros rejeitados que não entraram para o oficial. Enquanto isso, Tyler vai viajar por todo o condado de Hillsborough com o time principal, competindo contra as outras escolas. Algumas das maiores equipes têm até animadoras de torcida.

Mas isso não faz muita diferença para minha mãe ou meu pai, já que eles costumam estar muito ocupados para ir aos jogos. Eles mal tiraram os olhos das malas enquanto eu argumentava para ficar em casa e jogar basquete durante o verão; quem sabe até começar a fazer um pouco de musculação. Eu duvidava que uma sala de musculação bem-equipada estivesse na lista de atrações de uma Pousada Intergaláctica.

— O sucesso é o produto de uma mente bem-treinada. O corpo é muito menos importante. — Foi o que minha mãe disse enquanto dobrava o quarto terninho azul-marinho com perfeição, para colocar na bagagem. — Trace objetivos e visualize passos graduais rumo ao sucesso a cada dia, até alcançar sua meta.

Bom conselho, mãe. Aquilo devia estar na linha 4 do parágrafo 3b da sua apostila do seminário de treinamento corporativo, e, mesmo assim, acho que o Treinador não leu esse material. A resposta do meu pai foi tão útil quanto a dela. Ele apenas limpou a garganta e disse que algumas coisas eram mais importantes do que esportes.

Então acho que é melhor eu esquecer as cestas e me juntar ao Clube de Ficção Científica e Fantasia. Não precisava de testes para entrar, bastava ter disposição para abandonar qualquer esperança de parecer normal e se adaptar à escola. Aqueles caras (e quero dizer *garotos*, já que nenhuma animadora de torcida seria encontrada morta, viva ou zumbi, em algum desses eventos) vestiam fantasias e corriam por aí com espadas de espuma e pistolas laser de plástico. Em público. Eles inclusive aprendiam línguas que não existem, como klingon ou élfico. (Já tenho trabalho suficiente com introdução ao espanhol.) É verdade, eles até parecem se divertir, mas... será que vale a pena bancar o nerd tanto assim?

Enquanto analisava a casa da minha avó, me dei conta de que ela devia abrigar pessoas como aquelas só que já adultas. Aquilo era um lugar para fugir da velha rotina do dia a dia e reviver os momentos de glória do Clube de Ficção Científica e Fantasia. Devia ser um grupo bem interessante para passar o verão.

Na verdade, era difícil dizer que era verão naquele lugar. Não devia estar fazendo mais do que 18 graus, a mesma temperatura no Natal na minha cidade. Não havia um pedaço de céu azul à vista, e a camada espessa de nuvens estava tão baixa que parecia se apoiar em todas aquelas árvores.

Um carro da polícia veio, descendo a rua, e o motorista me encarou enquanto passava. Um chapéu de aba larga fazia sombra no seu rosto redondo, o que escondia parte da testa franzida e do bigode cheio. Um palito de dente estava pendurado no canto da sua boca. O olhar do homem permaneceu fixo em mim à medida que ele seguia em frente.

Logo depois da casa da minha avó, o policial fez o contorno, e os pneus borrifaram lama das poças na estrada de terra, então voltou em direção à cidade. Aquela devia ser uma cidadezinha muito patética se a chegada de um único forasteiro era motivo para um agente de segurança pública fazer ronda.

Foi então que a porta da casa da minha avó se abriu. A pessoa que saiu deixou todo o cenário ainda mais bizarro.

Tinha pelo menos 2,15 metros, e era tão, mas tão magro que o terno surrado de segunda mão parecia que estava pendurado num cabide e caminhando sozinho. As mangas eram curtas demais, e os braços expostos eram cinza, como um peixe moribundo.

Ele observou a estrada, girando o pescoço. A pele esticada sobre o rosto fino era do mesmo tom de peixe morto que os braços. Então, em três passos largos, ele desceu os degraus da varanda e atravessou o caminho pavimentado até parar do lado da cerca oposto ao meu.

Ele curvou as costas, abaixando a cabeça até que seu nariz, que parecia uma cenoura cinza, encostasse na caixa do correio. Com fungadas curtas e úmidas, como as de um cachorro, ele farejou toda a caixa.

Ele se endireitou e olhou para mim. Então apertou os olhos e inclinou a cabeça, como se tentasse se lembrar de algo. Por fim, segurou a aba do velho chapéu fedora com as duas mãos, ergueu-o da cabeça e a balançou uma vez na minha direção.

Certo... Eu não sabia bem como responder àquilo, então só acenei, meio desajeitado.

Depois disso, ele enfiou o chapéu na cabeça cinza e careca, passou por cima da cerca e saiu pela calçada. Mais cinco passos com aquelas pernas de varapau, e ele já estava longe, indo na direção da cidade.

O quê? Eu sabia que um lugar como a Pousada Intergaláctica atrairia esses tipos estranhos, mas ainda assim...

Abri o portão e vi um pequeno bloco de anotações no chão. Será que o sujeito alto tinha deixado cair? Eu o peguei e folheei as primeiras páginas. Eram mais ou menos assim:

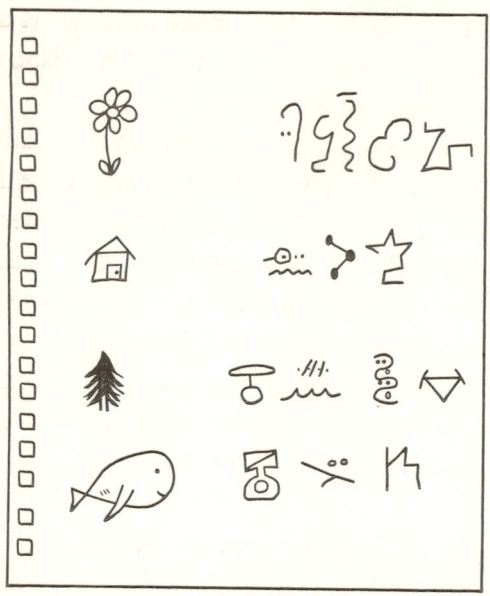

Sabia. O diário era parecido com algo que um daqueles garotos da ficção científica e fantasia escreveria. Me perguntei qual língua imaginária esse cara estava aprendendo.

Enfiei o diário na minha bolsa de mão e a puxei junto com a minha mala pelo caminho pavimentado.

*Clique! Clique!*

Parei, olhei ao redor. Não vi nada.

Passei a mala pesada pra outra mão e continuei andando.

*Clique!*

Ali! Perto de mim, nos arbustos, dava para ver uma câmera entre as folhas verdes.

— Ei! — gritei, soltando a mala.

Os galhos balançaram, e o fotógrafo misterioso saiu correndo dos arbustos, pulou a cerca lateral e sumiu floresta adentro. Consegui perceber que a pessoa tinha mais ou menos a minha altura, mas a única coisa que vi direito foi um boné de beisebol amarelo com um longo rabo de cavalo pendurado, balançando a cada passo.

Eu estava torcendo para ter gente da minha idade por ali... mas não se elas fossem se esconder nos arbustos e tirar fotos.

Então em que eu fui me meter? Um delegado desconfiado, um farejador de caixas de correio e um paparazzi do interior.

— Esse lugar tem um comitê de boas-vindas e tanto.

Suspirei. Será que falar sozinho indicava que eu estava enlouquecendo? Ou será que o parentesco com a dona daquele lugar já era o suficiente para os meus genes da esquisitice afetarem meu comportamento? De qualquer forma, aquilo não era um bom sinal.

Por fim, cheguei à varanda. O capacho estava decorado com estrelas que se agrupavam formando a frase TODOS QUE VIEREM EM PAZ SÃO BEM-VINDOS.

Havia uma aldrava antiga, feita de bronze e com formato de uma lua sorridente, no meio da porta. Eu a levantei e deixei bater na porta umas duas vezes. Um grito abafado veio de dentro da casa e soava meio como "Entre!".

Era isso, então. Eu tinha tentado de tudo para fugir: implorei, negociei, me escondi, rezei... mas nada tinha adiantado, e então eu estava ali. Respirei fundo, agarrei a maçaneta e me preparei para enfrentar aquilo.

# 2

**Quando eu era pequeno,** costumava ler histórias em quadrinhos de super-heróis. Mas um pessoal da minha sala achava aquilo imaturo, então passei a ler GRAPHIC NOVELS.

Só que ainda leio escondido algumas HQs de super-heróis, de vez em quando. Geralmente quando a Marvel publica as histórias de realidade alternativa, conhecidas como a série *O que aconteceria se...?* Por exemplo, *O que aconteceria se o Homem-Aranha se juntasse ao Quarteto Fantástico?* ou *O que aconteceria se o Wolverine fosse o Senhor dos Vampiros?*

Essas combinações geram tramas divertidas... mas, na vida real, o efeito era um pouco mais perturbador. Abri a porta da casa da minha avó, e parecia que alguém tinha tentado responder a pergunta *O que aconteceria se 1967 se encontrasse com 2167?*

Eu já esperava a decoração da era espacial, é claro. Pôsteres de *Guerra nas estrelas* nas paredes, móbiles de planetas e constelações pendurados no teto, esse tipo de coisa.

Mas aquilo tudo parecia ainda mais estranho por estar misturado com a era hippie. A porta da frente se abria para uma sala de espera onde o espaço sideral se unia a uma decoração psicodélica. Havia lâmpadas de lava, candelabros de garrafas de vinho redondas revestidas de vime e fios de contas multicoloridas pendurados em móveis de madeira de demolição. Fumaça de incenso aromático vagava sobre um vitral com todos os planetas do sistema solar. Só que, naquela versão, o sol era um gigantesco símbolo da paz.

Todo o universo ainda celebrava o Verão do Amor, na casa da minha avó.

Eu não conseguia acreditar que meu pai, o advogado corporativo, tinha crescido aqui. Mas era cada vez mais fácil entender por que ele nunca voltava.

Até que vi minha avó. Meu pai tinha enviado por e-mail algumas fotos minhas para ela. Mas acho que ela não compreendia bem o misterioso mecanismo de um computador, então raramente recebíamos muitas fotos de volta. Só que eu já tinha visto algumas, que ela enviou pelo correio convencional, então a reconheci.

E, ao vivo, percebi a mesma coisa que tinha notado nas fotografias: ela não parecia velha o suficiente para ser a avó de alguém. Seu cabelo não estava preso num coque grisalho no topo da cabeça ou algo parecido: era louro e muito comprido. Estava repartido no meio e emoldurava seu rosto, descendo em ondas até a cintura. E ela não tinha muitas rugas. Talvez toda aquela coisa de paz e amor tivesse feito bem a ela.

Pela forma como se vestia, ficava óbvio que ela era a responsável pela decoração do lugar. Estava usando algo que parecia uma túnica frouxa cor de terra que ia até os joelhos, com uma estampa de cores em redemoinho, como uma daquelas obras de arte abstrata que parecem ter sido pintadas por uma criança. Além disso, usava meias de lã e sandálias feitas com um material que parecia cortiça, e estava coberta por dúzias de colares e pulseiras de bambu. Meu pai deve ter adquirido seu gosto por ternos de três peças depois de ir para a faculdade de direito.

Minha avó me viu junto à porta e caminhou suavemente até onde eu estava. Seus óculos tinham lentes cor-de-rosa enormes, que faziam seus olhos parecerem bem grandes.

— Bem-vindo de volta, jovem viajante — começou ela. Tinha a voz delicada e fazia uma pausa entre cada palavra.
— Acho que não me lembro da sua GRAVATA. Isso aqui tem andado tão frenético, nos últimos dias.

Minha *gravata*? Tínhamos mesmo que começar assim? Essas eram para ser minhas férias de verão.

— Bem, acabei de terminar o sexto ano e estou de fé...

Antes que eu pudesse terminar, ela colocou as mãos macias em meu rosto. Não foi como o típico parente distante que aperta as bochechas das crianças no jantar de Ação de Graças. Foi mais como se minha avó as estivesse... sei lá, *inspecionando*. Então ela analisou meu rosto com muito cuidado. Estranho. Mas talvez estivesse procurando algum traço comum da família. Torcia para que ela não encontrasse.

Minha avó me soltou e balançou a cabeça.

— Não, receio que não me lembre mesmo da sua GRAVATA. Mas você está fantástico. Muito natural.

— Hmmm... obrigado? — respondi.

Acho que ela queria dizer que eu parecia saudável. Meu pai disse que ela gostava de comida orgânica e coisas do tipo. O que mais eu poderia esperar num lugar como esse?

Minha avó olhou para algo atrás de mim, do lado de fora da porta, na rua.

— Estou procurando outro hóspede. Será que você o viu? Ele é muito alto. — Ela esticou o braço o máximo que conseguiu, para cima da cabeça. — E parece meio... bem, cinza, pode-se dizer. — Ela franziu a testa de leve. — Espere. Não é bem cinza. Isso soa um pouco estranho, não é mesmo? Acho que não deveria falar em voz alta. Quis dizer "cinzento". É isso, sua pele é bastante cinzenta.

— Com nariz comprido? — perguntei. — Terno escuro?

Os olhos dela brilharam por trás dos óculos cor-de-rosa.

— É, exatamente. Você o viu, então? Ah, fico contente.

Ela continuou olhando para mim, totalmente imóvel, como se achasse que eu fosse tirar o sujeito do bolso.

— Ele acabou de sair — contei.

— Ah, eu espero que ele não esteja assustado. — Foi a resposta. — É uma criatura tão doce. — Ela empurrou as pulseiras de bambu no antebraço para ver o relógio. — Acho que deveria mesmo sair para procurá-lo, mas há tanto pra fazer por aqui.

Ela parecia falar sozinha, então não respondi.

De repente senti um cheiro amargo.

— Tem alguma coisa queimando? — perguntei.

— O Céu e a Terra! — gritou, disparando pelo corredor. A túnica tremulava às suas costas.

Minha avó empurrou a porta de vaivém que dava para a cozinha. Ouviu-se um tinido de frigideiras e panelas e, em seguida, o som de água gelada batendo no metal quente, aquele conhecido *psssshhh*.

Ela enfim reapareceu na porta da cozinha, secando as mãos num pano de prato e balançando a cabeça.

— Temo que tenha sido perda total. Meu famoso recheio de tofu e abóbora com arroz integral e cogumelos selvagens já era. — Ela suspirou. — Isso está ficando um pouco demais para uma única mulher. — Ela esticou os dois braços, indicando a pousada. — Ainda mais quando essa única mulher fica um pouco mais velha a cada ano que passa. — Inclinou a cabeça e olhou para mim. — Mas, por favor, perdoe meus modos. Posso ajudá-lo? Imagino que esteja visitando a cidade com seus pais. Eles voltam logo?

— Não. Não, sou eu. Toquinho, quero dizer... David.

Eu não tinha certeza de qual nome meu pai tinha dito pra ela. Toquinho é bem constrangedor, é claro, mas eu não conseguia lembrar a última vez que alguém me chamou de David.

Ela continuou olhando para mim.

— Você sabe... seu neto — falei.

Caramba, minha avó era ainda mais aérea do que a decoração da casa.

Ela arregalou os olhos outra vez.

— Mas você só chega na terça-feira.

— Bem... tenho quase certeza de que hoje *é* terça-feira.

Pelo que parecia, não tinha calendários da Terra no Planeta Hippie New Age.

Minha avó estava com o olhar confuso e distante. Então contou nos dedos e balbuciou algo que não se parecia muito com o nosso idioma. Enfim, saiu do transe.

— Como gira rápido a roda do cosmos. Já é terça-feira. — Ela sacudiu a cabeça, e aqueles cabelos longos balançaram para a frente e para trás. — Tenho andado tão ocupada que os últimos dias passaram correndo sem nem parar para dar um alô direito.

Ela olhou para mim e sorriu mais uma vez.

— Ah, mas é você mesmo, não é? Que maravilhoso. — Ela me envolveu com os dois braços num abraço de urso. Foi um abraço bem forte para alguém com braços tão magros. Eu só fiquei parado ali. Não somos chegados a abraços de urso na minha casa. Não somos chegados nem mesmo a abraços de humanos. — Por favor, me desculpe. Eu disse que isso tudo era demais para uma única mulher.

Minha avó parou com os abraços e se afastou, segurando meu rosto. Dessa vez pareceu mais normal.

— Mas chega dos meus problemas: vamos dar uma bela olhada em você. — Ela me analisou com cuidado através das lentes cor-de-rosa. — Um rapaz bonito é o que você é, com toda a certeza. E está começando a ficar parecido com seu pai. Não acredito que não notei antes.

Ela olhava para mim como se tentasse memorizar meu rosto. Era uma sensação diferente, ser observado com tanta atenção. Em casa, todos estavam tão ocupados com seus próprios problemas que eu me sentia um pouco invisível às vezes. O que por mim estava ótimo.

Minha avó estava sorrindo de verdade naquele momento, com todos os dentes à mostra e os olhos apertados.

— É claro, a última vez que o vi foi no seu aniversário de 1 ano, então acho que é uma coisa boa você ter crescido tanto. — Ela riu com a piadinha. — E seu nome era David, naquela época. Mas agora você se chama... Toquinho? Esse é um apelido interessante. Como o conseguiu?

No segundo ano. Durante os ensaios da turma para apresentar *Robin Hood*. Todas as crianças que não queriam papéis com fala, como eu, interpretaram árvores. Só que eu era bem baixinho no fundamental, e minha mãe fez a fantasia pequena demais. Então fiquei com metade da altura das outras árvores. Na noite de estreia, o irmão mais velho de Tyler Sandusky estava na primeira fila. Quando entrei no palco, ele falou, com a voz alta o bastante para todos nas cinco primeiras fileiras escutarem: "Era para você ser uma árvore da Floresta de Sherwood, não um Toquinho!" Todos os amigos idiotas dele riram. Tyler estava lá e também riu. Bom, de qualquer forma, o nome acabou pegando. O que também pegou foi minha determinação de nunca mais ficar vulnerável a esse tipo de vergonha outra vez.

— Ah, não é um apelido. É só... você sabe, como todos me chamam.

— Bem, eu gosto — disse minha avó. — E sou uma mulher que compreende a necessidade de escolher um título para si mesmo. Quando fui para a faculdade, contei a todos que meu nome era Raio de Sol. Ninguém me chama de Vernus Mae desde então, e agradeço ao Criador por isso. — Ela finalmente soltou meu rosto. — Devo chamá-lo de Toquinho?

Dei de ombros.

— Acho que sim.

Pelo menos eu já estava acostumado.

— Você pode me chamar apenas de Vovó se não se importar. Acho que eu ficaria feliz com isso.

— Certo.

— Agora, depois do seu longo dia de viagem, imagino que queira algo quente para comer antes de eu começar a fazer mais perguntas. Posso fritar uns cubos de glúten com molho shoyu, e acho que sobrou um pouco de salada de espinafre, um presente fresco do solo da Mãe Terra. Tenho uma horta no quintal.

Eca. Não é bem o tipo de coisa a que estou acostumado. Na minha casa, um entregador deixa um monte de pratos "gourmet" congelados na primeira sexta-feira de cada mês. O freezer horizontal da garagem está lotado. Minha mãe ainda deixa um bilhete com as instruções para usar o micro-ondas todo dia de manhã e à noite, apesar de eu esquentar minha própria comida desde o segundo ano.

Vovó deve ter notado minha expressão.

— Ou que tal um pouco de cuscuz orgânico com fatias de pepino?

Ai, caramba. Espero que essa cidade seja pelo menos grande suficiente para ter um McDonald's.

— Hmm, obrigado, mas eu só preciso usar o banheiro, se não for incômodo.

— Claro. Deixe-me mostrar onde... — Vovó foi interrompida por diversos barulhos. Primeiro uma porta bateu no andar de cima. Então uma chaleira apitou, o telefone tocou e depois... Sei lá, um som de algo sendo esmagado vindo de uma das janelas. Minha avó tentou olhar nas quatro direções ao mesmo tempo. — Oh, formidáveis galáxias, não se tem mais um momento de tranquilidade hoje em dia. Sinto muito...

— Tudo bem, tenho certeza de que consigo encontrá-lo.

Vovó sorriu para mim.

— Um belo rapaz e muito educado, Toquinho, dá para notar. Será muito bom tê-lo aqui esse verão. — Ela abriu um armário e pegou uma das várias chaves penduradas em ganchos. — Aqui está. Quarto 2C, no andar de cima. Arrume suas coisas e sinta-se em casa. Também tem um banheiro lá em cima. — O telefone tocou outra vez, e o apito da chaleira se transformou num chiado. Algo bateu no andar de cima. Minha avó se afastou, falando por sobre o ombro. — Me desculpe por sair correndo. Assim que der vou lá em cima ver você.

Então ela sumiu, passando pela porta vaivém e entrando na cozinha. Peguei minha mala e a carreguei pela escada de madeira de lei.

Os corredores eram longos e estreitos, com tetos altos. A decoração espacial continuava ali, a porta de cada quarto era emoldurada com painéis de plástico cinza cobertos de todo tipo de botões e interruptores que pareciam de mentira, como se fossem portais de uma nave espacial ou algo do tipo. Sobre cada uma das portas, havia uma placa temática: BEM-VINDOS À VIA LÁCTEA! Ou VÁ DIRETO PARA O CINTURÃO DE ASTEROIDES!

Deixei minha mala em frente ao quarto 2C (O EXPRESSO DE ANDRÔMEDA!), e comecei a procurar o banheiro. Parei na primeira porta sem numeração. Bati de leve e perguntei "Olá?" antes de abrir uma fresta.

Uau. Tinha um negócio que parecia um mictório de banheiro público masculino... mas estava montado no *teto*. A pia era bem baixa, quase no chão. A banheira vitoriana estava inclinada num ângulo de quarenta e cinco graus, cheia do que parecia ser uma espuma de barbear cor-de-rosa extremamente cremosa.

E a bagunça. Uma gosma roxa pingava do mictório do teto em longos fios pegajosos, e uma poça cor de abóbora com pontinhos azuis brilhantes se formava debaixo da pia.

Eu precisava muito ir ao banheiro, havia mais de uma hora, mas nem sabia por onde começar. Talvez tivessem levado o tema espacial um pouco longe demais.

Minha avó apareceu atrás de mim.

— Ah, sinto muito, Toquinho, esse quarto deveria estar trancado. — Ela segurou a maçaneta e fechou a porta. — Isso não é um... bem, não é um banheiro para *você*. Tente a próxima porta.

Ela indicou a porta ao lado com a cabeça enquanto seguia, apressada, pelo corredor e subia o próximo lance de escadas.

# 3

**Quando saí do banheiro,** uma família de cinco pessoas se aproximava. Engatinhando. Sério. Todos eles, os pais e as crianças, vinham pelo lado oposto do corredor abaixados, investigando o chão como Sherlock Holmes.

Encostei na parede, abrindo espaço para eles passarem, depois fui depressa para o quarto.

O pai parou e olhou para mim, virando a cabeça de um lado para o outro enquanto eu tentava me afastar, com pressa. Ele usava óculos de sol enormes, quase tão grandes quanto aqueles de fantasia de carnaval.

— Mas é claro! — exclamou, com uma voz estrondosa, alta demais para o corredor. Congelei. Ele grunhiu e se levantou, então ajudou a esposa e os filhos a se levantarem.

— É assim que fazem por aqui — berrou para a família. — Lembrem-se disso quando estiverem do lado de fora.

Eles ficaram de pé com as pernas trêmulas, tentando se equilibrar. Todos os integrantes da família usavam aqueles óculos enormes. As crianças caíam o tempo todo, e o pai as ajudava a levantar.

Quando todos conseguiram permanecer equilibrados por alguns instantes, sorriram e acenaram para mim com as duas mãos antes de saírem cambaleando pelo corredor, esticando os braços para não baterem nas paredes.

Fiquei muito quieto até eles virarem o corredor, então corri para o quarto 2C com minha mala e abri a porta. Tive certa dificuldade para colocar a chave na fechadura, mas entrei e fechei a porta com força depois. Cara, aquele lugar era ainda mais esquisito do que eu pensava.

Recostei o corpo, deixando a porta me escorar. Será que aquilo tudo poderia ser justificado pela clientela de esquisitões fãs de ficção científica? Parecia ser... sei lá, outra coisa.

Talvez fosse o estado de Washington. Afinal de contas, eu estava a quase 5 mil quilômetros de casa. E aquelas pessoas viviam na mata selvagem. As coisas deviam ser diferentes por ali.

E também tinha o Canadá. Estávamos a apenas alguns quilômetros da fronteira. Eu não sabia muito sobre a cultura canadense, se é que isso existia. Quem sabe, por estarmos tão próximos, alguns daqueles costumes tenham atravessado a fronteira internacional, como por osmose.

Meu olhar vagava sem rumo pelo quarto enquanto eu criava teorias, mas de repente uma descoberta terrível me tirou de meus pensamentos.

O quarto 2C não tinha televisão.

O espaço onde a TV deveria estar era enorme. Examinei o quarto inteiro, pensando que talvez a TV estivesse brincando de esconde-esconde.

Foi então que um pensamento mesmo horrível passou pela minha cabeça. Abri meu laptop e o liguei. Cliquei no ícone "Conectar à internet" e, quinze agonizantes segundos depois, recebi a notícia que tanto temia: *Não há conexão sem fio disponível*. Chequei meu celular. Sem sinal.

Como o verão poderia ficar pior?

Acho que até aquele momento eu ainda tinha esperanças de que as coisas podiam funcionar, de alguma forma.

Meus ombros caíram. Quando tirei as roupas da mala, senti que admitia a derrota, como se estivesse abrindo mão, oficialmente, de qualquer chance de ter um verão divertido, ou pelo menos um pouco normal.

Algo pendurado na parede chamou minha atenção. Era uma placa de bronze com a seguinte mensagem:

### Regras da casa para uma visita bem-sucedida

1. Não deixe nada para trás
2. Não leve nada com você
3. Vista-se de maneira apropriada
4. Dois braços, duas pernas, uma cabeça
5. Não faça mal aos nativos

O quê? Como é que o número quatro podia ser considerado uma regra? E *Não faça mal aos nativos*??? Será que se referia ao povo nativo da América? No ônibus que me trouxe até aqui, eu já tinha visto placas de reservas indígenas, como Tulalip, Swinomish, Nooksack e Lummi. Mas não conseguia imaginar que tivessem problemas com pessoas lhes "fazendo mal" durante as férias.

Balancei a cabeça, como se fosse me ajudar a apagar tudo aquilo da mente. Não queria ser obrigado a pensar nessas coisas. O que acontecia ali, de qualquer forma, não era da minha conta. Se aquelas pessoas queriam uma aventura espacial de mentira durante as férias, elas que jogassem dinheiro fora. Assim que eu fosse embora daquele lugar, não teria que pensar mais naquilo.

Quando minha mala estava vazia, tentei guardá-la no armário, mas a porta estava trancada. Tudo naquela casa era feito de madeira, mas a porta do armário tinha uma cor metálica desbotada. Em vez de maçaneta, tinha uma daquelas travas enormes, como as de portas externas de escolas ou de escritórios. Tentei forçar, mas ela não se moveu.

Fiquei imaginando se todos os quartos eram como aquele, ou se Vovó não queria que eu mexesse no que quer que tivesse guardado ali dentro. Fazia sentido. Pessoas mais velhas nunca confiam de verdade em gente da minha idade. Sempre olham para as crianças com desconfiança, mesmo quando não estamos fazendo nada errado.

Deixei minha mala no canto do quarto e joguei as roupas sobre ela, formando uma grande pilha. Não estava muito preocupado com a bagunça. Não era como se minha mãe fosse aparecer a qualquer momento, e, mesmo assim, ela nunca reparava no estado do meu quarto mesmo.

Depois daquilo, abri a janela. Já estava anoitecendo, e o ar que entrava era frio, fazendo os pelos dos meus braços se arrepiarem. Mas ainda era melhor do que o quarto abafado.

Enquanto olhava pela janela, o carro da polícia apareceu de novo e estacionou em frente à casa. O delegado, um homem grande com uma barriga redonda, saiu e abriu a porta traseira. Puxou o homem cinza alto com o terno velho de dentro da viatura e o conduziu pelo caminho pavimentado, se esticando para segurar o braço dele bem acima do cotovelo, como um diretor levando um aluno grande demais para seu gabinete.

Saí do quarto e disparei pelo corredor, descendo a escada com pressa. Minha avó já estava à porta. O delegado ficou parado na varanda, com a mão carnuda ainda segurando o sujeito alto. Me escondi atrás de um abajur e escutei a conversa.

— ...Sinto muito, delegado Tate. Garanto que vou ficar de olho — dizia Vovó.

— Já me cansei de suas garantias — respondeu o delegado. — Quantas vezes terei que trazê-lo de volta até aqui? E, ultimamente, cada vez mais esses seus hóspedes têm causado problemas na cidade.

— Causado problemas? Duvido muito.

— Esse aqui fala de um jeito que eu mal consigo compreender.

— Acho que isso não é culpa dele. Ele é estrangeiro, não está acostumado com a nossa língua. Algumas pessoas, delegado Tate, estão cientes de que existe um mundo além de Forest Grove. — O delegado ficou vermelho e começou a responder, mas minha avó o interrompeu: — Obrigada por seu tempo. Sei como você é muito ocupado e lhe ofereço minha gratidão. Não vamos mais incomodá-lo.

Ela puxou o Homem Cinza pela mão, mas o delegado continuou segurando-o.

— Acho que isso foi um pouco mais do que uma inconveniência — retrucou Tate. Estava claro que se esforçava para manter uma aparência de educação. — É também um caso de segurança pública, senhora.

— Segurança pública? — perguntou Vovó. — Ele estava fazendo algo ilegal?

— Bem... não. Não exatamente. — Tate limpou a garganta. — Mas estava agindo de um jeito muito estranho. Caminhando pelo parque e... bem, cheirando as coisas.

— Entendo — respondeu minha avó. — E existem regras sobre cheirar coisas no parque? Talvez uma nova lei municipal da qual eu não esteja ciente?

— Não, não há nenhuma lei que proíba alguém de cheirar coisas no parque. — Tate olhou ao redor, na varanda, e de repente pareceu desconfortável. — Mas eu... bem, acho que fiquei preocupado com as crianças que estavam lá. Elas podem ter ficado assustadas.

— É claro — retrucou Vovó. — Precisamos proteger as crianças. Agora, se o senhor nos der licença, preciso levar este homem até o quarto.

Ela puxou a mão do Homem Cinza com mais firmeza. Por fim, Tate soltou-lhe o braço, e minha avó trouxe o homem para dentro de casa.

O delegado apontou o palito de dente mastigado para minha avó. A fina camada de educação desapareceu.

— Estou começando a ficar cansado disso. Se eu precisar voltar aqui mais uma vez, vou...

— Tenho certeza de que isso não será necessário, obrigada.

Ela fechou a porta. Bem na cara dele. Minha avó era um pouco mais durona do que eu pensava.

Então levou o Homem Cinza até uma poltrona e gesticulou para que ele se sentasse. Acariciando a mão dele, falou:

— Espero que aquele sujeito não o tenha assustado.

Os olhos do homem alto se apertaram, e a boca se entortou, como se ele estivesse pensando em algo. Levou cerca de um minuto para responder.

— Eu guardo... muito arrependimento. E vergonha. Feliz de sentir... perdão em você. Por minhas ações.

A voz era áspera e líquida ao mesmo tempo.

Minha avó sorriu para ele.

— É claro, querido. Não se preocupe com aquele delegado. — Ela continuou acariciando a mão cinza. — Todos merecem férias agradáveis e pacíficas, não é mesmo? E todos merecem ser bem-tratados, por mais diferentes que sejam.

O Homem Cinza finalmente ergueu a cabeça e me viu parado no canto da sala.

— Ah. Esse pequeno homem... tive um encontro com ele mais cedo.

Minha avó se virou.

— Bem, olá, Toquinho! Não o vi aí. Por favor, cumprimente o Sr. Harnox. Ele está hospedado aqui.

— Oi.

O Sr. Harnox acenou com a cabeça, mas ainda parecia abalado depois do encontro com o delegado. Eu entendia: também ficaria apavorado se um policial estivesse aborrecido comigo. O Homem Cinza abaixou a cabeça e a apoiou nas mãos.

De repente, me lembrei de algo que poderia alegrá-lo. Andei até o outro lado da sala, onde tinha deixado a bolsa de mão, perto da porta de entrada, e peguei o diário esquisito. Dei alguns passos na direção do Sr. Harnox.

— Com licença, mas isso aqui é seu? Encontrei lá fora quando o senhor saiu.

O homem alto ergueu a cabeça, e seus olhos ficaram muito arregalados. Acho que talvez estivesse tentando sorrir, mas era difícil dizer. Seus lábios ficaram um pouco tortos, revelando os dentes pequenos, afiados e muito distantes um do outro, e aquilo me distraiu.

— Ah, muito obrigado e agradecimentos em profusão para o pequeno homem.

O Sr. Harnox segurou o diário com uma das mãos, então olhou para a outra por um instante antes de esticá-la devagar na minha direção. Achei que ele queria me cumprimentar. Tinha os dedos longos e esqueléticos, sempre se contorcendo de um jeito estranho. Tremi um pouco, mas torci para que ele não notasse. Não queria ser grosseiro, então me obriguei a esticar o braço e apertar a mão dele bem depressa; ela era um pouco úmida e esponjosa.

Soltei-a depressa e olhei para cima. Minha avó estava radiante.

— Isso foi muita gentileza de sua parte, Toquinho. Sei que o diário do Sr. Harnox é muito importante para ele. — O Homem Cinza balançou a cabeça, feliz, concordando. — E depois daquela visita desagradável do delegado, é um conforto e tanto saber que existem pessoas capazes de fazer com que os outros se sintam bem-vindos aqui. Agradeço a ajuda para recuperar minha fé na humanidade.

Dei de ombros. Aquilo parecia um pouco demais por entregar o diário de um sujeito e aceitar um aperto de mão.

— De nada. Caramba, aquele delegado estava mesmo pegando no seu pé.

— Ah, não importa. Já lidei com coisas piores na minha época — respondeu Vovó. Ela bateu de leve no ombro do Sr. Harnox. — Vou preparar algo para você comer. Gostaria de nos acompanhar, Toquinho?

— Acho que vou me deitar. Ainda estou no fuso horário da costa leste.

— Certo, mas espere um pouco antes de ir.

Minha avó levou o Sr. Harnox até a cozinha pela porta vaivém, então voltou, vindo na minha direção.

— Aquele cara está bem? — perguntei.
— Por que pergunta?
Dei de ombros.
— Não sei. Ele parece um pouco... você sabe?
Minha avó suspirou.
— Ah, pobre Sr. Harnox. Deve estar na hora de lavar aquele terno de novo. Ele está aqui há mais de dois anos, afinal de contas.
— *Dois anos?* Numa pousada?
— Sim, receio que ele não possa ir para casa. Ele está.. bem, um pouco encurralado.

Comecei a perguntar o que ela queria dizer com aquilo, mas Vovó aproximou o rosto e abaixou a voz até um sussurro:
— Toquinho, acha que pode me fazer um favor?
— Claro.

Ela olhou para a porta da cozinha e de volta para mim.
— Por acaso você deu uma olhada nas regras da casa quando se instalou no quarto?
— Hmm... sim. Sim, dei uma olhada.

Ela chegou ainda mais perto, sua voz tão baixa que eu mal podia ouvir.
— Será que pode ficar atento e me contar se vir um dos turistas desobedecer alguma regra?

*Claro, Vovó*, pensei. *Assim que eu vir um dos hóspedes atacando uma tribo de nativos americanos, você será a primeira a saber.*

Devo ter deixado transparecer a minha descrença, porque ela riu e falou:
— Sinto muito, Toquinho. Cuido desse lugar há tanto tempo que isso tudo é rotineiro para mim. Nada mais me surpreende. — Ela usou as duas mãos para tirar o cabelo

dos olhos, então sussurrou outra vez. — Meus hóspedes são... Bem, podemos dizer que eles não são dessa região... e as regras ajudam a protegê-los.

Balancei a cabeça devagar.

— Certo...

— Ah, isso não ajuda muito, não é mesmo? — Minha avó sacudiu as mãos. — É só que eu nunca...

Um barulho de pratos caindo e quebrando veio de trás da porta da cozinha.

— Ah, não — resmungou. — Não tenho tempo para isso agora. — Ela segurou minhas mãos e olhou nos meus olhos. — Por favor, só me avise se vir alguém desrespeitando as regras.

Ela olhava para mim de um jeito tão sério, me observando com aqueles grandes olhos redondos, que respondi com a mesma seriedade:

— Sim. Sem problemas.

— Ah, isso é um alívio. É mesmo uma bênção ter você por aqui. — Ela suspirou, correndo para a porta da cozinha. — Obrigada mais uma vez, Toquinho.

Vovó desapareceu lá dentro.

— De nada — gritei.

Ainda não tinha a menor ideia do que ela estava falando.

# 4

**Acordei no meio da** noite sem ter a menor ideia de onde estava, até que uma rajada de vento frio e o barulho de chuva no telhado ajudaram a me situar. Eu estava congelando, mesmo debaixo dos cobertores pesados. Em Tampa, durmo apenas com um lençol.

Saí da cama e fechei a janela, depois corri de volta para debaixo das cobertas. Mas, antes que pudesse fechar os olhos, percebi uma coisa.

Um círculo azul do tamanho de um prato de jantar brilhava no centro da porta metálica do closet. Esfreguei os olhos para espantar o sono e olhei de novo. Ainda estava lá. Ele pulsava, ficava um pouco mais brilhante, então enfraquecia. Um zumbido baixo acompanhava a mudança de intensidade do brilho.

Tremi. Mas acho que não teve muito a ver com o ar frio da noite. Para ser sincero, quis puxar as cobertas sobre a cabeça e esquecer aquela coisa.

Só que aquilo era besteira. Depois de todas as coisas malucas que fiz quando Tyler Sandusky me desafiou, todas as apostas e competições, checar a porta daquele closet parecia bastante inofensivo. E, além disso, eu oficialmente seria um adolescente em pouco tempo, e adolescentes — para não dizer possíveis armadores titulares do time principal — não ficavam apavorados por coisas como essa.

Enfim, me convenci a sair da cama.

Ajoelhei em frente à porta do armário, ficando com os olhos na altura do círculo. Não havia qualquer tipo de letra ou marca. Apenas a luz azul-clara. Estiquei a mão até ficar a alguns centímetros de distância daquilo, testando para ver se estava quente, mas não senti nada.

Então, acabei com a distância e posicionei a palma da mão na superfície azul.

— Não autorizado — anunciou uma voz mecânica.

Aquilo me assustou tanto que caí para trás. A luz azul foi enfraquecendo até desaparecer.

Pulei de volta na cama e, dessa vez, puxei as cobertas sobre a cabeça.

# 5

**Outro tipo de luz** estranha me acordou, depois daquilo: a luz do sol. A camada de nuvens finalmente desaparecera. Talvez, no fim das contas, houvesse alguma espécie de verão aqui. Olhei para o armário, mas a porta era apenas uma porta. Era fácil acreditar que o círculo azul e aquela voz tinham sido apenas um sonho.

Olhei para o teto e fiquei imaginando o que estaria fazendo àquela hora se estivesse em casa. A Flórida ficava três horas na frente, então é provável que eu já estivesse na piscina, depois do treino matinal de basquete.

Uma onda de saudades de casa me atingiu como um peso no peito. Foi tão forte que ficou bem difícil de respirar.

Peguei o celular e chequei a última mensagem de texto que Tyler enviara antes de eu sair da cidade: *Boa sorte com o Desafio. Vc vai perder, otário!*

Os Grandes Desafios Semanais. Tyler e eu os inventamos havia dois anos. Desafios anteriores incluíram Quem Consegue Fazer a Coisa Mais Assustadora (Eu: andar de bicicleta no cemitério à meia-noite. Tyler: enfiar a língua num ninho de vespas) e Quem Consegue Fazer a Coisa Mais Estúpida (Eu: jogar um balão cheio de água num grupo de garotos do ensino médio e sair correndo. Tyler: atravessar correndo o *driving range* numa manhã de sábado, quando todos os aposentados da Flórida treinam suas tacadas de golfe).

Os Desafios deveriam ser completados em uma semana. O prêmio pela vitória não é muito animador: você pode escolher o próximo Desafio. Mas não há como fugir de um.

Como não nos veríamos durante o verão, os Grandes Desafios Semanais se transformaram no Desafio Colossal de Verão. Era a vez de Tyler escolher, e ele optou por Quem Consegue Beijar Uma Garota Primeiro (Não Vale Parentes).

Acho que ele só escolheu isso porque já estava quase conseguindo beijar Amanda Peterson e queria uma desculpa para fazer aquilo de uma vez. De certa forma, Tyler é mais um irmão do que um amigo. Quero dizer, somos vizinhos desde a pré-escola e sempre andamos juntos. Apesar de ele me conhecer melhor do que qualquer um, até mesmo os meus pais, eu começava a me perguntar se seríamos amigos se tivéssemos nos conhecido hoje em dia.

E, de qualquer forma, também acho que ele escolheu esse Desafio porque sabia que o mais perto que cheguei de beijar uma garota foi quando ela estava interpretando a Lady Marian na peça do Robin Hood e tropeçou, me derrubou junto com a fantasia de árvore e caiu em cima de mim. Os paetês do vestido dela prenderam nas folhas da minha fantasia, e ela ficou empacada ali, sacudindo os braços. Ficou deitada em cima de mim diante de um auditório lotado. Precisou de cinco minutos para João Pequeno e o Frei Tuck conseguirem nos separar.

Então Tyler sabia que eu não tinha chances de vencer aquele Desafio. Além disso, pelo que eu tinha visto até aquele momento, uma Pousada Intergaláctica não é o melhor lugar para conhecer garotas.

Pelo menos Tyler concordou em abrir mão da exigência da confirmação em vídeo que costumávamos usar para estabelecer o vencedor. Sem internet ou sinal no celular, eu não conseguiria mantê-lo informado mesmo. E era provável que ele já tivesse vencido.

Meu estômago roncou. A última coisa que eu tinha comido foi um saco de amendoins do avião havia muitas horas. Vesti uma calça jeans e uma camiseta e fui para o corredor, então desci a escada num trote até o térreo, onde os hóspedes da pousada se juntavam na sala de estar.

A casa estava bem mais agitada naquele dia. Um casal estava sentado em um dos sofás, estudando um mapa. Eles tinham cabeças bem grandes e corpos bem pequenos. Uma mulher quase tão alta quanto o Sr. Harnox examinava os livros na prateleira mais alta da estante. Quatro membros de uma família, todos muito gordos — quase *redondos*, sob um olhar mais atento — calçavam botas de caminhada perto da porta da frente. Todos pareciam meio esquisitos.

Mas eu estava com fome demais para prestar atenção nos hóspedes. Entrei na cozinha e vi minha avó em frente ao fogão, cozinhando algo que parecia um mingau de aveia esverdeado.

— Ah! Um doce e agradável novo dia para você, Toquinho.
— Bom dia.

A família de ontem, com as pernas trêmulas e os óculos de sol gigantes, estava sentada à grande mesa comunitária tomando café da manhã. O pai chamou a atenção de todos e apontou o dedo na minha direção, sorrindo. Então a família inteira acenou com as duas mãos do outro lado da cozinha. Levantei um dos braços em resposta. Foi bem constrangedor, já que todas as outras pessoas sentadas à mesa pararam de comer para olhar para mim também.

Eu me virei, para evitar todos aqueles olhares, e reparei que Vovó estava voltada para mim, radiante. Ela gesticulou, indicando a mesa.

— Aquelas pessoas simpáticas contaram que você os ajudou muito ontem, Toquinho.

Dei de ombros.

— Pode acreditar, não foi nada de mais.

Dei uma espiada na mesa, e a família ainda estava sorrindo e balançado os braços, tão animados que pareciam estar tentando fazer a mesa do café da manhã levantar voo.

— Bem, pode acreditar em mim também: aquilo significou tudo e mais um pouco para eles. — Minha avó me cutucou com a colher de pau. — E fico feliz por você ter sido tão gentil com o Sr. Harnox ontem.

A porta da cozinha se abriu e uma moça entrou, com uma criança pequena no colo. A forma mais educada de descrevê-la seria dizer que tinha "ossos grandes". Mas, caramba, deviam ser bem grandes, redondos e molengas. O vestido enorme que ela usava — que, na verdade, mais parecia o lençol de uma cama king-size — mal cobria toda aquela carne.

Ela olhou para minha avó e apontou para a criança, um menino que parecia estar no jardim de infância e que tinha uma versão miniatura do corpo da mãe. Seu boné de beisebol desbotado, do Seattle Mariners, era cerca de cinco números maior do que sua cabeça, e a aba ficava inclinada, cobrindo a maior parte do rosto.

— Essa cobertura para a cabeça é necessária? — perguntou a mulher. — Ele mal consegue ver os próprios pés. Vai esbarrar em tudo se sairmos assim.

Minha avó fez uma expressão solidária.

— Eu sinto muito mesmo, minha senhora. Foi o menor boné que consegui encontrar essa manhã.

A moça parecia irritada.

— Isso não é aceitável. — Seu tom de voz começou a aumentar um pouco demais. Minha avó olhou ansiosa para os hóspedes à mesa. — Não permitirei que você...

— Talvez eu possa ajudar — ofereci.

Eu estava me sentindo um pouco mal pela minha avó, sem falar na criança. Estiquei a mão para pegar o boné. Minha avó ofegou e segurou meu braço. Ela observou meu rosto por um instante, então abaixou a mão e assentiu com a cabeça. Tirei o boné da criança.

Uau. Pobrezinho. Devia ter um problema de nascença ou algo assim, porque era completamente careca e tinha protuberâncias do tamanho de bolas de golfe em toda a cabeça. Eu me lembrava de ter visto algo assim na TV, talvez no Discovery Channel, em algum programa sobre doenças que podiam afetar crianças pequenas.

Podia sentir o olhar da minha avó e não queria deixar o menino envergonhado, então mantive a expressão mais neutra possível.

— Aqui está — falei, tentando ser direto. Virei a aba do boné para trás e o coloquei de volta naquela cabeça, prendendo as laterais atrás das orelhas dele para que ficasse no lugar. — Pronto. Agora você consegue ver. E também fica mais bonito assim. É o jeito mais maneiro de usar boné.

O menino olhou para mim.

— Maneiro?

— Sim. Quer dizer *legal*. Você está bonito. Descolado.

O sorriso do menino foi tão grande que quase dividiu seu rosto redondo em dois.

— Maaa-neeei-rooo — repetiu.

A moça balançou a cabeça uma vez, para mim.

— Obrigada. — Então olhou outra vez para a minha avó. — Podemos sair agora.

Vovó bateu de leve no topo do boné de beisebol do garoto.

— Desejo que tenham um dia bem encantador, viajantes.

Eles saíram pela porta vaivém da cozinha. Minha avó se virou para mim, com um brilho no olhar, como se estivesse me vendo pela primeira vez.

— Toquinho, devo dizer que você tem um dom maravilhoso para lidar com meus hóspedes.

— Obrigado. — Meu rosto ficou um pouco quente. — Mas, já falei, não foi nada de mais.

— Acho que foi mais do que você pensa. — Ela mexeu a comida na panela. — Agora, sinto muito por pedir sua ajuda tão cedo, ainda mais porque você deve estar exausto por causa do fuso horário, mas preciso de um pequeno favor.

— Sem problemas. O que é?

A família finalmente tinha parado de acenar, mas ainda assim seria bom sair um pouco daquela cozinha.

— Preciso com urgência de algumas coisas do mercado. — Vovó tirou os óculos e os limpou no avental. — É uma pequena caminhada, mas será que você se incomodaria de fazer isso por mim? Pode pegar um carrinho de compras para trazer as coisas, eu o devolvo mais tarde.

— Tudo bem.

Talvez fosse divertido conhecer a cidade um pouco. Devia ter pelo menos alguém da minha idade.

E, tudo bem, talvez também fosse legal ela me pedir ajuda. Meus pais nunca pediam minha ajuda em casa. No máximo para levar o cachorro para passear, ou algo assim, mas nunca para o que eles precisavam de verdade.

— Isso é maravilhoso. Mas, por favor, tome café da manhã antes de ir. Você deve estar morrendo de fome.

Olhei para a massa borbulhante de mingau de aveia, espessa e esverdeada.

— Hmm, tudo bem — respondi.

Mercado significava comida de verdade, como bolinhos, tortas congeladas e refrigerantes de uva. Meu estômago roncou só de pensar.

Alguns minutos depois, já tinha saído pela porta da frente e caminhava na direção da cidade. Logo depois de passar pelo parque, cruzei com três garotos. Eles eram alguns anos mais velhos do que eu, deviam estar no ensino médio. Tentei não parecer muito ansioso quando notei que um deles quicava uma bola de basquete com o couro desbotado.

Nunca sei para onde olhar quando passo por alguém na rua. Parece estranho olhar para a frente e evitar contato visual. Mas, por outro lado, também não é legal encarar e deixar a pessoa desconfortável. Eu meio que olhei para baixo. Quando eles se aproximaram, levantei o olhar e tentei a combinação de cumprimentar balançando a cabeça e erguer as sobrancelhas, sem sorrir, fazendo um breve contato visual. Já tinha visto outros garotos fazerem isso.

Eles pararam bem na minha frente. Meu humor melhorou um pouco com a esperança de que me chamassem para jogar bola. Talvez aquele verão não acabasse sendo um desastre completo.

— Ei — cumprimentou o garoto com a bola de basquete.
— Ei.
— De onde você é? — perguntou o mais alto.
— Da Flórida.

Do jeito que eles se olharam, percebi que aquela não era a resposta habitual por ali.

— Maneiro — falou o terceiro, um garoto loiro. — Você já foi à Disneylândia?

— É Disney World, idiota — respondeu o mais alto. — A Disneylândia fica na Califórnia.

— Bem, você já foi?

Essa é a primeira pergunta que se ouve quando descobrem que você é da Flórida.

— Sim. Moro a algumas horas de lá. Vou sempre.

— Maneiro — comentou o loiro. — Meu nome é Greg. Esse é o Brian, e o altão ali é o Eddie. Vamos jogar bola no parque, mas é chato só com três.

— Sim — concordou Brian. — Com três só dá para jogar vinte e um. Você quer vir com a gente e jogar em duplas?

— Claro — respondi, tentando não parecer animado demais. — Só preciso dar um pulo no mercado, mas posso encontrar vocês aqui depois.

— Ótimo — retrucou Greg. — Qual é o seu nome, aliás?

Pensei por um momento. *Toquinho* é um apelido bem brutal para um jogador de basquete, pois praticamente grita que você é do time reserva, ou nem isso. Bom, posso não ser o cara mais alto do mundo, mas isso não quer dizer nada em relação ao meu tempo em jogo. É o que gosto em ser armador: você pode ser o jogador mais baixo e ainda liderar o time. Ser inteligente é tão importante quanto ser atlético, talvez mais.

Decidi que estar longe de casa poderia ser a chance de um novo começo. Naquele dia, começaria minha nova vida, como *David*. David, o forasteiro misterioso, poderia ser um grande jogador de basquete, além de alguém que as meninas de Forest Grove fizessem fila para beijar, com ou sem Desafio. Abri a boca para dizer meu nome quando...

— Eeeiiii! Toquinho! Espere um segundo!

Minha avó. Vindo na nossa direção, pedalando uma velha bicicleta Schwinn com uma enorme cesta na frente do guidão. A cesta estava toda coberta com girassóis.

— Você conhece a velha da Casa Espacial? — perguntou Eddie.

— Espera... seu nome é *Toquinho*? — indagou Brian.

— Sim — respondi.

Eu podia sentir o rosto ficando vermelho.

Minha avó desceu da bicicleta e tirou um pedaço de papel da cesta.

— Aqui está, Toquinho. Você esqueceu a lista de compras. — Ela sorriu para os garotos mais velhos. — Saudações nessa manhã tão agradável, cavalheiros. Imagino que já tiveram o prazer de conhecer meu neto.

Os garotos não responderam, só trocaram olhares pelo canto dos olhos e soltaram risadinhas. Quase não conseguiam prender as gargalhadas na frente dela.

Minha avó os observou. Era comum os mais velhos ficarem sem entender nada quando precisavam decifrar a linguagem visual dos adolescentes.

Como não responderam, ela se virou para mim.

— Ah, e mais uma coisa, Toquinho. O Sr. Harnox dará aulas de bons modos essa tarde. — Ela piscou. — Se você souber de alguém que está precisando...

Tive que segurar um gemido. Aquela tentativa deprimente de zombar deles não surtira nenhum efeito, só fez ela parecer ainda mais ultrapassada.

Ela subiu outra vez na bicicleta.

— Está na hora de voltar para casa. Tenho medo de que as plantas na hortinha fiquem aborrecidas se não tomarem água assim que acordarem. — Ela virou a bicicleta para ir embora, e eu agradeci mentalmente. — Muitas bênçãos em seus caminhos hoje, cavalheiros — gritou por cima do ombro, enquanto pedalava pela estrada.

Quando ela estava quase longe o bastante para não escutar, os garotos caíram na gargalhada.

— Vocês viram as roupas dela? — perguntou Brian

— *É* — concordou Eddie. — Ela precisa entrar numa daquelas naves espaciais no jardim e partir para o Planeta Hippie, onde poderá viver com a própria espécie.

Meu rosto ficou ainda mais quente, mas não porque eu estava envergonhado. Dessa vez era porque estava começando a ficar um pouco irritado. Vovó podia até se vestir de um jeito estranho, mas tinha sido bem legal comigo até agora. Tive vontade de defendê-la, mas não soube o que dizer.

— Então, Toquinho, ela está mesmo parada nos anos sessenta, como dizem? — perguntou Greg.

— E aquele lugar é tão esquisito por dentro quanto por fora? — completou Brian.

Aquela era a minha chance de defender a Vovó, mas dei de ombros e deixei pra lá.

— É, acho que sim — murmurei. — Olha, tenho que ir ao mercado.

— Tudo bem — respondeu Eddie. — *Acho* que você ainda pode jogar bola com a gente, quando acabar. Você sabe, se não for perder seu voo para Marte.

Todos riram, mas depois Greg deu um soco no braço de Eddie.

— Ele só está brincando — falou para mim. — Encontre com a gente mais tarde. Beleza?

— Certo — respondi, mas não sei se eles escutaram.

Eu meio que falei pra dentro. Estava muito irritado. Mais comigo mesmo, por amarelar, do que com eles, por zombarem da minha avó. Segui a rua na direção da cidade.

Olhei para o relógio. Dois meses, dois dias e dezoito horas para ir embora.

# 6

**Ficar perdido numa cidade** tão pequena quanto Forest Grove é comigo mesmo. Primeiro passei pela parte residencial, com todos os gramados muito bem-cuidados e sem uma migalha de lixo à vista. Enquanto caminhava pela cidade, ainda estava pensando no que deveria ter dito para aqueles garotos, e aí acho que acabei perdendo a rua certa para virar, porque não encontrei o mercado em lugar nenhum. Comecei a voltar pelo mesmo caminho, quando uma menina com mais ou menos a minha idade saiu de uma livraria balançando uma bolsa de pano. Ela começou a andar ao meu lado, acompanhando meu ritmo. Só tive tempo de reparar no cabelo comprido, castanho, e nas diversas sardas salpicadas em seu nariz antes de ela começar a falar. Não deu nem oi, apenas começou a falar, como se já estivéssemos no meio de uma conversa.

— Você sabia que o Centro Nacional de Informações sobre OVNIs registra centenas de aparições todos os meses? — perguntou.

Hein? Olhei para a garota, mas ela estava olhando para a frente.

— O Centro de quê?

Muito educado, eu sei.

— Nacional de Informações sobre OVNIs. Fica aqui no estado de Washington.

Ah, existe um grupo por aqui que é meio esquisito? Que surpresa.

— Sim, centenas de registros. Todos os meses — repetiu. — E isso *depois* de descartar todas as aparições que consideram falsas.

— Isso é... hmm, isso é muito interessante? — arrisquei.

— Vou dizer o que é interessante. Primeiro, nem todo mundo que vê um OVNI faz um registro. E, segundo, nem todo mundo que faz um registro viu o mesmo OVNI, não é mesmo? E terceiro: nem todo OVNI que passa voando por aí é avistado por alguém. — Ela se virou e olhou para mim. Seu olhar era tão sério que dar de ombros e seguir adiante não era uma opção. — Sabe o que isso quer dizer?

— Não?

— Quer dizer que devem existir milhares de OVNIs lá em cima. Dezenas de milhares. Deve ser pior do que a hora do rush em Los Angeles lá no alto. — Ela retomou a caminhada. E, por algum motivo, eu a segui. — E sabe o que eu acho interessante sobre isso? Fico surpresa por ainda não ter acontecido uma colisão. Quero dizer, não parece inevitável?

Ela estava falando como a turma do Clube de Ficção Científica e Fantasia. Em geral eu não ficaria tão interessado na conversa... mas os membros da turma da ficção científica e fantasia não costumavam ser garotas tão bonitas.

O problema era que eu nunca sabia o que dizer para as meninas. Mas Tyler Sandusky sempre começava discussões sem sentido como essa. Uma vez, passamos o fim de semana inteiro discutindo sobre quem venceria uma luta entre um homem sem braços e um homem sem pernas. E ele sempre esperava resposta.

Então tentei uma nova tática com aquela garota. Falei algo igual ao que diria para Tyler.

— Bem, talvez existam regras de trânsito intergalácticas regulando o tráfego entre os planetas.

A menina sorriu. Foi um sorriso meio torto, mas lindo. Ele meio que juntava as sardas em seu nariz.

— Sim — concordou, balançando a cabeça. — Bom argumento. Algo como... *Abra caminho para qualquer OVNI viajando acima da velocidade da luz.*

Eu retribuí o sorriso. E ainda pensei em mais alguma coisa para dizer:

— Isso mesmo. Ou: *Siga o fluxo de veículos espaciais na mesma direção da rotação do planeta.*

Apesar de estarmos falando sobre coisas esquisitas, pelo menos ela ria comigo, não de mim.

— Boa. Muito prático. E também *A área sobre o equador é exclusiva para OVNIs com mais de um passageiro durante os horários de pico.*

Chegamos ao final do centro e estávamos voltando para a área residencial. Eu ainda não tinha encontrado o mercado. Fui até a esquina e olhei ao redor.

— Está procurando algum lugar? — perguntou a menina.

— O mercado.

— Siga-me. — Ela virou e seguiu por uma rua lateral. Corri um pouco para alcançá-la. A menina tirou algo da sua bolsa. — Acabei de comprar algumas coisas interessantes.

Ela mostrou dois livros: *Cosmos* e *Aliens em foco: investigando a presença extraterrestre entre nós*.

Ai, caramba. Já estava cercado daquele tipo de coisa na casa da minha avó. Será que não havia um lugar naquela cidade onde eu pudesse ter algum descanso?

— Por que você gosta tanto desse assunto?

Eu devo ter sido um pouco grosso, porque ela me olhou com uma pontada de irritação.

— Não sei. Sempre me interessei por isso. Meu pai me deixou fissurada quando eu era pequena. Assistíamos a todo tipo de filmes sobre aliens.

— É isso que faz sua espaçonave voar, imagino.

Eu sorri e tentei fazer o comentário soar leve, mas ela franziu a testa e pareceu magoada de verdade.

— Achei que você gostasse dessas coisas.

— Sério? Mas só nos conhecemos há cinco minutos.

— Bem, você não está hospedado na Pousada Intergaláctica?

— Como sabe disso?

Ela deu de ombros.

— Cidade pequena.

Levantei os olhos e lá estávamos, no Armazém Geral de Forest Grove.

— Bem, obrigado pela ajuda.

Ela se inclinou na minha direção, e sua voz ficou um pouco mais baixa.

— Há algo muito interessante acontecendo naquela pousada, sabia?

— Se é o que você diz.
— Foi a dona que mandou você ao mercado?
— Sim. E daí?
— E daí que eu aposto que você vai comprar umas coisas bem esquisitas.
— Não vou. É só uma lista de compras normal.
Tirei do bolso o papel que minha avó me entregou.

> *Papel laminado: 50 caixas*
> *Protetor solar FPS 50: 25 embalagens*
> *Água sanitária: o quanto couber no carrinho*

Ah, não. Não era o que eu chamaria de lista de compras normal. Olhei para a menina, relutante.

Ela estava com os braços cruzados e inclinou a cabeça para olhar para mim.

— Então... quer que eu vá junto e o ajude a encontrar todas essas coisas "normais"?

Olhei para a lista.

— Hmm, não, obrigado. Eu me viro.

— Foi o que pensei. — Ela ergueu uma sobrancelha. — E você acha que será capaz de encontrar o caminho de volta sozinho, quando acabar?

— Hmmmm... o centro de Forest Grove é uma metrópole gigantesca, mas acho que consigo. É só virar à esquerda depois do terceiro arranha-céu, não é?

Ela riu.

— Certo, vejo você por aí. A propósito, meu nome é Amy.
— Eu sou o Toquinho.
— Prazer em conhecê-lo, Toquinho. — Ela se virou, prendeu o cabelo num rabo de cavalo, tirou um boné de beisebol da bolsa e o colocou na cabeça. — Até mais — gritou, e saiu saltitando.

Não sei quanto tempo fiquei parado em frente à loja, com a boca aberta, observando aquele boné amarelo saltitar pela estrada até desaparecer. Foi que nem ontem, depois de ela tirar uma foto minha, escondida nos arbustos.

Descobri como fica uma pessoa lutando para empurrar um carrinho de compras entupido de papel laminado, filtro solar e água sanitária. Fica igual a uma pessoa louca. Pelo menos era isso que eu parecia. Ainda mais porque o carrinho ficou tão pesado que perdi o controle enquanto tentava fazer uma curva. Bati numa fileira de prateleiras e derrubei as embalagens de bronzeador pelo chão. Quando me ajoelhei para pegá-las, alguém colocou uma bota preta enorme diante do meu rosto. Olhei para cima e vi o rosto largo do delegado Tate me encarando através dos óculos de sol, por cima da enorme barriga. Ele mastigava um palito de dente tão úmido e velho que podia muito bem ser o mesmo do dia anterior.

— Fazendo umas comprinhas, garoto?

Eu me levantei e tentei enfiar as embalagens de loção de volta no carrinho com pelo menos um pouco de dignidade, mas foi difícil encontrar espaço. Confirmei com a cabeça.

O delegado olhou para a montanha de papel laminado que trasbordava do carrinho.

— Comprando apenas o absolutamente essencial hoje, não é mesmo?

Dei de ombros.

— Sim. Acho que é isso.

— Meu nome é Tate. Sou a lei dessa cidade há mais de vinte anos. Esse aqui é o adjunto Tisdall.

Ele indicou com a cabeça um sujeito baixo e magro, vestido com uma farda. Estava parado com as costas apoiadas nas prateleiras de doces. Tinha o rosto pequeno e pontudo como o de um roedor. Evitou contato visual e tocou a aba do chapéu com um dedo, em uma saudação preguiçosa.

— E você seria...?

— Meu nome é Toquinho.

— Toquinho, é? — Tate tirou o palito da boca e o girou entre os dedos. — Então, Toquinho, imagino que você esteja trabalhando na Casa Espacial agora.

— Hmm, na verdade, não. Estou hospedado lá. Minha avó é a proprietária.

— É mesmo? — perguntou. Então ficou só olhando para mim, mas eu não conseguia ver os olhos dele através dos óculos de sol, o que foi bem assustador. — Bem, me diga uma coisa, Toquinho: você notou algo estranho na casa da sua avó? Algo esquisito, incomum?

A cada cinco minutos.

— Não — menti.

O delegado olhou mais uma vez para o conteúdo do meu carrinho de compras, por um bom tempo.

— Hmmm, tem certeza? — Ele colocou o palito de dente na boca outra vez e usou as duas mãos para ajeitar o cinto no alto do Monte Barriga. Tirou um cartão de visitas do bolso da camisa e o enfiou na minha mão. — Se você acabar vendo algo estranho, ligue para mim.

Peguei o cartão.

— Claro.

Outra mentira. A casa da minha avó podia até ser esquisita, mas aqueles hóspedes tinham todo o direito de gastar o próprio dinheiro de férias onde quisessem.

Ficamos parados, olhando um para o outro. Por fim, o adjunto Tisdall falou:

— Acho melhor você começar a empurrar esse carrinho cheio de mercadorias até a casa da sua avó. Não queremos que os estimados *hóspedes* fiquem sem seus preciosos suprimentos, não é mesmo?

Passei por eles, empurrando o carrinho na direção do caixa. Sentia os olhares me acompanhando até passar pela porta da frente. Fiquei muito feliz por sair de lá, mas, assim que saí para a luz do sol, meu estômago se encheu de pavor. Não queria encontrar os garotos enquanto empurrava aquele estranho carregamento pela cidade. E, por mais que eu odiasse admitir, Tate e o adjunto tinham levantado uma questão interessante. Eu não tinha a menor ideia do que minha avó e os hóspedes dela fariam com aquelas coisas. E não tinha a menor vontade de descobrir.

# 7

**Quando finalmente cheguei à** casa da minha avó, encharcado de suor, percebi que não havia como subir a escada da varanda com o carrinho de compras. Me encostei nele, ofegante, e sequei a testa na manga da camiseta.

O Sr. Harnox saiu e desceu os degraus, com aquele sorriso sinistro tomando todo o rosto.

— Oh, muito obrigado e ainda mais agradecimentos para o pequeno homem — disse, farejando o carrinho de compras.

Então pegou uma das caixas de papel laminado e, antes que eu pudesse responder, tirou o rolo da embalagem, arrancou um pedaço enorme, amassou-o até se transformar numa bola e a enfiou na boca.

Ele fazia barulho ao mastigar, e uma baba prateada escorria por suas bochechas. Pequenas fagulhas saíam da boca enquanto aqueles dentes afiados rasgavam o papel laminado.

Ele jogou a cabeça para trás para olhar para o céu enquanto engolia, sacudindo a garganta e balançando a cabeça igual a um pelicano devorando um peixe enorme.

Depois tirou um tubo fino de metal do bolso interno do colete, perfurou a lateral de um galão de água sanitária e começou a sugar o conteúdo como se fosse uma caixinha de suco. Eu só fiquei ali, com o olhar vidrado. Ele soltou a água sanitária e já arrancava outro pedaço de papel laminado quando minha avó apareceu na varanda.

Ela desceu os degraus correndo, examinando a rua, preocupada. Então colocou a mão no braço do homem alto.

— Que tal pegar os lanchinhos e entrar?

O Sr. Harnox sorriu. Ele passou os longos braços em volta do carrinho de compras inteiro, o levantou como se não pesasse nada e subiu os degraus. Depois entrou na casa, virando de lado para que o carrinho passasse pela porta.

Observei aquele homem alto e cinza, sem acreditar. Minha avó analisou meu rosto.

— Chegou a hora de termos uma conversa, Toquinho.

— Podemos começar com por que aquele sujeito está comendo papel laminado?

Minha avó passou o braço sobre meus ombros e começou a subir os degraus, me levando junto.

— Sim, parece um pouco desagradável, não parece? Mas acho que ajuda. Pelo que sei, o óxido de alumínio desacelera o efeito corrosivo da atmosfera da Terra sobre o corpo do pobre Sr. Harnox. Isso o ajuda a aproveitar seu tempo aqui, mas ele precisa comer uma boa quantidade todos os dias. — Chegamos à porta, e minha avó olhou para trás para checar a rua outra vez. — E a água sanitária. Não sei dizer se é para limpar o corpo ou se ele apenas gosta do sabor. — Ela suspirou. — Isso aumentou bastante a conta do mercado. Depois de dois anos, ele já me fez gastar uma fortuna só com papel laminado.

Ah, tá bom...

Olhei para a minha avó. Ela não estava brincando.

Entramos na sala de estar e nos sentamos no sofá. Estávamos sozinhos, mas eu podia escutar o Sr. Harnox comendo e bebendo atrás da porta da cozinha.

— Toquinho, seu pai contou por que mandou você para cá nesse verão?

Boa pergunta. Nas duas últimas semanas, sempre que eu perguntava sobre isso, ele tentava mudar de assunto ou dizia que tinha trabalho a fazer. Imaginei que a casa da minha avó fosse o último destino possível quando aquelas viagens a trabalho surgiram para ele e para minha mãe. Achei que talvez ele apenas não quisesse discutir aquilo comigo.

Mas quando ele encostou o carro na calçada debaixo do enorme aviso de embarque do aeroporto, começou a falar muito rápido. Disse que sempre quis que eu conhecesse o lugar onde ele cresceu, e que isso talvez ajudasse a nos aproximarmos. Disse que eu estava crescendo rápido demais e que havia algumas coisas que eu precisava aprender sozinho. E disse também que, se eu prestasse atenção, minhas experiências naquele verão poderiam mudar minha vida.

Naquela hora, achei que fosse apenas papo de pai. Quero dizer, aquilo tudo parecia muito para pedir em troca dois meses numa pequena hospedaria esquisita. Mas meu pai nunca fala sobre esses assuntos delicados, então eu sabia que era melhor ficar quieto. Não que tivesse mesmo tempo para uma sessão de perguntas e respostas. Meu pai ficou só olhando pelo para-brisa enquanto fazia aquele pequeno discurso. Então, quando acabou de falar, saiu do carro e me ajudou a pegar minha mala. Alguns minutos depois, eu já estava entrando na fila de fiscalização e dando tchau.

Olhei para a minha avó. Eu não sabia bem como dizer tudo aquilo para ela, então só dei de ombros.

Ela esticou o braço e acariciou a minha mão.

— Ele também não me passou instruções muito claras. — Ela piscou para mim. — Meu único filho tem muitos talentos maravilhosos, mas receio que conversas de natureza pessoal não seja um deles.

Bufei. Era ainda pior do que aquilo. Então percebi como era desconfortável ter aquela conversa com a minha avó. Foi aí que me dei conta de que eu devia ser igualzinho a ele.

Vovó ajeitou a túnica em seu colo.

— Mas suponho que só o fato de ele ter mandado você para cá pra passar o verão me dá permissão para compartilhar pelo menos algumas coisas com meu neto.

Olhei para a porta da cozinha. Eu estava com dificuldades para entender qual era o papel do Sr. Harnox e aqueles estranhos hábitos alimentares no nosso pequeno drama familiar.

— Para começar, Toquinho, acredito em serendipitia. Com toda certeza. E sua chegada tem sido bastante serendipítica.

— Ah. É mesmo?

No fundo eu não sabia o significado daquela palavra.

— Sim. Acima de tudo, sempre quis ter a chance de conhecer meu único neto. — Ela se esticou na direção da mesinha ao lado do sofá, pegou uma foto do meu pai ainda criança e suspirou. — A roda do cosmos gira sem parar, e o melhor que podemos fazer é torcer para aguentarmos — disse, olhando para a velha foto. Ficou em silêncio por algum tempo, então limpou uma lágrima no canto do olho.

— Éramos apenas eu e seu pai, quando ele estava crescendo aqui. Receio ter cometido alguns erros, mas não quero cometê-los duas vezes.

Ela colocou a foto de volta na mesinha e olhou para mim de novo.

— Mas há outra razão para eu estar tão agradecida pela sua chegada, Toquinho. Uma razão muito importante. — Ela estava mesmo me analisando através daquelas enormes lentes cor-de-rosa, me encarando profundamente. — Veja bem, comecei a precisar cada vez mais de ajuda por aqui. Para mim, é impossível apenas contratar alguém da cidade. — Ela colocou a mão sobre a minha. — Precisava observar como alguém de fora iria interagir com os hóspedes. E você agiu de forma muito natural e amigável com todo mundo, desde que chegou. Já me foi muito útil, mesmo num período tão curto. Algo me diz que seria um excelente embaixador, para nós.

— Embaixador? Para *nós*? Nós quem?

Minha avó abriu os braços.

— Nossa espécie. Aqui na Terra. A humanidade.

Ah, não. Eu sabia aonde aquilo ia dar. Podia visualizar direitinho: um piquenique intergaláctico no quintal, com cada um dos hóspedes vestido como seu alien favorito, e eu fazendo o papel do acolhedor líder da raça humana. Tenho certeza de que ela tem uma fantasia para isso, em algum lugar. Será que era o tipo de coisa que ela fazia com meu pai quando ele era criança? Será que é por isso que ele usa calças com pregas em casa, nos fins de semana? Uma tentativa desesperada de ser normal, depois de uma infância tão estranha?

Bem, minha avó teria que ver se a fantasia caberia na Amy, aquela menina obcecada por OVNIs que conheci na cidade. Eu não a vestiria de jeito nenhum.

Abri a boca para dizer aquilo quando ela levantou a mão para me impedir de falar. Então deixou as mãos caírem no colo e começou a mexê-las, desconfortável. Então respirou fundo.

— Eu ia esperar uma semana ou duas para decidir se teríamos essa conversa, Toquinho. Mas tudo está tão agitado, nos últimos dias. — Ela olhou para mim e sorriu. — E você se saiu tão bem até agora. Além disso, sempre confiei na minha intuição. E, só de ver sua aura, posso dizer que você fará um excelente trabalho. Ela tem um brilho quase turquesa, cheio de positividade e boa índole.

Certo. Eu também não sabia muito bem o significado da palavra *aura*, mas não estava disposto a perguntar.

Olhamos um para o outro por um instante. Tentei mudar o rumo da conversa para algumas coisas mais normais que eu poderia fazer naquelas férias.

— Então... você quer que eu a ajude aqui? — perguntei. — Como ajudei indo ao mercado hoje de manhã? Cortando a grama ou algo assim? Porque posso fazer essas coisas, se você quiser.

— Bem, sim, tenho cada vez mais tarefas a serem feitas. Porém é mais que isso. — Ela colocou as mãos em meus ombros. — Meus instintos me dizem que posso confiar em você. Posso mesmo confiar em você, Toquinho?

— Claro.

Ela agia como única guardiã de um segredo da segurança nacional. Mas que segredo poderia ser tão importante para estar guardado com alguém que tomava conta de uma armadilha para turistas no meio do nada?

— Como começar? — falou, olhando para o teto como se talvez a resposta estivesse escrita ali. — Tudo começou quando recebi uma visita do mais maravilhoso... Não, essa não é a melhor forma de começar. — Ela ajeitou o cabelo e mordeu o lábio inferior. — Bem, simplesmente aconteceu de... Não. Não, também não está certo. — Ela se levantou, andou até a estante de livros e pegou um. — Aqui, talvez seja mais fácil você ler isso.

Ela me entregou um livro bem fino. Na capa estava escrito *Suas férias na Terra*. Olhei para minha avó com as sobrancelhas erguidas.

— Dê uma chance ao livro.

Abri o panfleto. No mesmo instante surgiram várias imagens holográficas flutuando bem na minha frente, cerca de 30 centímetros acima do livreto. Todo o meu corpo se retesou, e fechei aquilo mais do que depressa. Os hologramas desapareceram.

Minha avó acariciou minha mão.

— Está tudo bem.

Abri o livreto outra vez, com cautela, e as imagens saltaram. Um globo terrestre azul e verde, com cerca de 30 centímetros de diâmetro, girava bem devagar, bem em frente aos meus olhos. Parecia tão real. As cores eram brilhantes, e era um daqueles globos com relevo de montanhas e tudo mais. Segurando o livreto com uma das mãos, tentei tocá-lo, mas minha mão passou por dentro da imagem.

— Espere um instante — disse minha avó.

Logo surgiu uma seta vermelha, que apontava para a parte noroeste dos Estados Unidos. As palavras *Você está aqui!* piscavam perto dela.

Ao lado daquilo, flutuava uma imagem tridimensional de um casal acima do peso num navio de cruzeiro. Eles usavam camisas havaianas com cores chamativas e viseiras idênticas, com câmeras e equipamento de vídeo pendurados nos pescoços em quantidade suficiente para afogá-los, caso caíssem do navio. O homem até usava meias escuras esticadas até os joelhos brancos como cera.

As pessoas acenaram. Uma legenda flutuante dizia, *Dois terráqueos preparados para um dia de férias*. As palavras seguintes rolaram debaixo da imagem como a barra de legendas de canais de notícias 24 horas:

VOLTE NO TEMPO COM UMA VISITA A ESSE PEQUENO PLANETA ANTIQUADO, ESCONDIDO NUM CANTO SOSSEGADO DA VIA LÁCTEA. A TERRA É O ÚNICO PLANETA HABITADO EM SEU MINÚSCULO SISTEMA SOLAR E SERVE COMO O DESTINO PERFEITO PARA RELAXAR. A ÁREA DE RECEPÇÃO DO TRANSPORTADOR, LOCALIZADA EM UM ESTABELECIMENTO CONHECIDO NO LOCAL COMO A POUSADA INTERGALÁCTICA, FICA NUMA ÁREA POUCO ALTERADA PELA "CIVILIZAÇÃO" DOS TERRÁQUEOS. ISSO PERMITE QUE OS VIAJANTES APROVEITEM A TERRA EM SEU ESTADO NATURAL, COM ACESSO FÁCIL À FLORA E À FAUNA ABUNDANTES DO PLANETA.

Fiquei olhando fixamente para os hologramas. Estava pronto para falar algo como "Isso não pode ser real" ou "Não acredito"... mas escutei o sujeito cinza na cozinha, mastigando e engolindo sabe-se lá quantos rolos de papel laminado. Meus dedos se lembraram do toque daquela mão esponjosa, tão úmida que quase chegava a ser lodosa, e tremi.

Inclinei minha cabeça na direção da cozinha e sussurrei:
— Então... o Sr. Harnox é... você sabe... um *alien*... sério?
Minha avó fez que sim com a cabeça.

— Ele veio do planeta Shuunuu, na galáxia de Andrômeda — respondeu. — Coitadinho. Veio só para passar o fim de semana, mas algumas complicações o forçaram a estender a estada.

Minha mente entrou em transe. Se o Sr. Harnox era mesmo um... talvez aquilo indicasse que *todos* eram: a família que andava de quatro... o menino com a cabeça cheia de caroços... as pessoas dormindo no quarto *bem ao lado* do meu a noite inteira e...

Minha avó me tirou dos meus pensamentos.

— Ah, não gosto muito da palavra *alien*. É um pouco grosseira. — Ela olhou para a porta da cozinha, então novamente para mim. — Tem uma conotação negativa e significa "outro". Tento focar em nossas semelhanças. Prefiro o termo *Turista*, se não se importa.

Balancei a cabeça, como se eu entendesse. Minha boca estava muito seca.

— Então, esse livreto, quem o recebe?

— Ele é distribuído em centros de turismo em todas as galáxias do cosmos — respondeu a Vovó.

Dei mais uma olhada para os turistas cafonas, acenando e sorrindo para mim.

— Então o universo inteiro acha que nós parecemos panacas?

# 0

**Minha mente foi inundada** por um milhão de perguntas. Escolhi uma aleatoriamente:

— Então como os aliens... quero dizer, os *Turistas* chegam aqui? As espaçonaves pousam no quintal?

Minha avó riu.

— Ah, não. Isso é apenas um mito terrestre sobre viagens espaciais. Aparições de OVNIs, círculos nas plantações e todo o resto. — Ela pegou o livreto e o colocou de volta na estante. — Espaçonaves são usadas praticamente só para frete, hoje em dia, transportando mercadorias volumosas de um planeta a outro. E para a aplicação da lei, imagino. Mas apenas para negócios. Quando alienígenas viajam por turismo, quase sempre usam o sistema de transportadores.

Minha mente zumbiu. A casa da minha avó não tem sinal de telefone ou internet, mas ela conhece o segredo para viagens espaciais?

— Transportadores?

— Sim. Cada quarto tem um.

Balancei a cabeça. A porta do closet com o círculo azul brilhante. Eu não fazia ideia da sorte que tive de aquela coisa não abrir no meio da noite. Onde eu iria parar se caísse ali dentro? Eu teria que ser muito cuidadoso naquele lugar.

— Como eles funcionam?

— Bem, é um pouco complicado, e eu mesma não compreendo muito bem. Mas parece que um Turista entra num transportador em seu planeta de origem. Depois disso é rastreado, então é desmontado em seus elemento mais básicos.

— Elementos? Como na tabela periódica?

— Exatamente. Os elementos são os mesmos em todo o universo. Todos nós, humanos e Turistas espaciais, somos feitos exatamente das mesmas coisas. Sempre achei esse um conceito maravilhoso. Ele me enche de esperança.

Minha avó parecia um pouco sonhadora e distante outra vez.

— Então... os Turistas são desmembrados em elementos... — repeti, torcendo para que ela voltasse ao assunto.

— Isso mesmo. Os elementos se dissipam no planeta de origem. O rastreamento é enviado às nossas máquinas, e os mesmos elementos são recolhidos da atmosfera terrestre e reunidos para recriar o ser original. A informação genética permanece intacta, e a mesma criatura aparece aqui, quase no mesmo instante, apesar de o Turista morar a milhões de anos-luz.

Caramba.

— Dói?

— Ah, não. Só faz cócegas. Pelo menos é o que eles me contam. Parece que tudo acontece no mesmo instante. Antes de terminar de ser desmembrado num lugar, você está sendo remontado em outro.

Pensei no meu quarto outra vez.

— Aquela coisa... aquele transportador... ele disparou no meu quarto no meio da noite. — Tremi novamente. — Será que algo poderia sair dali de dentro?

Se pudesse, eu não seria capaz de dormir pelos próximos dois meses.

Minha avó negou com a cabeça e acariciou minha mão.

— Aquele está quebrado há anos. Acende e apaga de vez em quando, mas nenhum Turista consegue usá-lo. Tentei consertá-lo, mas é tão difícil que um técnico visite um planeta primitivo. Alguns outros começaram a dar curto-circuito, mas ninguém do Departamento Interestelar de Turismo dá a mínima.

O Sr. Harnox cruzou a porta da cozinha e sorriu para nós ao passar. Fiquei observando enquanto ele subia a escada, com as pernas magricelas avançando cinco degraus de cada vez.

— O planeta dele teve um pequeno problema de imigração — sussurrou a minha avó. — O governo de lá reagiu de forma completamente desproporcional e desligou o sistema transportador logo depois que o Sr. Harnox chegou. Ele está preso aqui desde então.

Coitado. As perguntas continuavam a sair.

— Você não fica preocupada de chamar esse lugar de Pousada *Intergaláctica*? Com todas as decorações com temas espaciais e tudo mais? Não tem medo de alguém descobrir?

Minha avó sorriu.

— Estamos escondidos à vista de todos. Você acha que alguém acreditaria em mim se eu contasse que alienígenas de verdade se hospedam aqui?

Bom argumento. A não ser Amy, acho, mas eu tinha a sensação de que ela estaria disposta a acreditar em qualquer coisa que ouvisse sobre alienígenas.

— Bem, e quanto aos hóspedes humanos?

— Hóspedes humanos? — repetiu Vovó. — Não tenho um desde... — Ela apertou os olhos e me encarou. — Acho que *nunca* tive um hóspede humano.

Uau. Eu estava tentando absorver aquilo tudo quando a pergunta mais óbvia passou pela minha cabeça.

— Meu pai sabe disso?

Vovó respirou fundo.

— Abri a hospedaria quando ele era um bebê, é verdade — respondeu. — Mas as coisas eram diferentes naquela época, quando ele estava crescendo. Ainda não tínhamos um panfleto pronto, nem mesmo uma página no guia do Departamento Interestelar de Turismo, então os negócios não iam muito bem. Recebíamos alguns casais em lua de mel de vez em quando, que procuravam um lugar muito isolado, mas esse pessoal sempre passa a maior parte do tempo no quarto.

Eca. Obrigado pela imagem mental, Vovó. Não quero visualizar aliens fazendo mais aliens. Devo ter dado uma careta, porque ela olhou para mim e riu um pouco antes de continuar.

— E recebemos alguns xenocientistas e pesquisadores planetários, mas eles passavam o tempo todo lá fora, tirando fotos e coletando amostras do solo e da água. — Vovó deu de ombros. — Consegui esconder muita coisa dele.

Ela olhou pela janela com uma expressão de quem via coisas que aconteceram havia muito tempo. Então suspirou.

— Pobrezinho. A mãe era a maluca da cidade, e ele queria tanto se enturmar. Se dedicou à escola, a clubes, política estudantil, esportes. Criou o seu próprio mundo, o seu próprio senso de realidade. Trabalhava em projetos na escola ate tarde, ficava na casa de amigos, mas nunca os trazia aqui. Quanto mais velho ficava, menos nos víamos.

Eu estava tendo dificuldade para imaginar meu pai criança. Era fácil acreditar que ele já começara a viver como um homem de 1,80m, usando blazer e com um celular acoplado ao ouvido.

Minha avó mudou de posição no sofá, desconfortável.

— Assim que ele chegou à adolescência, certas coisas se tornaram óbvias. Mas eu ainda mantinha alguns segredos. E então, antes de termos chance de conversar sobre tudo, ele foi para a Universidade da Flórida. O lugar mais distante para onde poderia ter ido, sem sair do país. — Ela ficou em silêncio por um bom tempo, então falou: — Acho que você deveria falar com seu pai se tiver qualquer outra pergunta sobre a vida dele aqui.

Fiquei sentado, pensando no fato de que agora sabia um segredo que, talvez, apenas outras duas pessoas no mundo soubessem. Meu coração acelerou. Eu não tinha certeza de que estava pronto. A minha nota de ciências não parecia suficiente para me qualificar como o embaixador da humanidade para visitantes dos confins do espaço.

Minha avó levantou o olhar do chão, lágrimas deixavam seus olhos brilhantes por trás daquelas lentes cor-de-rosa.

— Você se parece tanto com ele, Toquinho, quando tinha a sua idade. Sinto que essa é minha chance de recomeçar. Espero que isso faça algum sentido.

Ajeitei um pouco minha postura e fiz que sim com a cabeça. Ninguém nunca confiou em mim daquele jeito. Eu não queria decepcioná-la. Tinha tantas outras perguntas, mas antes que eu pudesse abrir a boca...

*Ding! Ding! Ding!*

Uma campainha tocou várias vezes, o som vinha do armário com as chaves.

— Venha comigo, Toquinho.

Atravessando o corredor, minha avó abriu o armário. Ao lado da chave do quarto 3B, uma pequena luz verde piscava no mesmo ritmo da campainha.

— Bem, parece que conseguiremos lhe dar um pouco de treinamento prático. Uma das coisas com que mais preciso de ajuda são as GRAVATAs.

— Gravatas?

— Gentil Recepção, Avaliação e Vistoria da Aparência Terráquea dos Aliens. Um processo muito importante. — Minha avó abriu uma porta lateral que dava para uma despensa. Continuou falando comigo por cima do ombro enquanto vasculhava o depósito. — É essencial que ninguém descubra nosso segredo, é claro. Você sabe como as pessoas tratam aqueles que são diferentes. Dá para imaginar o que fariam se soubessem que há visitantes do espaço aqui.

Eu já tinha visto filmes bastantes para ter uma imagem clara. Armas, tanques, mísseis. Experimentos secretos em laboratórios subterrâneos.

Vovó saiu da despensa e me entregou uma mala. Uma plaquinha na frente dizia KIT COMPLETO DE MAQUIAGEM E ACESSÓRIOS.

— Mas humanos xeretas são a menor das minhas preocupações, pra dizer a verdade. Pior que isso é que, se meu segredo for descoberto, o pessoal do Departamento Interestelar de Turismo vai tirar minha licença de hotelaria. Talvez pra sempre.

— Sério?

— Ah, sim. O departamento já é cheio de dedos para conceder licenças a hoteleiros em planetas primitivos, mas pedi para um amigo mexer uns pauzinhos. Acho que não levaria muito tempo para revogarem minha licença. Por isso, tento chamar o mínimo de atenção possível.

Eu me sentei no sofá e coloquei a mala sobre os joelhos. Lá dentro, tinha tudo que poderia ser necessário para criar disfarces: tinta para o rosto, narizes falsos, bigodes, esse tipo de coisa.

— O que você faz com tudo isso?

— Quando os Turistas chegam, precisamos nos assegurar de que eles estejam prontos para se misturar com as pessoas da Terra.

— Então usamos essas coisas para garantir que eles pareçam... normais?

Minha avó fungou.

— "Normais" de acordo com a definição limitada da Terra, pelo menos. Muitos fazem umas pesquisas antes e já chegam disfarçados da melhor forma possível para se misturar. Mas, céus, alguns acham que qualquer forma de vida à base de carbono pode pular aqui e sair andando sem ser notada. — Ela balançou a cabeça. — Estão acostumados a visitar lugares cujos habitantes estão mais familiarizados a hóspedes de outros planetas, imagino. — Ela se virou e subiu os primeiros degraus. — Traga o kit e me siga, Toquinho. Aquelas pessoas vão chegar ao 3B a qualquer momento.

Segui minha avó pela escada. Estávamos quase no segundo andar quando ouvimos batidas na porta da frente. Vovó olhou para o relógio.

— Ah, não. Deve ser o carteiro com a entrega semanal. Viu do que estou falando? Não há tempo suficiente para uma mulher fazer isso tudo. Nos últimos anos, parece que só as GRAVATAs têm ocupado a maior parte dos meus dias. — Ela começou a descer os degraus. — Acha que consegue segurar as pontas no 3B por um momento? Só até eu chegar lá em cima?

*Eu? Tipo assim, sozinho, eu?*

— Isso é... quero dizer, você acha que... é seguro?

— Em quarenta anos, nunca tive problemas com um Turista. — Ela gesticulou para que eu subisse a escada. — Só jogue conversa fora. Enrole-os até eu chegar para demonstrar como se faz uma sessão completa de GRAVATA. — Vovó desceu a escada e voltou-se quando chegou lá embaixo. — Descubra se eles falam inglês bem o bastante para se virar. Só dá pra descobrir tentando, na verdade.

Então ela dobrou no corredor e sumiu de vista.

Engoli em seco. Talvez para Vovó seja fácil lidar com a chegada repentina de aliens, mas meu coração disparou enquanto eu subia os degraus devagar. Claro, em alguns filmes os alienígenas são amigáveis e querem ajudar as pessoas, como *E.T.* ou *Super-homem*. Mas há muito mais filmes em que eles querem apenas sugar cérebros humanos pelos ouvidos ou chocar ovos dentro dos corpos. Precisei de toda a minha força de vontade para colocar um pé na frente do outro e me arrastar até o terceiro andar.

# 9

**Quando acabei de subir** o segundo lance de escada e cheguei ao quarto 3B, podia sentir gotas frias de suor na testa e círculos úmidos nos sovacos. Bati, mas ninguém respondeu. A porta rangeu quando a abri, bem devagar.

Sentei na cama e esperei, respirando fundo para acalmar o ritmo cardíaco.

Um círculo azul brilhante apareceu no centro da porta do "closet", pulsando cada vez mais rápido até se tornar constante. Um zumbido acompanhou as luzes pulsantes, se transformando num chiado.

Levantei e dei alguns passos na direção da porta. Aquilo era loucura. E provavelmente perigoso. Eu não podia continuar. Eu não fazia nada tão perigoso desde a última vez que Tyler me desafiou a...

É isso! Os Desafios. Encare isso como um dos Desafios. Finja que o Desafio Colossal de Verão escolhido por Tyler era Conhecer um Alien. Nada de amarelar.

Talvez pareça idiotice, mas ajudou. Meu coração se acalmou e consegui recuperar o fôlego. Já fiz todo tipo de coisas assustadoras porque *tinha* que fazer, já que não havia como fugir de um Desafio. Aguardei a chegada.

O chiado do círculo azul atingiu sua nota mais aguda, então parou de repente. Uma nuvem de vapor passou por debaixo da porta e se espalhou na direção do teto. Escutei um *whoosh* baixinho. A porta se abriu devagar.

O vapor se dissipou. Parados à minha frente, estavam dois aliens.

Eles devem ter estudado aquele panfleto, porque copiaram os turistas cafonas quase com perfeição. Usavam camisas havaianas brilhantes demais, viseiras e tudo mais que tinham direito.

— O-lá — falou o macho (ou o que eu achei que fosse, pelo menos). — Você é a primeira criatura da Terra que conhecemos. — Ele deu uma olhada rápida num aparelho com formato de livro que carregava, esticou o braço e falou. — Gostaria de segurar minha mão e sacudi-la para cima e para baixo em um gesto de saudação?

— Certo.

Apertei sua mão. Era bem fria. E não estou dizendo que era apenas gelada, estava mais para congelante.

— Isso foi ótimo!

— Obrigado... já fiz isso antes.

— Claro que fez! Você mora aqui. — Ele urrou uma série de grunhidos agudos. Um sorriso largo esticou seu rosto, então imaginei que estivesse rindo.

Tentei retribuir o sorriso. Nós três trocamos olhares por um momento. O macho parecia bastante amigável, mas eu não tinha certeza quanto à fêmea. Ela estava aqui havia apenas dois minutos e já sabia imitar muito bem o típico sorriso terrestre de desdém. Comecei a prestar atenção aos sons, rezando para ouvir os passos da minha avó vindo pelo corredor. Se me dissessem uma semana antes que eu conheceria um alienígena, tenho certeza de que teria pensado em mil perguntas boas para fazer a ele. Mas nada me vinha à cabeça naquele momento.

Continuei olhando. Numa tentativa de fazer aquilo parecer menos indelicado, comecei a balançar a cabeça. Não sei por quê. Talvez parecesse encorajador, ou pelo menos não muito ameaçador. O macho deve ter pensado que aquilo era outro ritual da Terra, como apertar mãos, e imitou. E aí eu não sabia mais como parar. Ficamos ali, balançando as cabeças um para o outro como dois pacientes de um manicômio.

A fêmea parecia irritada.

— Podemos sair logo? Agora?

Aquilo me tirou do transe. Parei de balançar a cabeça.

— Hmm... na verdade, vocês precisam esperar aqui um pouco.

— Por que razão? — perguntou ela.

— Vocês precisam ser... ah... GRAVATAdos.

— O quê?

— Bem, seus disfarces de terráqueos... eles precisam ser revistos, inspecionados, ou o que quer que seja, e aí...

— Inspecionados?

Ela cuspiu a palavra.

— Bem, você sabe, para garantir que estão prontos. Prontos para sair. Lá pra fora.

Ela soltou um longo suspiro.

— Apresse-se e acabe logo com isso, então.

— Na verdade, não sou eu que...

— Nós pagamos muito por essas pequenas férias. Comece logo — mandou ela.

Olhei para a porta, desejando que minha avó aparecesse. Nada. A fêmea batia com o pé no chão num sinal de impaciência que deve ser universal.

Era melhor eu pelo menos tentar começar. Vovó queria que eles parecessem "normais", então olhei bem para os dois. Tinham uma boa aparência, no geral... mas um olhar mais atento revelou algo que poderia ser interpretado como fora do comum.

— Senhor? Tem uma mancha roxa brilhante na sua bochecha.

— Sinto muito. Você é o especialista, não é mesmo? Pode ajudar?

Especialista. Certo. Pelo menos ele não percebia que eu estava no ramo havia apenas cinco minutos.

Passei o peso do corpo de um pé para o outro, olhando de um alien para o outro. Eles também olhavam para mim. Balancei a cabeça mais um pouco e limpei a garganta, tentando preencher o silêncio constrangedor. Talvez a minha avó não devesse ter confiado tanto em mim, no fim das contas.

— Bem, o que você está pensando em fazer para consertar isso? — perguntou a fêmea.

Notei uma caixa de lenços de papel na mesa de cabeceira. Desesperado, peguei algumas folhas e me aproximei do macho. Ele se curvou e me ofereceu a bochecha.

Esfreguei a mancha roxa. Péssima ideia. A área roxa cresceu. E era congelante, igual às mãos dele, e um pouco... escamosa. Entrei em pânico e esfreguei com mais força. Pedaços borrachudos cor de carne caíram do rosto enquanto o lenço de papel arrancava o disfarce para revelar a pele verdadeira. Outro naco caiu e um terceiro olho, no meio da maçã do rosto, se abriu e me encarou. Tremi. Parte do lábio também tinha se desfeito, e algumas presas afiadas ficaram à mostra na lateral do rosto.

Consegui parar a esfregação frenética e me afastei. Tinha transformado um Turista com a aparência quase normal num figurante de filme de zumbis comedores de carne humana.

— Não sei muito sobre este pequeno planeta, mas acho que você não está ajudando — observou a fêmea.

— Besteira, deixe o homem fazer seu trabalho — retrucou o macho.

Ele sorriu, provavelmente com a intenção de ser amigável, mas parecia um tanto assustador, devido às circunstâncias.

Eu estava perdido. Pequenas gotas de suor escorreram pela minha testa. Escondi as mãos atrás do corpo, para os alienígenas não perceberem que estavam tremendo.

Por fim, minha avó entrou no quarto com um enorme sorriso no rosto.

— Bem-vindos à Terra, viajantes — falou, abrindo bem os braços. — Estamos tão felizes pela visita. — Ela deu um grande abraço em cada alien, então se afastou e passou o braço sobre meus ombros. — Vejo que conheceram Toquinho. Ele é meu neto e o mais novo funcionário da pousada. — Ela olhou para mim. — Como vão as coisas?

— Ah, você sabe, tudo bem — menti. — Eles só... ahn, quero dizer... precisamos dar um jeitinho nele. Ali naquela região.

Apontei para o rosto do alienígena macho.

— Claro, sem problemas — respondeu Vovó.

Ela estava muito calma, como se tudo aquilo fosse perfeitamente normal. Percebi que, pelo menos para ela, era mesmo.

Vovó abriu o kit de maquiagem e tirou um frasco de líquido cor de pele.

— Acho que isso aqui é o melhor produto para disfarces. — começou a me instruir. Ela foi para a frente do alienígena macho. — Feche aquele olho mais baixo, por favor. Obrigada.

Vovó virou o frasco de cabeça para baixo sobre uma pequena esponja, então esfregou a maquiagem em cima do terceiro olho do alienígena. Ele desapareceu com alguns movimentos circulares.

Depois ela se virou e me entregou a esponja.

— Aqui, Toquinho. Acha que consegue terminar a bochecha enquanto eu retoco aquele lábio?

— Hmm, claro.

Eu me aproximei e fiquei ao lado da minha avó, aplicando a maquiagem no rosto do alienígena. Levei muito mais tempo do que ela para espalhar o produto de maneira uniforme, mas as escamas roxas acabaram sumindo.

Vovó vasculhou o kit e tirou uma fina folha de borracha cor de pele.

— Pele protética — explicou. Então cortou duas tiras com uma tesoura pequena e abriu um vidro raso. A tampa tinha um pequeno pincel acoplado, que ficava mergulhado em um líquido quando o vidro estava fechado. Ela o passou na pele de borracha. — E isso é goma espírito — continuou. — É muito grudenta e de longa duração. Artistas de teatro usam isso para prender bigodes falsos ou cicatrizes.

Continuei esfregando a maquiagem no rosto do alien. Minha avó foi para perto de nós e pressionou a pele de borracha contra os lábios dele, refazendo as partes que eu tinha arrancado. Então retocou os novos lábios com tinta cor-de-rosa. Terminamos ao mesmo tempo.

Então nos afastamos para ver o resultado. Incrível. Vovó levou menos de dois minutos para consertar a besteira que eu tinha feito.

— E agora, como estamos? — perguntou o alienígena macho.

Ele abriu os braços para a inspeção, e um terceiro braço saiu do meio da camisa, bem onde um dos botões tinha sido aberto. Também era roxo e escamoso. É provável que aquilo fosse considerado um pouco fora do comum, em Forest Grove.

Esperei minha avó responder, mas ela apenas olhou para mim com uma sobrancelha erguida.

— Você, hmm, acho melhor manter *isso* escondido — falei, apontando para o braço que saía do seu peito.

Vovó piscou para mim e assentiu com a cabeça.

— Ah, sim, você está certo — respondeu, e deslizou o braço de volta para dentro da camisa. — Agora me lembro: vocês só têm dois. Mas ainda não estou entendendo muito bem como se viram só com eles!

Ele soltou aquela risada latida mais uma vez.

— Isso é tudo? — perguntou a senhora alienígena.

Minha avó teve que ajudá-la com o cabelo, pois a peruca grisalha e encaracolada estava um pouco torta. Mas, tirando aquilo, ela estava bem.

— Vocês estão adoráveis. Prontos para as férias — comentou a Vovó. — Vou dar a vocês alguns mapas da região. Há excelentes trilhas de caminhada se quiserem explorar os atributos naturais da Terra. Me acompanhem até o primeiro andar, e lhes darei uma orientação detalhada sobre como se comportar entre os terráqueos, antes de saírem.

Vovó abriu a porta e gesticulou para que eles saíssem. Enquanto o alienígena macho caminhava na direção da porta, esticou a mão na minha direção. Eu me aproximei para apertá-la outra vez, mas, em vez disso, ele deixou cair meia dúzia de pequenos cubos na palma da minha mão. Eram verdes metálicos e brilhantes, e, quando os toquei, cores néon piscaram em todas os lados.

— O que é isto? — perguntei.

— Qual é o problema? Não é o suficiente para você? — retrucou a alienígena fêmea.

— Ah, não, é uma gorjeta muito generosa — respondeu Vovó. — Tenho certeza de que Toquinho está muito agradecido.

Olhei para os pequenos cubos piscantes, então de volta para o alienígena macho.

— Obrigado.

Não me importei em complementar com um: *Tenho certeza de que esse dinheiro será muito útil. Sabe, da próxima vez que eu visitar seu planeta.*

Vovó acompanhou os alienígenas até a porta. Quando eles estavam no corredor, ela se virou e sussurrou.

— Excelente trabalho, Toquinho. Estou muito orgulhosa.

— Mas você fez tudo — respondi.

— Você manteve a calma, isso é a coisa mais importante — retrucou Vovó. — Precisava ter me visto no começo. Eu estava tão nervosa que deixei o primeiro cliente sair pela porta da frente com tentáculos amarelos escapando pelas mangas. Tive que segui-lo até a rua e trazê-lo de volta quando percebi. Acredite, você foi fantástico.

— Obrigado.

Meu rosto ficou um pouco quente. Eu não estava muito acostumado a fazer tarefas importantes em casa.

Olhei para minhas mãos e me lembrei do frio da pele do alien contra a minha. Não consegui evitar um pequeno arrepio.

— Aqueles Turistas pareciam muito simpáticos, mas mesmo assim... tem certeza absoluta de que isso é seguro? Não estou dizendo que achei que eles fossem me atacar ou coisa do tipo. Mas isso é, bem, seguro para o meio ambiente? Sei lá, eles não podem trazer germes alienígenas ou algo do tipo?

— Faço isso há quase quarenta anos e nunca peguei um vírus venusiano ou sequer dei um espirro por causa de uma doença saturniana. Com certeza é seguro. — Ela sorriu para mim. — Além disso, já vi alguns lugares em que rapazes colocam as mãos bem aqui nessa Terra repleta de germes. Algumas partículas de poeira de um planeta distante deveriam ser a menor de suas preocupações. — Ruborizei com aquela declaração, embora eu não soubesse muito bem por quê. — Mas posso comprar alguns vidros de álcool gel para espalhar pela casa se isso o fizer se sentir melhor.

Dei de ombros.

— Tudo bem. Confio em você.

Vovó se aproximou e segurou meu rosto entre suas mãos.

— Sinto que também posso confiar em você, de verdade. Agora, com toda a seriedade, nosso trabalho mais importante é garantir que ninguém descubra a verdade sobre nossos hóspedes. Espero, de coração, que chegue o dia em que a Terra possa lidar com esse conhecimento, mas receio que o momento ainda não tenha chegado.

Balancei a cabeça, concordando, e meu rosto ficou ainda mais quente.

— Prometo guardar o segredo.

— É uma bênção tão grande tê-lo por aqui, Toquinho. — Vovó se inclinou e beijou minha testa. — Fico feliz por termos conseguido um pouco de treinamento. Enquanto eu estava lá embaixo, os sensores dispararam indicando três outras chegadas neste mesmo andar. Acho que você ficará muito ocupado hoje!

# 10

**Atravessei o corredor apressado** até o quarto 5B, determinado a fazer a próxima GRAVATA sem ajuda da minha avó. Não tive chance de ficar nervoso daquela vez: a porta do transportador se abriu assim que entrei no quarto.

A coisa que rastejou para fora do "closet" parecia uma lula. Tinha cerca de metade da minha altura, mas a maior parte do corpo era uma enorme cabeça redonda, vermelho-arroxeada com redemoinhos verdes, coberta por todos os lados de pequenos olhos piscantes. Talvez uns cem. Ela deslizou pelo chão com a ajuda de pelo menos uma dúzia de braços que lembravam cobras, cobertos por tentáculos, que saíam direto do pescoço da criatura.

Olhei para o kit de disfarce em minhas mãos. Pelo que via, parecia que um toque de maquiagem e um bigode falso não seriam suficientes para que aquele Turista, em particular, se misturasse aos cidadãos de Forest Grove.

De repente, todos os olhos da criatura se fecharam, a não ser quatro ou cinco que me encaravam. Então ele começou a gritar.

"╠┐⊙⅄⋺⩎Ŵ⊔⋇⋆‡╠!!!"

Que diabos...? Eu podia até não ter compreendido as palavras, mas mesmo alguém com apenas meia hora de treinamento em receber aliens podia dizer que ele estava irritado.

— Sinto muito, hmm... senhor? Não consegui entender o que disse.

O alien enfiou a ponta de um daqueles braços que pareciam cobras num buraco em sua cabeça — seria um ouvido? — e girou. Então tirou o dedo com um barulho de sucção e bateu de leve na lateral da cabeça algumas vezes.

— Que tipo de câmara de recepção é essa, num planeta oceano? — resmungou, de repente. — Isso é inaceitável!

Fragmentos de uma gosma roxa do tamanho de bolas de gude voaram de sua boca enquanto ele falava, e respingaram na frente da minha camiseta. Tinha cheiro de maresia.

— Bem... hmm... não sei exatamente se...

— O que é você, algum tipo de tumblerita comedor de catarro? Exijo falar com a gerência neste instante! — Ele estava começando a aumentar muito a voz. — Diga que há alguma coisa parecida com vida inteligente neste planeta. Exijo...

— Qual é o problema aqui? — perguntou Vovó, entrando no quarto. Eu estava metade envergonhado, metade aliviado por ela estar aqui para me salvar mais uma vez. — Ah, querido, parece que alguém foi enviado para o destino errado.

— Pode apostar! Eu deveria estar no planeta oceano de Krustacia. Para onde fui transportado?

— Bom, receio que esteja na Terra — respondeu a Vovó.

— Terra? Nunca ouvi falar — zombou a criatura.

Tentei pensar em algo que eu pudesse fazer para ajudar Vovó, mas minha mente estava vazia.

— Não se preocupe, amigo — começou ela. — Podemos colocá-lo de volta no transportador e enviá-lo para casa agora mesmo.

— Ah, nada disso — gritou a criatura parecida com uma lula. Os membros em forma de tentáculo faziam movimentos bruscos enquanto ela deslizava para longe de mim e da Vovó, e se alojava num canto do quarto. — Não serei transportado para casa ainda. Paguei pela viagem adiantado e *vou* aproveitar as férias a que tenho direito.

Minha avó me segurou pelo braço e me levou na direção da porta.

— Sem problemas, senhor — respondeu, enquanto saíamos do quarto. — Vamos preparar tudo para o senhor agora mesmo. Espere só um momento aqui dentro.

Ela se virou para mim e sussurrou enquanto caminhávamos pelo corredor.

— Mais problemas com os transportadores. Gostaria que alguém aparecesse para dar uma olhada naquela máquina. — Ela destrancou um armário no fim do corredor e vasculhou o interior. — Precisamos colocar aquele Turista na água mais do que depressa. Se não me falha a memória, aquela espécie é do planeta Mussatonia. Se ficarem secos por muito tempo, podem enrugar e morrer.

— Isso é horrível.

— Eu sei. Dá pra sentir o cheiro de um mussatoniano morto a quilômetros de distância! Eu nunca conseguiria tirar aquele odor do carpete.

Vovó deu um sorriso sarcástico. Ela podia ser velhinha, mas eu respeitava a forma como ficava calma em momentos de tensão. Percebi que, de uma forma esquisita, eu podia aprender algo observando-a: um bom armador precisava do mesmo tipo de compostura sob pressão. Respirei fundo e tentei fazer a agitação ir embora.

Tirei algumas caixas do caminho enquanto Vovó se embrenhava pelo depósito. Ela procurou em silêncio por um instante, o que me permitiu organizar os pensamentos.

— Aquele Turista fala a nossa língua muito bem — falei.

— Ah, acho que ele está trapaceando — respondeu Vovó. Ela ergueu o olhar das caixas e, notando minha expressão confusa, continuou: — Ele provavelmente está usando um tradutor. Um pequeno cristal de computador alojado em seu cérebro que transforma os pensamentos em palavras que podemos compreender. Muitos Turistas usam tal artifício. Tecnicamente, esse tipo de tecnologia sofisticada não deveria ser usado em planetas primitivos, mas eu costumo deixar passar. Torna meu trabalho mais simples, para ser sincera.

Uau. Tecnologia alienígena parecia algo muito bacana.

— Será que os humanos poderiam construir algo assim? — perguntei. Os deveres de casa de introdução ao espanhol ficariam muito mais fáceis. — Como funciona?

Ela deu de ombros.

— Pra ser sincera, não faço a menor ideia.

— Sério? Você não fica curiosa?

Vovó parou de vasculhar o depósito por um instante e sorriu para mim.

— Se você visitasse outro planeta, conseguiria explicar aos nativos como funciona um aparelho de televisão? Com detalhes suficientes para que eles pudessem construir um igual? Ou apenas aceitaria o fato de que de alguma forma ele funciona e assistiria aos programas?

Dei uma risada constrangida.

— Você tem razão.

Vovó retomou a busca.

— Ah, aqui está! — Ela moveu alguns cobertores e descobriu um enorme aquário. — Perfeito. Sei que é apenas seu primeiro dia no trabalho, mas teremos que adicionar "cicerone" à descrição do cargo.

Vixe. Eu não sabia dizer se gostava de como aquilo soava.

— Cicerone?

Ajudei Vovó a empurrar o aquário, que era muito pesado para levantar. Atravessamos o corredor até o banheiro, onde ela começou a enchê-lo de água.

— Sim. Se eu não oferecer àquele Turista algum tipo de programa de férias, é capaz de ele enviar um formulário com comentários negativos para o Departamento Interestelar de Turismo. — Vovó piscou. — E não quero manchar minha ficha perfeita de quarenta anos de serviço. Então, se puder apenas levá-lo até o rio para que ele nade um pouco, tenho certeza de que ele ficará satisfeito.

— Hmmmm... você tem certeza de que é uma boa ideia? Levá-lo para fora?

— Ah, a trilha do rio fica a apenas a uns 100 metros daqui. Acho difícil você encontrar alguém. Mas, se acontecer, basta dizer que é sua lula de estimação ou algo assim.

Eu estava começando a achar que talvez a Vovó estivesse ficando um pouco confortável demais com os alienígenas, depois de quarenta anos de convivência.

No entanto, quinze minutos mais tarde eu estava puxando um carrinho Radio Flyer vermelho vivo pelo caminho pavimentado em frente à casa. Empoleirado sobre o carrinho estava o aquário, com um pouco de água dentro, abrigando o

Sr. Homem-Lula. Estava bem apertado, e boa parte da cabeça dele ficava por cima da borda do aquário. A geringonça toda pesava cerca de 50 quilos, mas o Sr. Harnox a carregara até o térreo para mim sem dificuldades.

Quando chegamos ao portão da frente, um dos braços do Sr. Homem-Lula se enroscou sobre uma das laterais de vidro para espantar o enxame de mosquitos que zumbia em volta de sua cabeça. Uma mulher — uma mulher *humana* — corria pela estrada, empurrando uma criança pequena num carrinho de bebê para corridas. A criança apontou para o aquário e riu. A mulher olhou para a gente de um jeito estranho e atravessou para o outro lado da estrada.

— Pare com isso! — sussurrei.

Naquele momento, lá fora com um dos alienígenas, eu não conseguia parar de pensar no que tinha prometido à minha avó: eu faria o que pudesse para ajudá-la a manter seu segredo.

As rodas do carrinho rangiam enquanto eu o puxava pela calçada.

— Isso é um absurdo! — reclamou o Sr. Homem-Lula. — Nunca ouvi falar de um meio de transporte tão degradante!

— E nada de falar, também. O senhor prometeu.

Tive que segurar aquele braço gosmento e meio que enfiá-lo de volta no aquário.

Quando ele finalmente ficou quieto, abri o portão e arrastei o carrinho para fora do jardim. Era bem pesado. Consegui movê-lo com firmeza pelo asfalto, mas, quando entrei na trilha perto do parque, um pequeno caminho de terra que levava ao rio Nooksack, tive que fazer força só para avançar alguns metros antes de dar uma guinada e parar. Então precisei descansar um pouco antes de puxar de novo, com os dois braços.

Então, quando vi um pessoal vindo da direção do parque, não tinha como correr e me esconder.

— Ei, é o Toquinho, o Garoto Espacial! — gritou Eddie, enquanto os três adolescentes se aproximavam.

Ah, não. Percebi que não via aqueles caras desde que dei um bolo neles, depois de combinar de encontrá-los para jogar bola no parque, e aquele não era o melhor momento para um segundo encontro.

— O que você tá fazendo?

— Ah, nada. O de sempre. Só dando uma caminhada.

O que mais eu podia dizer? Tentei não dar bola para a presença do carrinho de brinquedo e do aquário com o alienígena roxo.

— O que é isso? — perguntou Greg, apontando para o carrinho de brinquedo e o aquário com o alienígena roxo.

— Ah, você sabe. — Engoli em seco. — É só... uma lula. É meu bichinho de estimação.

Ouvi o Sr. Homem-Lula debochar daquilo, então dei uma cutucada em sua cabeça com o cotovelo, para lembrá-lo do nosso acordo de manter silêncio.

— Você tem um *lula* de estimação? — perguntou Brian.
— E a leva para dar passeios? — Eles caíram na gargalhada. Fiquei só olhando para o chão. — Deixe-me adivinhar, foi ideia da sua avó.

Eddie tinha apanhado um galho caído e se aproximava furtivamente do Sr. Homem-Lula, esticando o braço como se fosse cutucar o alienígena. Aquilo seria um desastre. Eu tinha que...

— Ah, deixem ele em paz, galera. — Minha cabeça virou muito depressa na direção da nova voz, e vi Amy saindo de trás de algumas árvores. — Vocês não sabem de nada, nunca saíram de Forest Grove desde que nasceram.

Aposto que um monte de gente na Flórida têm lulas de estimação. Não é mesmo, Toquinho?

— Hmmmm, isso mesmo — falei.

Não estava nem perto de ser verdade, é claro, mas fiquei grato por ela ter me defendido.

Os outros três se entreolharam e deram alguns passos para trás, para longe de Amy. Eddie largou o graveto no chão de terra.

— Certo, tudo bem, Garoto Espacial — disse Brian. — Se sua lula de estimação algum dia aprender a trazer um osso ou apanhar um disco, talvez você possa vir brincar com a gente no parque.

Eles se viraram e foram embora, ainda rindo.

Eu me virei para olhar para Amy.

— Obrigado.

— Não há de quê.

— Sabe, eles quase pareciam ter medo de você.

— Eles sabem com quem se meter. — Amy deu de ombros. — Mas em geral não são tão maus. Só gostam de zombar das coisas que não compreendem. — Ela revirou os olhos. — É uma pena que aparentemente isso inclui quase tudo.

— Certo...

Eu simplesmente fiquei parado, fingindo que não estava carregando um alienígena aquático enorme e rabugento.

Amy deu dois passos na minha direção e indicou o aquário com a cabeça.

— Você tem um monte de calamar ali.

*Kala-ma-rr?* Será que aquilo era uma espécie de código para extraterrestre? Minhas mãos ficaram suadas, e eu segurei o puxador do carrinho com ainda mais força, tomado pelo pânico.

— Ah, não... não é, você sabe, o que parece... não é nada... quero dizer, é só uma lula, uma lula de estimação... hmm, qual o significado dessa palavra, exatamente?

Amy riu.

— Relaxa, Toquinho, eu só estava brincando. Calamar é um aperitivo de lula frita. É um pouco borrachudo, mas é bastante saboroso.

Ah, não. O Sr. Homem-Lula não gostou nada daquilo. Ele se estufou até a cabeça sair toda da água. Então abriu a boca para dizer sabe-se lá o que, mas coloquei o cotovelo sobre aquela cabeça escorregadia e o empurrei de volta para dentro do aquário. Tentei fazer com que aquilo parecesse casual, mas tive que me apoiar nele com todo o meu peso. O alienígena bufou dentro da água, soltando um monte de bolhas que foram até a superfície. Amy nos observou com as sobrancelhas erguidas.

— Ah, sim, um aperitivo — falei. — Essa foi boa. Haha. — Acariciei a cabeça do alienígena algumas vezes, torcendo para que aquilo parecesse afetuoso. — Nunca faríamos algo assim com o velho bichinho de estimação da Vovó.

Quando eu disse *bichinho*, outra rajada irritada de bolhas se agitou no aquário.

— Claro que não. Totalmente fora de questão, tenho certeza. — Amy parecia muito compenetrada para estar falando sério de verdade. Continuei a me engalfinhar com o alienígena, tentando manter aquela cabeça enorme debaixo d'água. — Posso ver que você se apegou muito a ele.

Fiz um pouco mais de carinho.

— Sim, com certeza me apeguei.

— E qual é o nome dele?

— O nome dele?

— Sim, o nome desse bichinho de estimação ao qual você se apegou tanto.

— Certo. O nome dele. Ele tem muitos nomes, sabe? Apelidos.

— Entendi. Você se importaria de me dizer um deles?

A pergunta pareceu muito inocente para de fato *ser* inocente.

Minha mente disparou.

— Claro que não... Nesse momento eu o chamo de... Luleco Bolheiro.

— É um nome bem grande. Deve ser um problema quando você precisa chamá-lo para comer.

— Sim. Às vezes eu o chamo de Bolha para encurtar.

De onde estavam saindo aquelas coisas?

Amy balançou a cabeça.

— Boa.

Será que ela estava tentando esconder um sorriso irônico?

— Escute, você se importa se mudarmos de assunto? Não tem muita gente da minha idade na casa da minha avó para eu ter conversas interessantes, entende?

— Sem problema. — Amy balançou a cabeça, concordando. — Então, o que achou de Forest Grove até agora?

— Ah, achei bem... — *Descobri o segredo mais incrível da história da Terra! Estou morrendo de vontade de compartilhar isso com alguém e você seria perfeita!* — ...bem legal.

O Sr. Homem-Lula tinha se acalmado, então diminuí a pressão que fazia contra sua cabeça. Ele girou no aquário e ficou de costas para mim. Dei um passo para longe do carrinho e suspirei, agradecido pela chance de prestar mais atenção em Amy.

Ela estava usando um boné de beisebol, um par de chinelos cor-de-rosa e uma camiseta regata longa por cima do biquíni

Eu não costumava prestar atenção às roupas das meninas, mas com ela era diferente. Torci para não parecer tão...

— O que é esse negócio na sua camisa? — perguntou Amy.

Olhei para baixo. Eu tinha tentado limpar a maior parte da saliva do alienígena, mas reparei que ela acabou manchando minha camisa com vários borrões escuros. Eu podia sentir meu rosto ficando da mesma cor.

— Ah... isso. Certo. Eu só, err, derrubei um pouco de geleia em mim mesmo. No café da manhã. — Houve um silêncio constrangedor. — Acontece.

— E ela se espalhou por toda a sua camisa, desse jeito?

— Hmm... sim.

— Bem, não posso dizer que estou muito surpresa.

— Sério? Por quê?

Será que eu parecia alguém assim tão desastrado?

— Fazemos geleia com frutas silvestres, por aqui. E elas podem ser muito imprevisíveis. Você não deve estar acostumado, já que é da Flórida, e tudo mais.

Ela falou aquilo com a expressão muito séria.

— Muito engraçado — respondi. Apesar de eu não conseguir parar de ficar com vergonha, algo nos olhos dela me dava a confiança para continuar. — Acho que preciso de um guia, sabe? Alguém da área que me ensine os costumes locais para que algo assim não aconteça outra vez.

Amy traçou um círculo na terra com a ponta do chinelo.

— Tem alguém em mente?

Bati com um dedo na bochecha, parecendo perdido em pensamentos.

— Vamos ver... imagino que você more aqui há muito tempo. Não é mesmo?

— Desde que nasci.

— E conhece a cidade muito bem, assim como as pessoas que moram aqui?

— Chamo quase todo mundo pelo nome.

— Perfeito. Aposto que você pode me dar ótimas recomendações.

Ela riu. E, daquela vez, acho que riu *comigo*, não *de mim*. Tinha esquecido minha função de cicerone por um segundo.

Talvez aquilo funcionasse. Talvez eu conseguisse fazer um amigo naquela cidade. Abri a boca para tentar dizer algo que a fizesse rir de novo... quando o Sr. Homem-Lula começou a se mover, impaciente, no aquário, e veio uma onda e encharcou meu rosto.

Tentei permanecer indiferente enquanto me secava com a manga da camiseta, mas não existe uma forma despreocupada de fazer aquilo. Olhei sério para o Sr. Homem-Lula.

— Ele está, hmm, um pouco levado hoje. Hehe.

— Talvez ele só esteja tentando ajudar... Sabe, limpando toda essa geleia — sugeriu ela.

— Haha. Você está impossível hoje.

— Ei, se importa se eu fizer uma coisa? — Ela levantou um molho de chaves. Pendurada no chaveiro havia uma daquelas câmeras digitais minúsculas. — Posso tirar uma foto do Bolha? Ele é muito colorido.

Ah, não. Minha promessa à Vovó ecoava em minha mente. De repente percebi que, com o interesse de Amy em OVNIs e livros sobre aliens, talvez não fosse a melhor ideia deixá-la passar mais tempo com o Sr. Homem-Lula. Nada de fotos, com certeza. Por mais bonita que ela fosse.

— Não. Não, não. Isso é uma má ideia. Ele é... hmmm... tímido.

— Quê? Então por que você trouxe ele para a rua, em público? — Quando não respondi por um minuto, ela insistiu: — Hein?

— Ah, ele, ah, precisa pegar um pouco de sol todo dia.

— Sério? Luz do sol, para uma lula?

— Sim, ele é um tipo especial de lula. Da Austrália. Elas vivem na Grande Barreira de Corais, sabe. Ficam sobre a barreira e pegam um pouco de luz do sol, e parece que a vitamina D é boa para a pele delas.

Uau, eu estava mesmo soltando qualquer coisa. Queria virar o jogo e pressioná-la um pouco, perguntar por que ela estava tirando fotos escondida nos arbustos no dia em que cheguei. Porém naquele momento achei mais importante colocar certa distância entre nós. Comecei a puxar o carrinho.

— Você precisa de ajuda? Essa trilha é bastante esburacada.

— Está tudo bem.

Puxei o carrinho com força e me afastei ainda mais.

— Certo... — Ela parecia desapontada. — Se você algum dia precisar de ajuda na casa da sua avó, me avise.

Parei e me virei para olhar para ela, apesar de saber que não deveria.

— É mesmo? Você me ajudaria?

— Bem, eu ficaria feliz em recomendar alguém — gritou, na minha direção.

Eu sorri e me virei para seguir pelo caminho. Acenei por cima do ombro enquanto puxava o carrinho o mais rápido possível. Mas, enquanto me afastava, meu sorriso desaparecia. Por mais que odiasse admitir, eu teria que ficar longe daquela menina.

# 11

**O Sr. Homem-Lula nadou** no rio, e não foi muito difícil encontrar um local isolado, onde ninguém nos visse. Acabou fazendo amizade com uma família de castores, que construíam uma represa. Quando finalmente voltou à margem, olhou para mim, soltou um espirro molhado e falou:

— Pelo menos uma espécie neste planeta tem modos.

Então entrou no aquário, fechou todos os olhos e começou a roncar. Levei muito tempo para puxá-lo de volta até a pousada.

Depois daquele incidente, o resto da semana foi muito melhor. Passava quase o dia todo, todos os dias, GRAVATAndo os aliens que chegavam. Embora aquele devesse ser o emprego de verão mais estranho da história dos empregos para menores de idade, entrei na rotina depois de um tempo.

E, sem querer me gabar ou qualquer coisa assim, comecei a ficar muito bom naquilo.

Eu quase nunca tinha que chamar a Vovó para me ajudar. Na maior parte do tempo, o trabalho era resolver problemas com improviso, e, de certa forma, aquilo era como ser um bom jogador de basquete. Eu precisava estar sempre atento e manter a cabeça no jogo, pronto para tentar uma tática diferente se o plano original não funcionasse. Cada situação exigia pensamento rápido e uma estratégia diferente, quase como ler o comportamento da defesa e ajustar o ataque durante um jogo.

Certa vez, apareceu um trio de irmãos alienígenas viajantes, cada um com um par de chifres iguais aos de um diabo. Por sorte, Vovó guarda um baú cheio de roupas de brechó em cada quarto. Fiz buracos em alguns bonés de beisebol velhos e os coloquei sobre os chifres. Eles ficaram parecidos com uns caras bobos com chapéus de loja de fantasias.

Em outra, um Turista veio pelo transportador com pelo laranja cobrindo cada centímetro quadrado do corpo. Aquela GRAVATA levou algumas horas. Barbeei as partes do rosto que não deveriam ter pelo (nariz, testa, debaixo dos olhos) e o cobri com uma camisa de flanela de manga comprida, um macacão jeans, luvas e botas. Ele parecia um lenhador com uma barba laranja brilhante, então achei que se misturaria bem por aqui.

Então chegou uma família de quatro Turistas com rabos grossos que chegavam até o chão. Enrolei a cauda de cada um numa espiral que descia por uma das pernas, amarrei a ponta na região do tornozelo e usei elásticos bem grossos para impedir que soltassem. Em seguida, fiz eles vestirem calças de moletom folgadas e os liberei para começar a visita à Terra.

Teve uma vez que confundi os números e entrei no quarto dos Turistas errados. E eles estavam sem roupa nenhuma! (E, só para constar, ver um alien pelado é uma experiência bem estranha. Quero dizer, você sabe que eles estão pelados... mas é impossível dizer quais são as partes que deveriam estar cobertas e quais podem ser exibidas em público. Não vou entrar em muitos detalhes.)

Mas, no geral, era um trabalho bem divertido. E Vovó tinha razão. Apesar de os Turistas se comportarem de um jeito diferente e terem uma aparência bizarra, não eram nem um pouco assustadores. Tirando o Sr. Homem-Lula, a maioria era bastante amigável, na verdade. Acho que é fácil estar de bom humor no começo das férias.

Vovó também parecia muito feliz. Sempre dizia que estava agradecida por ter ganhado muito mais tempo livre. E afirmava que os Turistas que eu GRAVATAva pareciam mais humanos do que a maioria das pessoas que caminhavam pelas ruas de Forest Grove. Aquilo não era verdade, é claro, mas tenho que admitir que, mesmo assim, eu me sentia bem por ouvir os elogios.

E ganhei muitas gorjetas. Na verdade, eu tinha uma gaveta cheia de cubos brilhantes em meu quarto. Tenho certeza de que valeriam milhões ou bilhões de dólares, em qualquer instituto de pesquisa ou museu do mundo. Mas eu não podia usá-los nem para comprar uma barra de chocolate no Armazém Geral de Forest Grove.

Certa manhã, depois de terminar de vestir um grupo de aliens de 1 metro de altura com roupas de criança, alguém bateu à porta da frente. Aquilo indicava um raro visitante humano, é claro. Talvez o carteiro. Os Turistas sempre chegavam pelo transportador.

Mas o que vi quando abri a porta fez meu coração bater mais forte do que quando fiz minha primeira GRAVATA: boné de beisebol amarelo, rabo de cavalo castanho, nariz sardento, sorriso torto.

— Oi, Toquinho — cumprimentou Amy. — Como estão as coisas?

Meu estômago embrulhou, e um redemoinho de emoções conflitantes tomou conta da minha mente. Por um lado, era muito bom vê-la, e fiquei feliz por ela ter vindo até ali... Mas por outro, o peso da minha promessa de manter o segredo da Vovó me sufocava. Eu só conseguia pensar em aliens, a única coisa sobre a qual não podia falar.

— Ah, está tudo, você sabe... Bem. Muito... bem.

Sabia que o Sr. Harnox entraria na sala de estar a qualquer momento, trazendo o lanchinho de papel laminado ou farejando as estantes de livros, e como eu explicaria aquilo para Amy? Passei pela fresta aberta da porta e a fechei um pouco mais para esconder o interior. O que ela estava fazendo ali, afinal?

Acho que devo ter dito aquilo em voz alta, porque ela pareceu um pouco confusa. Então me mostrou uma caixa com A COMPANHIA REAL DOS CHOCOLATES impresso na lateral.

— Estou vendendo barras de chocolate. Eu sei, eu sei, parece meio idiota, mas tenho que fazer isso. É uma forma de arrecadar fundos para uma viagem à Califórnia que a equipe de ciências da escola vai fazer no outono.

Ficamos parados ali por um momento, olhando um para o outro em silêncio. Por fim, ela inclinou o corpo na minha direção e sussurrou:

— Agora é a hora em que você diz, "Caramba, parecem deliciosos, senhorita! Acho que vou comprar um desses. Ou vários".

Meu rosto ficou quente.

— Claro.

Se eu comprasse um bem depressa, talvez ela fosse embora.

Ela ajeitou a postura.

— Ótimo! Hoje temos uma promoção especial para visitantes de outras cidades e amantes de lulas australianas. Como você se encaixa nas duas categorias, a promoção é ainda mais especial: apenas um dólar por barra. Não se encontra preço melhor por aí.

— Deve ser meu dia de sorte. — Enfiei a mão no bolso para pegar uns trocados, mas o que tirei foi um punhado de dinheiro alienígena, que brilhava loucamente. Enfiei aquilo de volta no bolso, rezando para ela não ter visto. — Ah, quero dizer, não. Não, obrigado. Não gosto de chocolate.

— Você não gosta de chocolate? — Ela franziu a testa. — Bem, e a sua avó? Ou os hóspedes? — Ela ficou nas pontas dos pés e tentou olhar por cima do meu ombro para ver o interior da casa. — Você acha que eu posso entrar e...

— Não. Péssima ideia. Sinto muito. Estamos muito ocupados.

Dei um passo para trás, entrando de volta na casa, e comecei a fechar a porta bem devagar.

— Espere — pediu Amy. Parei, olhando para ela pela fresta da porta quase fechada. Será que o rosto dela estava mesmo ficando vermelho? — Também vim porque vai ter o Festival do Dia do Pioneiro, hoje, no centro da cidade. As atividades são um pouco bregas, mas a comida é sempre boa. Quer vir? Comigo?

Eu queria, é claro, mas tinha mais cinco chegadas e GRAVATAs agendadas para as próximas duas horas.

— Ah, sinto muito. Estamos bastante ocupados. Eu, ahn, tenho que trabalhar para a minha avó. O dia inteiro. Estamos muito ocupados.

— Você comentou.

Ouvi um rangido nas tábuas do assoalho. Virei a cabeça e vi uma família de Turistas esverdeados quicando pela sala de estar e subindo a escada. Estavam literalmente quicando. Amy não podia ver aquilo. Encostei a porta ainda mais.

— Certo, acho melhor eu ir. Tchau.

Fechei a porta de vez e respirei fundo. Vovó entrou pela porta de vaivém, que levava à cozinha.

— Quem estava na porta, Toquinho?

— Ah, era só, você sabe, alguém. Uma menina. Vendendo chocolates.

Vovó correu até a janela e ficou espiando Amy enquanto ela tomava a estrada na direção da cidade.

— Ah, eu a conheço. Ela veio até aqui na primavera, me entrevistar para uma matéria que estava escrevendo para o jornal da escola. *Mulheres de Negócio Independentes de Forest Grove*, ou algo assim. Tivemos uma ótima conversa.

— Aposto que sim.

— Ela parecia mesmo uma menina legal. Muito inteligente.

— Sim, inteligente demais para esse lugar, se é que você me entende.

Vovó ignorou aquilo.

— Ela é uma gracinha, Toquinho. Você devia tê-la convidado para entrar.

Cruzei os braços.

— Vovó, sabe que isso não seria uma boa ideia, não é mesmo?

— Ah, que bobagem. Você é igualzinho ao seu pai. Sempre quis que ele trouxesse amigos aqui, mas ele nunca os trazia.

*Dá para culpá-lo?*, pensei.

Minha avó me deu uma cutucada nas costelas com o cotovelo.

— Além disso... aquela menina tem cara de que poderia ser mais do que apenas uma amiga, não é mesmo?

Ela deu uma levantada de sobrancelhas.

Que nojo.

— Pare de me olhar assim! Eu só fiquei preocupado de ela ver algo suspeito.

— Que nada! Tenho certeza de que conseguimos nos comportar durante pelo menos uma tarde. Você deveria convidá-la para vir aqui. Quem sabe eu não faço uma de minhas famosas refeições?

*Mas eu quero que ela goste de mim, Vovó, e não sei se sua comida vai ajudar muito.*

— Não sei. Vamos ver.

Eu certamente tive algumas oportunidades. Amy voltou quase todos os dias depois daquele, com uma desculpa ou outra. Uma vez, estava tentando colher assinaturas para uma petição para que a prefeitura reformasse as quadras de esporte do parque. Outra, procurava um gato perdido. Ela até tentou o velho truque de passar aqui para pegar emprestada uma xícara de açúcar, apesar de existirem dezenas de casas mais próximas da dela do que a pousada da minha avó.

Não dava para saber se ela vinha para me ver ou se todo aquele papo sobre OVNIs e aliens indicava que, na verdade, ela estava desconfiada do que acontecia ali dentro. Caramba, já é bem difícil saber o que as garotas estão pensando na maior parte do tempo sem precisar acrescentar intriga interestelar no meio.

Apesar da Vovó costumar receber os visitantes que batiam à porta, sempre parecia muito ocupada quando Amy aparecia. Ela olhava pela janela e dizia:

— Ah, acabei de lembrar que preciso ir correndo lá em cima. Você pode atender a porta para mim, por favor?

Ela achava que escondia bem suas intenções, mas não conseguia disfarçar o sorriso malicioso enquanto passava apressada por mim.

Então acabei conhecendo Amy um pouco melhor, embora apenas em intervalos de cinco minutos de conversa. Ela ficava parada na varanda e eu mantinha a porta quase fechada, bloqueando sua visão.

Mas, certa manhã, desci as escadas depois de uma rara chance de dormir até mais tarde e tomei um susto que terminou de me acordar. Lá estava Amy, sentada com a Vovó na sala de estar, batendo papo. Folhas de papel estavam espalhadas entre elas sobre a mesa de centro feita de madeira de demolição.

— Bom dia, Toquinho — falou a Vovó. — Estava conversando com essa jovem encantadora. Ela passou pela casa quando eu estava no jardim e a convidei para entrar. Acho que vocês dois já se conhecem, não é mesmo?

Fiz que sim com a cabeça. Minha boca estava muito seca para falar.

Minha avó se espreguiçou e fez uma pose para mostrar que checava o relógio escondido pelas pulseiras.

— Céus e terra, o que acontece com essas manhãs? Já está na hora de preparar o café. — Ela se levantou e apontou para o assento, que ficara vazio. — Por que não se senta um pouco, Toquinho?

— Ah, eu devo ter um monte de trabalho a fazer — balbuciei.

— Besteira. Dois hóspedes chegaram hoje pela manhã, mas cuidei deles antes de você acordar. Não temos nenhum outro agendado até a tarde. Na verdade, você tem um pouco de tempo livre. Não é ótimo?

Ela bateu na almofada do sofá. Estava com um sorriso um pouco grande demais enquanto entrava correndo pela porta de vaivém da cozinha.

Amy me deu aquele sorriso torto que fazia as sardas em seu nariz se juntarem.

— Adivinhe o que aconteceu? Acabei de aprender um pequeno segredo sobre essa casa. Quer ouvir?

Meu coração disparou.

— Um segredo? Que segredo?

— Promete não contar a ninguém?

Ela falou aquilo bem devagar, aumentando o suspense. Ai, não. O que minha avó tinha contado a ela?

— Claro.

Ela se inclinou na minha direção, ainda na cadeira.

— Bem... descobri... — Ela olhou de um lado para o outro, como se checasse se alguém estava escutando a conversa. — ...que a porta da frente dessa casa abre *inteira* quando alguém que não se chama Toquinho não está parado ali, bloqueando a entrada com o corpo. Não é incrível?

Soltei o ar, aliviado.

— Muito engraçada.

— Sim, ela abre inteira. E então alguém do meu tamanho e formato aproximados pode até *entrar na casa*. Quem teria imaginado uma coisa dessas?

Fiquei me perguntando como conseguiria tirá-la daqui agora que ela havia penetrado as linhas de defesa da Pousada Intergaláctica. Quero dizer, não bastava Vovó tentar guardar o maior segredo da humanidade com uma cerca de madeira branca e alguns anões de jardim, ela também precisava convidar para entrar a pessoa mais interessada nesse segredo em toda a Forest Grove.

Olhei, nervoso, para a sala de estar à minha volta. Algum alien confuso e não muito bem disfarçado poderia descer a escada a qualquer momento.

Não notei o silêncio constrangedor até Amy limpar a garganta.

— Essa é a parte em que você diz que está feliz por eu ter vindo — sussurrou, irônica. — E me pergunta se gostei daqui.

— Amy, você sabe que estou feliz por você ter vindo. — Um pequeno silêncio constrangedor. — Então... gostou daqui?

— Obrigado por perguntar. Este lugar é incrível — respondeu. — Minha casa é tão normal que dá vontade de gritar. — Ela passou os dedos por um fio cheio de contas pendurado na mesa. — Pela decoração da sua avó, posso dizer que temos interesses em comum.

Certo, aquilo era simplesmente assustador. Desejei em silêncio que ela parasse de fazer comparações entre minha avó e a garota de quem eu gostava.

— Então... sobre o que vocês estavam conversando?
— Eu estava pedindo conselhos sobre a faculdade.

Amy apontou para os papéis espalhados.
— Você já está pensando na faculdade?

Peguei um dos papéis. No topo estava escrito: *Astrobiologia na Universidade de Washington: Um Programa de Graduação*. O fundo mostrava uma Terra azul brilhante contra um céu estrelado, junto a imagens ampliadas de análises microscópicas de organismos estranhos.

— O que é astrobiologia?

— O estudo da vida no universo.

— Você quer dizer de vida *alienígena*? — A pressão do segredo da Vovó parecia um peso no meu peito. — Existem aulas na faculdade sobre esse tipo de coisa?

— Astrobiologia é uma ciência exata. Totalmente legítima — respondeu Amy, talvez um pouco na defensiva.

Ela me observava com cuidado, então tentei manter a voz neutra.

— Mas, se ninguém nunca viu alienígenas, como você conseguiria estudá-los?

Tomei cuidado para não acrescentar: *A não ser que você pretenda passar o fim de semana na casa da Vovó.*

— Bem, é preciso um pouco de imaginação para começar — respondeu. — Primeiro: você sabia que alguns organismos conseguem sobreviver em água fervente? Ou dentro de reatores nucleares? Cientistas inclusive encontraram bactérias se desenvolvendo em canteiros de lixo tóxico.

— Certo... e daí?

— Bem, imagine que você está juntando informações sobre um planeta muito quente e úmido. Para nós, a superfície dele seria quase como um canteiro de lixo tóxico fervente, e aí poderíamos até pensar que é impossível alguma forma de vida crescer ali, certo?

— Sim...

— Mas, se descobrirmos como alguns tipos de vida terrestre, mesmo bactérias, são capazes de viver em tais condições, podemos descobrir como a vida se desenvolve nesses planetas. Então dá para estudar a vida no universo sem nem mesmo entrar numa espaçonave. Muito legal, não é?

Como de costume, eu não sabia o que dizer. Lá estava eu, preocupado com o FCAT, um teste que temos que fazer na Flórida, para passar para a oitavo ano, e, enquanto isso, Amy fazia planos para a faculdade.

Mas tive que sorrir um pouco. Com as dezenas de aliens que eu tinha conhecido nas últimas duas semanas, eu devia ter feito mais pesquisa de astrobiologia do que todos os professores de ciências da Universidade de Washington juntos.

Amy falou:

— Acho difícil de acreditar que você nunca tenha se perguntado se há vida em outros planetas. Ainda mais trabalhando aqui. — Por que ela estava dizendo aquilo? Será que estava me testando? — Você nunca se perguntou como os alienígenas devem ser?

Deixei a cabeça cair para evitar seu olhar e balbuciei:

— Na verdade, não.

Não é preciso se perguntar sobre os mistérios da existência alienígena quando se passa a tarde limpando o banheiro que eles usam. Todas essas coisas meio que perdem um pouco da mágica depois disso.

— Bem, eu acho isso fascinante. Uma coisa ótima desse programa da faculdade é que vou poder estudar todos os tipos de ciência ao mesmo tempo: astronomia, biologia, oceanografia. Além de um monte de outras coisas. Posso ser jovem, mas sei que é isso que quero fazer da vida.

As bochechas de Amy ficavam coradas quando ela falava de algo que a deixava animada. Percebi que era ela que deveria estar trabalhando aqui no meu lugar.

— E você estava falando com a minha avó sobre essas coisas todas? — perguntei. Amy fez que sim com a cabeça. Pequenas pontadas de pânico passaram por meus pensamentos. Vovó estava tão acostumada aos aliens que nada mais a surpreendia. Podia se distrair e revelar alguma coisa sem querer durante uma conversa amigável.

— Então... o que ela disse?

— Ela foi ótima. Contou que também sempre se interessou por vida em outros planetas. Na verdade, ela disse que, se tivesse a minha idade, iria querer fazer a mesma coisa. — O sorriso de Amy murchou um pouco. — Ela é muito mais compreensiva que o meu pai, com certeza. E muito mais fácil de conversar.

Balancei a cabeça, concordando. Sempre que eu conversava com a minha avó, ela me encarava, com aquelas lentes cor-de-rosa deixando seus olhos enormes, e parecia pensar de verdade nas coisas que eu tinha a dizer. E, claro, as coisas sobre as quais falávamos eram confidenciais e importantes. Então era diferente de conversar com qualquer outro adulto.

— Mas achei que tinha sido seu pai que a fez se interessar por alienígenas. Vendo filmes e tudo mais.

— Sim, mas os interesses dele são diferentes. Se um dia encontrasse um alien, acho que ele teria vontade de atirar, não de estudá-lo. E acha que vou perder tempo nessa faculdade. Disse que, já que eu gosto tanto de falar, deveria ser advogada. Eca!

Amy tinha uma expressão de nojo e impaciência no rosto. Eu ri. As coisas pareciam estar indo bem. Talvez eu não devesse ficar tão estressado, afinal.

Vovó entrou na sala outra vez.

— Bem, parece que vocês estão se entendendo bem — comentou, radiante. — Está na hora do lanche com alguns dos meus hóspedes. Amy, ficaríamos muito honrados se você se juntasse a nós.

Fiquei atrás da poltrona de Amy e movi os lábios para a minha avó dizendo *Não!* enquanto fazia o gesto de cortar a garganta como se estivesse fazendo uma brincadeira de mímica.

Amy se virou para olhar para mim com uma expressão confusa, e parei de me mexer. Olhei para ela, e de volta para minha avó. Engoli em seco.

— Ah, eu não, hmm... acho que não é uma ideia muito boa.

— Claro que é uma ideia boa.

Vovó e Amy falaram ao mesmo tempo. Foi assustador. Elas se olharam e riram.

Amy se levantou, e minha avó a segurou pelo braço e a levou pelo corredor. Em menos de três segundos, as duas já conversavam animadamente. Suspirei, fechei a porta da frente e me arrastei pelo corredor atrás delas. Enquanto me aproximava da cozinha, cruzei os dedos. *Por favor, esteja vazia, por favor, esteja vazia, por favor, esteja vazia.*

Minha avó empurrou a porta vaivém. Não tive tanta sorte: o lugar estava lotado aquela manhã.

Tentei ver tudo do ponto de vista de Amy. A grande mesa de jantar da Vovó é em forma de L, com assentos para mais de 25 hóspedes, e a maioria estava ocupada. Os Turistas estavam disfarçados, é verdade, mas todos juntos deviam parecer um pouco esquisitos para alguém que não estivesse sempre por ali. E, quando todos começam a falar ao mesmo tempo, o som pode ser um pouco perturbador. Imaginei que Amy talvez estivesse um pouco hesitante, e que eu poderia ajudar a controlar a cena.

Mas ela entrou de uma vez e se sentou numa cadeira vazia no meio da mesa, perto do Sr. Harnox e de uma família de aliens debruçada sobre um mapa de caminhadas. Então se serviu de um substituto vegetariano de ovos mexidos que estava numa travessa.

— Olá, pequenos — cumprimentou o Sr., Harnox, enquanto eu me sentava entre eles. — Essa é uma manhã que é boa, não é?

— Sim, é mesmo — respondeu Amy, animada. — Bom dia para o senhor também.

— Gosto de como o sol nasce e se põe de forma tão constante nesse lugar — disse uma Turista fêmea ao lado do Sr. Harnox. Tinha ombros muito largos e retos para se encaixar bem nos padrões humanos, e seu pescoço era mais longo do que deveria, mas acho que podia se passar por uma terráquea. — Em casa sinto a solidão quando nossos sóis ficam escurecidos por um longo intervalo de tempo.

Amy olhou de soslaio para mim.

— Ela... hmm... deve ser do Alaska — sussurrei pelo canto da boca. — Você sabe, uma daquelas cidades onde a noite pode durar, tipo assim, mais de um mês, às vezes.

Amy balançou a cabeça.

— Acho que eles não têm lulas domesticadas como animais de estimação por lá — sussurrou —, então teremos que encontrar outro assunto para conversar com ela.

Depois disso, ela continuou a encher o prato, muito calma. Meu coração voltou a bater.

— Essas coisas são tão deliciosas — falou um Turista, apontando para o prato. Ele tinha a pele muito frouxa, ficava flácida e pendurada em todo o rosto. — Como são chamadas?

— São panquecas — respondeu Amy.

Soltei uma risada nervosa, tentando distrair a menina de uma pergunta tão estranha.

— Sim, de fato são panquecas! — Amy e o Turista olharam para mim e abri um sorriso grande demais. — Hmmm-hmmm. Panquecas — falei, animado demais.

Amy e o alien trocaram um olhar conspiratório que dizia que ambos estavam cientes de que havia algo muito estranho acontecendo àquela mesa, mas que não me envergonhariam com comentários.

— E isso também é saboroso — comentou a Turista fêmea.

Quando ela abriu a boca para dar outra mordida, percebi que tinha a língua verde brilhante. Como minha avó podia ter deixado aquilo passar durante a GRAVATA da manhã? Eu rezei para que Amy não tivesse notado.

A menina balançou a cabeça.

— Sim. São linguiças.

Ela agia de forma muito tranquila, mas meu estômago ainda estava embrulhado. Aquilo não podia durar muito mais antes de ela ficar desconfiada.

— São feitas de tofu — esclareci.

Minha avó mantinha todos os Turistas numa dieta estritamente vegana quando eles visitavam a Terra. O cuidado nunca era demais quando o assunto era o cardápio dos aliens. Ela não queria servir um monte de comida processada, temendo que as substâncias químicas pudessem causar algum problema no organismo deles. Seria uma péssima propaganda, descobrir que riboflavina enriquecida era a maior arma do homem contra os aliens.

E carne de verdade, de qualquer tipo, estava fora de questão. E se um dos animais domésticos de seus planetas de origem, os melhores amigos do alien, parecessem com um porco ou uma vaca? Aquilo poderia dar início a um incidente interplanetário.

O Sr. Harnox fez uma pesquisa num aparelho que se parecia com um livro eletrônico e o entregou à Turista fêmea, para ela dar uma olhada. A página aberta mostrava a imagem de um pé de soja com uma legenda estranha embaixo. Todos os Turistas examinaram o livro, apontando para a imagem e conversando animadamente entre si. Vi de relance a legenda na foto: *Plantas da Terra*. O fator de esquisitice estava começando a sair do controle, e alguns hologramas podiam surgir daquele livro alienígena a qualquer momento. Olhei para o lado onde, por sorte, Amy estava concentrada em seu prato. Ainda assim aquilo estava ficando muito perigoso.

Amy ergueu a cabeça. Olhou depressa para mim, então se dirigiu ao grupo.

— Então, vocês nunca comeram panquecas ou linguiça no café da manhã? De onde vocês são?

Caramba. A situação tinha chegado ao ALERTA VERMELHO. Eu precisava agir imediatamente, porque com certeza não queria que alguém ali respondesse a pergunta. A única ideia que tive foi fingir um ataque de tosse, mas dei tudo de mim: soquei a mesa, tossindo até ficar com o rosto todo vermelho. Foi uma cena e tanto.

— Toquinho, você está bem? — perguntou Amy.

Ela bateu nas minhas costas e me entregou um copo d'água.

— Obrigado — respondi, com a voz entrecortada. Os alienígenas ainda estavam passando o livro entre si. Eu precisava continuar enrolando. — Então, hmm, o que vai fazer esse fim de semana? — indaguei.

Os olhos de Amy se acenderam.

— Ah, fico tão feliz por ter perguntado. Na verdade, essa é uma das razões para eu ter passado aqui hoje. Farei uma caminhada ao longo do Nooksack. Ele se divide em vários córregos, sabia? Alguns garotos represaram um deles no começo do verão e fizeram uma piscina natural. Até amarraram um balanço de corda sobre ela. Dá para balançar sobre a piscina e cair na água. É incrível. — Ela baixou o olhar por um momento, então me encarou outra vez, bem nos olhos. — Sei que a água deve ser mais fria do que você está acostumado, Sr. Sol da Flórida, mas acha que poderia ir? Quero dizer... gostaria de ir?

Parecia muito divertido. E seria legal ficar com Amy em algum lugar longe da pousada. Mas, antes que eu pudesse responder, notei um Turista atrás dela, aquele com a cabeça redonda grande demais e o corpo redondo pequeno demais. Ele estava comendo o seu jogo americano, o guardanapo e os talheres, tudo empilhado como se fosse um sanduíche. Precisava me assegurar de que Amy não viraria a cabeça, pois uma astrobióloga em treinamento seria capaz de tirar algumas conclusões com uma pista daquelas. Então comecei a gesticular com as mãos. Só que não conseguia pensar em nada para falar enquanto fazia isso, então foi uma tentativa bastante constrangedora de distraí-la.

Minha avó chegou com uma travessa de comida. Quando passou, bateu de leve na mão do Turista que estava comendo os utensílios de cozinha.

— Pare com isso agora — sussurrou ela. — Coma apenas a comida, por favor.

— Sinto muito — sussurrou ele, encabulado. — Achei que era comida. O gosto era melhor do que o do tofu.

Deixei escapar uma risada. Aquele alienígena e eu tínhamos muito em comum.

— Você está bem, Toquinho? — perguntou Amy.

Percebi que eu ainda estava balançando as mãos.

— Ah, sim. Ótimo. Tudo está ótimo. Eu estava apenas... hmm... praticando nado. Você sabe, para o caso de irmos àquela piscina natural.

— Certo... — Ela ficou me olhando até eu parar de gesticular. — Então isso quer dizer que você vai?

Balancei a cabeça com mais força que o necessário.

— Parece divertido.

Espetei um pedaço de panqueca com o garfo e o arrastei pelo prato, esfregando-o nas poças de calda. Tentei sorrir e imitar a calma que Vovó sempre aparentava, como se tudo fosse perfeitamente normal. Mas então a Turista apaixonada por linguiça de tofu disparou a língua verde para fora da boca como um sapo, a enroscou em outro pedaço na travessa e o sugou para dentro. Durou apenas uma fração de segundo, mas, se Amy tivesse visto, seria um desastre. Estava na hora de acabar com aquilo.

— Opa! — falei, derrubando um copo para que o leite caísse no prato de Amy. — Sinto muito! Parece que você não vai poder terminar. Haha! Opa!

Eu estava tagarelando. E ali terminou minha chance de fazer um único amigo humano naquele verão.

Amy se levantou, usando o guardanapo para limpar o leite que tinha espirrado em sua calça jeans.

— Eu sinto muito mesmo — falei, de forma nada convincente.

Minha avó se aproximou.

— Está tudo bem? — perguntou.

— Acho que está na hora da Amy ir embora — declarei, de forma um tanto forçada, olhando para a minha avó e torcendo para que ela compreendesse o que eu não estava dizendo. Mas Amy, é claro, entendeu errado. Olhou para o chão e mordeu o lábio. Mesmo eu, que não sabia nada sobre garotas, percebi que ela estava muito chateada.

Andei na direção dela e tentei salvar parte da manhã.

— Mas a caminhada parece divertida. Sério. E a piscina. Talvez possamos...

— Está tudo bem, Toquinho. Eu entendi a indireta. Sei que você está ocupado. — Amy terminou de se secar e deixou o guardanapo na mesa. Ela olhou para a minha avó. — Muito obrigada pelo café da manhã.

Então saiu da cozinha pela porta vaivém.

Vovó ficou olhando ela ir embora, então se virou para mim e colocou uma das mãos no meu ombro.

— Sinto muito, Toquinho. Eu só estava tentando ajudar. Você tem trabalhado tanto, achei que essa manhã seria uma boa chance de espairecer um pouco e fazer uma amizade.

Dei de ombros. Não havia nada a dizer. E, tudo bem, talvez eu estivesse um pouco preocupado com as chances de começar a chorar, ou algo assim. A última coisa que eu precisava naquele momento era um grupo de aliens discutindo em voz alta sobre os motivos de o terráqueo estar derramando água salgada pelas cavidades da visão.

Um dos Turistas mostrou a página do livro eletrônico do Sr. Harnox.

— Por favor poderíamos experimentar uma porção disso para a refeição do almoço? Parece positivamente saboroso!

A página mostrava a figura de um cacto gigante. Vários turistas bateram palmas, encantados.

Balancei a cabeça e saí pela porta vaivém da cozinha, seguindo pelo corredor. Quando cheguei no quarto, caí na cama e fiquei olhando para o teto. Era um alívio estar sozinho.

Se pelo menos eu não me sentisse tão solitário.

# 12

**Depois daquele dia, Amy** parou de vir até a pousada.

Eu me senti muito mal pelo que tinha acontecido, mas não sabia o que fazer a respeito. Pensei em ligar para ela, mas não tive coragem. Uma parte de mim estava feliz por não ter mais que inventar desculpas e encobrir os aliens o tempo inteiro. Deprimente, não? Quero dizer, eu sempre me comunicava com criaturas escamosas e que tinham presas afiadas de outros planetas, mas não conseguia ter uma conversa com uma fêmea da minha própria espécie.

Conseguia me distrair desses pensamentos de vez em quando, já que estávamos muito atarefados na pousada. Quase todos os quartos ficavam ocupados todas as noites, e sempre havia muitas GRAVATAs. Mas eu fazia questão de me oferecer para qualquer ida à cidade para comprar suprimentos, em parte porque torcia para encontrar Amy em Forest Grove.

Certo dia eu estava caminhando na direção da loja de ferramentas, examinando as ruas secundárias e cada loja em busca da garota. Foi quando, a algumas quadras de distância, vi algo que eu realmente não queria encontrar.

O carro do delegado estava estacionado junto à calçada, em frente à Lanchonete Pastime. Tate estava parado do lado de fora, gesticulando com as mãos, irritado, e gritando com dois Turistas que pareciam muito assustados.

Minha corrente sanguínea se encheu de adrenalina e eu quis dar meia-volta e seguir direto para a pousada. Mas minha consciência irritante sabia que não era aquilo o que eu deveria fazer. Acabei me obrigando a correr na direção do problema.

Quando cheguei perto de Tate, ele já havia parado de gritar e mover as mãos daquele jeito alucinado. Estava com os braços cruzados e mastigava o palito de dente. Dois Turistas atarracados e com o formato um pouco quadrado estavam sentados num banco à sua frente, se abraçando, nervosos. Eu os reconheci no mesmo instante: tinha acabado de GRAVA-TÁ-los, havia mais ou menos uma hora, e eles eram muito simpáticos. Disseram que escolheram a Terra para passar a lua de mel "porque é o único lugar no universo em que não tinham nenhuma chance de encontrar um conhecido". Eu simpatizava com aquilo. Estava me sentindo da mesma forma quando cheguei a Forest Grove.

O delegado se virou e olhou para mim com uma expressão séria quando me aproximei. Congelei por um minuto.

— Tem algo errado? — perguntei, por fim.

Tate não se moveu, apenas me encarou. Estiquei o pescoço para olhar ao redor de sua barriga e dei um breve aceno para os Turistas. Eles sorriram e responderam o cumprimento, mas então deram uma espiadela no delegado e voltaram a olhar para o chão.

Por fim, Tate se moveu.

— Pode apostar que tem algo errado. — Ele tirou o palito de dente mastigado da boca e o apontou para mim. — E é algo que você poderia ter ajudado a evitar, garoto, se tivesse bom senso.

— O que isso quer dizer?

— Você passou algum tempo pensando no que lhe perguntei assim que chegou à cidade?

— Sobre ver qualquer coisa estranha ou fora do comum? — perguntei. Ele confirmou com um breve aceno de cabeça, então enfiou o palito de dente novamente na boca e começou a movê-lo com a língua. — Com certeza pensei, senhor. E, se eu vir algo estranho, o senhor será o primeiro a saber.

O delegado Tate abaixou os óculos de sol sobre o nariz e me encarou. Passou tanto tempo sem piscar que poderia ser um dos clientes da minha avó, um alien de um planeta onde não existiam pálpebras. E me deixou desconfortável, como se eu não tivesse onde esconder meus pensamentos.

O delegado empurrou os óculos de sol para o alto do nariz e enfiou uma das mãos no bolso da calça. Quando a tirou de lá, a mão estava fechada. Foi aí que ele a aproximou de meu rosto e a abriu, com a palma para cima. Estava segurando algumas moedas. Elas tinham uma aparência familiar para mim, naquele momento. Eu tinha uma gaveta cheia delas no meu quarto, na pousada.

— Esses dois — disse, indicando com a cabeça os Turistas atrás de si — tentaram pagar pelo almoço com isso, na lanchonete. Por acaso você sabe de que país elas são?

Olhei para as moedas.

— Não, senhor. Nunca vi nada assim na vida.

Engoli em seco. Não estava nem um pouco acostumado a falar com autoridades, muito menos a mentir para elas.

— Isso é engraçado, não é? — perguntou. Mas estava com a boca tão rígida e fechada que era difícil acreditar que já tinha sorrido algum dia. — Tenho um computador sofisticado aqui na viatura, comprado no ano passado com dinheiro dos bons contribuintes desse país. — Ele apontou com a cabeça para o carro de polícia. O adjunto Tisdall estava sentado no banco do carona, apertando os olhos para olhar pelo para-brisa e mordendo o lábio superior, como um rato. — Ele tem conexão com a internet e tudo mais. Acabei de pesquisar essas moedas e descobri que nunca *ninguém* viu nada assim. O que você acha disso?

Ele deixou a mão esticada e as moedas à mostra na sua palma carnuda, me encarando como se quisesse ver através de mim. Os alienígenas se encolheram atrás dele. Eu precisava pensar em algo, e rápido. Lembrei a forma calma e confiante com que minha avó tinha falado com Tate na varanda.

— Talvez sejam falsificadas — sugeri.

Foi a primeira coisa que passou pela minha cabeça.

— O que o leva a dizer isso?

— Bem... aquele cartaz diz que a Lanchonete Pastime serve o melhor bolo de carne de todo o noroeste dos Estados Unidos. Acho que posso entender por que alguém entraria em uma vida de crime para colocar as mãos em algo do tipo — respondi.

Os olhos do delegado Tate se estreitaram, e seus lábios se encolheram num sorriso maldoso.

— Não dê uma de espertinho comigo, garoto — ameaçou.

Eu não me sentia mais tão calmo e confiante. De repente, comecei a notar todas as outras pessoas na rua. Todos tinham parado ao nosso redor, na calçada, para assistir ao pequeno show. Tomavam cuidado para não chegar muito perto, mas eu sentia que estavam olhando bem para nós. Meu rosto ficou muito quente e ficou difícil respirar. Era o desastre da peça da escola primária se repetindo. — Acho que preciso chamar sua avó aqui neste exato momento — falou, em voz alta.

Que vergonha.

— Não, não faça isso. Ela está, hmm, ela está muito ocupada. Sinto muito.

Eu só queria sair dali, me afastar daquele homem e, acima de tudo, me afastar do calor de todas as pessoas olhando para nós.

Tate parecia muito calmo.

— Bem, então o que *você* vai fazer a respeito? — Não consegui pensar em nada para dizer. — Nada? Então acho que é melhor entrar em contato com a sua avó, amiguinho. — Ele estava falando alto demais, jogando com a plateia. Tate se virou e gritou para o adjunto pela janela aberta. — Tisdall, traga meu...

— Escute, vou só pagar a conta deles — falei, mais do que depressa.

Enfiei as mãos nos bolsos à procura de dinheiro. Dinheiro terrestre.

Tate se virou para olhar para mim.

— Pode apostar que vai.

— É apenas um mal-entendido — expliquei. — Eles não são daqui.

A pequena multidão começou a dispersar, as pessoas passavam por nós outra vez, e o delegado se inclinou para a frente para falar comigo sem ninguém mais escutar. A voz era suave, mas o tom não.

— Se você souber o que é bom para você, vai abrir o jogo sobre o que está acontecendo naquela Casa Espacial, está ouvindo? Antes que seja tarde demais... Tarde demais para a sua avó e tarde demais para você. — Ele ajeitou a postura, sorrindo com desdém para os aliens. — Pague a conta deles e leve-os de volta para a pousada de uma vez. Não quero mais vê-los.

E, com isso, Tate entrou na viatura e foi embora.

Só depois que acompanhei os recém-casados até a metade do caminho para a pousada é que meu coração desacelerou. Quando tive certeza de que eles podiam caminhar o resto da distância sozinhos, dei meia-volta e segui outra vez em direção à cidade.

E então passei pela loja de ferramentas, atravessei o centro e peguei a autoestrada que levava até a montanha. Não estava a fim de fazer minhas tarefas e muito menos de voltar à pousada. Comecei a chutar pedras com toda a minha força. Depois peguei algumas para atirar em placas da estrada, ao passar por elas.

Meu rosto ainda estava quente por causa da humilhação na cidade, todas aquelas pessoas assistindo a Tate brigar comigo. Por que eu sempre passava vergonha, por ali? Por que Vovó tinha que me colocar nessas situações? Isso nunca teria acontecido se eu ainda estivesse em casa. Eu deveria estar deitado na praia em vez de trabalhando 14 horas por dia.

Caminhei pela estrada até sentir dor nas pernas. Arremessei pedras até meu ombro ficar rígido e eu não conseguir mais jogá-las. Falei algumas coisas maldosas sobre a minha avó, em voz alta, para todas as árvores ao redor. Coisas que eu não achava de verdade, mas foi um alívio dizê-las, mesmo assim.

Finalmente percebi que aquilo era inútil: meus problemas não se resolveriam quando eu chegasse ao topo do Monte Baker. Suspirei, dei meia-volta e segui na direção de Forest Grove.

Quando voltei à cidade, olhei para o grande relógio ao lado do banco. Eu chegaria duas horas atrasado na pousada, mas não me importava muito.

Parei perto de um telefone público ao lado da lanchonete. Se eu já estava tão atrasado assim, alguns minutos a mais não fariam diferença. E, além disso, eu precisava ouvir uma voz familiar. Disquei o número do celular de Tyler.

— Alô?

Estava difícil escutá-lo, tinha muito barulho ao fundo. Parecia que ele estava no meio de um desfile de carnaval.

— Ei. Tyler?

— Alô? Tem alguém aí?

Ele estava gritando mais alto do que o barulho.

— Tyler. Sou eu, Toquinho.

— Ah, oi, Toquinho. Estou na piscina.

O barulho começava a fazer sentido. Eu conseguia identificar os sons de água espirrando, pessoas gritando e o guarda-vidas berrando pelo megafone, "Afastem-se das raias!" talvez pela milésima vez naquele dia. A dor constante da saudade de casa se transformou numa pontada aguda. Mas ainda assim era bom conversar com alguém que eu conhecia.

— Como estão suas férias? — perguntei. — As minhas têm sido um pouco malucas. Estou trabalhando para a minha avó. Ela é dona de uma pousada, que está realmente cheia. Tem um monte de hóspedes loucos. — De repente eu sorri, pensando no que Tyler diria sobre algumas das coisas que saíam andando dos transportadores. Ele sempre era bom em fazer a gente rir. — Seria ótimo se você estivesse aqui. Sei que tiraria sarro de alguns...

— Toquinho? Você disse alguma coisa? Não ouvi nada. Algumas garotas passaram e tive que dar um alô. Você sabe como é.

— Ah. Sim.

— Então, como está tudo? O que está fazendo aí?

— Bem, estou...

— Só um segundo, irmão.

Ele deve ter colocado o telefone sobre uma toalha, porque o barulho de fundo ficou todo abafado. Demorou tanto para voltar que tive que colocar mais moedas no telefone público. Quase desliguei.

Finalmente, ele voltou à linha.

— Ei. Tinham umas garotas na barraquinha de sorvete. Amanda Peterson estava com elas. Tive que oferecer uma assistência masculina, sabe como é? Ganhei muito dinheiro trabalhando num curso de basquete para crianças pequenas criado pelo Treinador, semana passada, então agora posso comprar coisas para ela. Bacana, não?

— Sim.

— Qual é o problema?

— Nada — respondi.

— Nada, até parece. Acho que sei qual é o problema. Você sabe qual é o sabor amargo que está no fundo da sua garganta? Deixa que eu digo. É inveja, mané. O Treinador definiu o elenco para o torneio desse fim de semana, e vou jogar como armador no time titular. Espero que você tenha guardado aquela mesada para pagar nossa aposta.

Me encostei no telefone público.

— Ah, é mesmo? Bem, há um parque aqui perto com algumas cestas de basquete. Vou treinar minhas bolas de três e aí...

— Uau! Tenho que ir, Toquinho. As meninas estão vindo para cá e guardei alguns lugares. Falo com você mais tarde.

*Clique*. A linha foi cortada.

Fiquei ali, parado, com o telefone na mão. Pensei em ficar fora de casa por horas para que a minha avó se preocupasse comigo e se sentisse mal por me fazer trabalhar tanto. Pensei em tirar o resto do dia de folga e fazer o que eu quisesse.

Mas, depois de ficar ali parado por alguns minutos, olhando para Forest Grove à minha volta, percebi que não tinha nada melhor para fazer.

Coloquei o telefone no gancho e me arrastei de volta para a casa da Vovó.

# 13

**Alguns dias depois, recebi** cartões-postais da minha mãe e do meu pai. Pareceria uma coincidência para qualquer um que não os conhecesse. Mas eu sempre os via coordenando os calendários eletrônicos antes de viajar separados, a trabalho. *Segunda-feira: Checar o mercado de ações e ajustar a carteira de acordo. Terça-feira: Audioconferência sobre a reunião da associação dos proprietários de imóveis. Quarta-feira: Entrar em contato com o único filho por cartão-postal. Lembrar-se de adicionar saudação carinhosa.*

Mas eu ainda estava um pouco para baixo, então foi bom receber notícias deles. Li o cartão do meu pai primeiro.

Joquinho —

Espero que o clima esteja se comportando bem enquanto você está aí em cima. Eu me lembro de um verão, quando devia ter mais ou menos a sua idade, em que choveu quase

todos os dias e a temperatura quase nunca passava de 20°
(você não está feliz por eu ter me mudado para a Flórida
antes de você nascer?). Mande lembranças à minha mãe e
fique longe de confusão.

— Papai

P.S. Tenho certeza de que você deve estar conhecendo
muitos hóspedes "excêntricos" da sua avó. Será que foi a parte
mais interessante da viagem até agora?

Li aquele P.S. algumas vezes. Do que ele sabia? Tudo? Será
que tinha contado à minha mãe? Será que outras coisas estão
acontecendo, coisas que eu não estou sabendo?

Eu não podia esperar para ter uma conversa séria com o
meu pai quando chegasse em casa (e não consigo me lembrar
de já ter pensado nisso antes).

Então li o cartão da minha mãe

*Querido Toquinho,*

*Espero que esteja aproveitando a visita ao Noroeste
Pacífico. Sempre ouvi dizer que é lindo por aí. Os seminários
estão indo bem, aqui em Jacksonville, mas estou ansiosa
para estar de novo com você e seu pai. Cuide-se. Nos
veremos em breve.*

*Muito amor,*

*Mamãe*

*P.S. Espero que você tenha encontrado oportunidades
para jogar suas bolas de basquete. Sei que isso é importante para você.*

Sorri. "Jogar suas bolas de basquete" era uma coisa típica da minha mãe. Mas ela estava certa. Eu andava tão ocupado que quase tinha me esquecido do quanto precisava treinar. Eu sabia que Tyler tinha toda a vantagem naquele verão, e que provavelmente já estava com a vaga de titular garantida, mas eu precisava pelo menos oferecer alguma resistência.

E, na verdade, eu tinha algumas horas livres naquela manhã. Não havia conversado muito com Vovó no outro dia, quando voltei tarde, mas acho que ela entendeu, porque disse que cuidaria de todos os trabalhos de GRAVATA de antes do meio-dia. Com a manhã livre, decidi ir até o parque arremessar algumas bolas.

Antes disso, fui até o quintal, onde encontrei o Sr. Harnox jogando croqué com uma família de Turistas recém-chegada. Fiquei lá na varanda, observando por um tempo. O Sr. Harnox tentava jogar da maneira correta, ou pelo menos da forma correta na *Terra,* usando o taco e esperando sua vez. Mas os outros aliens enfiavam as bolas pesadas nas bocas, inflavam as bochechas e depois cuspiam as bolas a 5 ou 10 metros de altura. Ninguém esperava a vez, apenas cuspiam as bolas quando bem entendiam. Parecia divertido.

Entrei no gramado com cuidado, para evitar as bolas de croqué voadoras, e convidei o Sr. Harnox para ir ao parque. Tentei dizer a mim mesmo que aquilo era uma obrigação de trabalho, mas não era totalmente verdade. Acho que o convidei porque não queria ir sozinho.

E estar lá com o Sr. Harnox *foi* melhor do que praticar sozinho. Tudo bem, ele não conseguia quicar a bola, arremessá-la nem entender direito como se defende a cesta, mas, pelo fato de ter 2,30 metros de altura, servia a um propósito. Meu treinador do sexto ano levantava uma vassoura acima de sua cabeça e nos mandava arremessar por cima dela. Dizia que aquilo nos ajudava a fazer os arremessos em arco e nos acostumava a jogar contra defensores mais altos. Então, enquanto o Sr. Harnox caminhava alegremente pela quadra com as mãos levantadas sobre a cabeça, eu o seguia, controlando a bola, e arremessava por cima quando ele ficava entre mim e a cesta.

E acabei desenvolvendo uma jogada nova muito bacana, uma espécie de meio-gancho em movimento, com giro. Eu o usava para ir até o garrafão e encostar no Sr. Harnox (o que, num jogo de verdade, me renderia uma falta e um lance livre de bonificação) e ainda era capaz de acertar o arremesso por cima de seus braços compridos. Treinei aquela jogada várias vezes, até acertar oito ou nove de cada dez arremessos.

Estávamos praticando minha nova jogada quando os rapazes do segundo grau — Brian, Eddie e Greg — entraram no parque. Enquanto eles se aproximavam de mim e do alienígena alto e cinza, fiquei tão nervoso, e foi tão de repente, que achei que fosse vomitar.

— Deixe que eu desenrolo com eles — falei para o Sr. Harnox.

— Deixar você... desenrolar...? — perguntou, com a testa franzida numa expressão pensativa.

— Só não diga nada — sussurrei, enquanto os garotos se aproximavam.

— Ei, é o Astronauta Toquinho — comentou Brian, quicando a bola de basquete de couro gasto. — E está sem a lula dessa vez.

Os três vieram do gramado para a quadra de asfalto.

— Mas trouxe um substituto — retrucou Eddie, andando bem na direção do Sr. Harnox. Achei ele grande na primeira vez que o vi, mas naquele momento parecia um anão ao lado do Sr. Harnox. — Você já jogou na NBA? — Eddie entortou o pescoço para trás para encarar aquele rosto cinzento. O alienígena alto olhou para mim e então apenas deu de ombros e tentou sorrir para Eddie. — Que nada, você é velho demais. A NBA nem devia existir quando você era jovem. Meu bisavô tem a pele dessa cor. Ele tem 94 anos.

Greg estava alguns passos atrás dos outros.

— Ei, Toquinho — cumprimentou. — Faz tempo que não o vejo.

— Sim, passo a maior parte do tempo trabalhando na pousada. Estamos lotados. — Olhei para o relógio. — Na verdade, acho que é hora de voltar. Daqui a pouco...

— Que nada, vamos jogar bola — pediu Eddie. — Você quer jogar, não é, amigão? — O Sr. Harnox abriu um sorriso medonho e balançou a cabeça para cima e para baixo. — Certo, nós três contra vocês dois. É justo, porque ele sozinho conta como dois.

— Pode ser? — perguntou Greg, olhando para mim.

Eu não tinha muita escolha. Eddie e Brian já estavam passando a bola entre si, brincando de bobinho com o Sr. Harnox, que vagava entre eles. Eddie deu um passe, driblou o alien e fez uma bandeja com a ajuda da tabela.

— Dois a zero — disse, jogando a bola para mim e trotando na direção da outra cesta.

O jogo não começou muito bem. O Sr. Harnox sabia o suficiente para correr de um lado para o outro da quadra, nos seguindo de uma cesta a outra, mas só isso. Era tão alto que algumas vezes conseguia impedir que eles acertassem um arremesso, mas a maioria era por acidente. Eu também não podia passar a bola para ele, já que ele não era muito bom em segurá-la. Consegui ficar livre para fazer alguns arremessos de 5 metros, mas, depois de dez minutos, Brian anunciou que o placar era 22 a quatro. Eddie riu.

— Só isso? Parece que estamos ganhando de muito mais.

Depois disso, deixei o Sr. Harnox plantado no meio do garrafão, na defesa, e o mandei não parar de balançar aqueles braços compridos. O alien era uma distração grande o suficiente para forçar os adolescentes a arremessar de longe, e eles começaram a errar.

No outro lado da quadra, usei minha nova jogada ofensiva. Eu levava a bola até o garrafão, saltava, girava no ar, absorvia o contato do corpo de Eddie, que já estava pulando, e fazia o arremesso por cima dele. Eu hesitava antes de soltar a bola, aproveitando ao máximo o pouco tempo que ficava suspenso, enquanto Eddie balançava os braços para tentar bloquear. Ele errou todas as vezes. Era muito mais fácil do que arremessar por cima do Sr. Harnox, e acertei cinco seguidos.

— Vinte e dois a 14 — gritei, enquanto corria de costas pela quadra para me posicionar na defesa. — Parece que temos um jogo.

Eddie olhou para mim com uma expressão de poucos amigos, antes de virar para Greg.

— Passe a bola para cá — disse. Greg não lhe deu atenção, então Eddie ficou plantado na sua frente, no meio da quadra. — Dê a bola para mim — exigiu.

Greg lhe entregou a bola e foi para perto da cesta.

Eddie se virou e me encarou. Ele estava batendo a bola forte demais, fazendo um *Bum! Bum! Bum!* constante no concreto da quadra. Dava para ver que ele queria passar por cima de mim, mas Eddie não era um armador. Era muito grande e duro, e não havia motivo para ele estar fazendo isso ali tão longe da cesta. Calculei o tempo entre os quiques — *Bum!* Pausa *Bum!* — e, quando ele iniciou o movimento para jogá-la no chão outra vez, saí correndo, desviei a bola e parti para o outro lado da quadra.

Eu podia senti-lo correndo logo atrás de mim, dando passadas pesadas e quase pisando nos meus calcanhares. Quando cheguei à cesta, sabia que ele ia fazer a falta, e com força, então saltei e fingi que faria a bandeja no lado direito da cesta. Eddie saltou comigo e desceu o braço, tentando acertar a bola ou a minha cabeça, ou talvez as duas. Mas recolhi o braço, flutuei pelo ar por baixo da cesta e soltei a bola do outro lado com a ajuda da tabela. Uma bandeja invertida perfeita. Eddie passou ao lado, com o braço balançando sem causar estrago.

Eu me virei e corri de volta para meu lado da quadra, assistindo à bola cair pela rede sem tocar no aro.

— Vinte e dois a 16 agora — falei.

Eddie segurou a bola.

— Essa não valeu.

— Por que não?

— Você andou.

— Não andei!

— Você não sabe contar? Você deu, tipo assim, uns quatro passos. Isso é andada. Vinte e dois a *14*.

— Como você conseguiu contar meus passos? Estava muito ocupado me perseguindo, depois que eu roubei a bola.

Eddie soltou a bola e avançou na minha direção.

— Posso contar o número de segundos que vou levar para acabar com a sua...

— Pessoal! — gritou Greg, correndo para o meio da quadra. — Acalmem-se. É uma pelada, não a final do campeonato. — Ele se enfiou entre mim e Eddie. — Vamos fazer um intervalo.

Minha respiração saiu num suspiro trêmulo e cansado, e percebi que estava com os punhos cerrados. Greg empurrou o peito de Eddie, que andou de costas até sair da quadra, me observando o tempo todo.

Sequei o suor da testa e me juntei ao Sr. Harnox enquanto os adolescentes bebiam seus isotônicos de um gole só. A coisa inteligente a fazer seria pegá-lo pelo braço e ir embora. A única coisa que importava era levá-lo para casa em segurança. A parte lógica do meu cérebro sabia disso. Mas algo na forma como o sangue começa a correr mais rápido durante uma partida, o que os narradores de esporte chamam de "ímpeto esportivo", e o Treinador chama de "fogo na barriga", me fez esquecer o que eu deveria fazer. Eu só queria apagar aquela expressão idiota do rosto de Eddie.

— Você consegue pular? — sussurrei.
— Pular?

Eu meio que saltitei algumas vezes. O Sr. Harnox balançou a cabeça de forma positiva.

— Na próxima vez que o grandão arremessar, pule e bata com a mão na bola.

Fiz uma mímica da ação. O Sr. Harnox me observou com um olhar pensativo e balançando a cabeça, concordando.

— Pular.
— Vamos, meninas — gritou Eddie.

O jogo recomeçou. Brian se contorceu por baixo dos braços do Sr. Harnox para fazer uma bandeja, mas não marcou, e eu acertei outro arremesso de média distância.

Na próxima posse de bola, Eddie se afastou para tentar um arremesso de três pontos. Pela altura dele, ele nem deveria tentar arremessar de tão longe, mas eu percebi que ele queria provocar um pouco mais.

O Sr. Harnox pulou bem embaixo da cesta, voou e acertou a bola, meio desajeitado. Não foi uma cena bonita, mas foi eficiente. A bola ricocheteou no braço do Sr. Harnox e atingiu Eddie bem na testa. Foi tão rápido que o menino ainda estava com os braços levantados no fim do movimento quando a bola o acertou.

Greg e Brian caíram na gargalhada.

— Cara, você acabou de levar uma pregada daquelas — comentou Greg, entre risadas barulhentas.

— Sim, acho que ele bloqueou esse arremesso com o *cotovelo*.

O Sr. Harnox parecia confuso e um pouco assustado. Ele caminhou até mim, e dei um tapa de leve em seu braço.

— Está tudo bem. Foi um bom bloqueio. Bom trabalho.

— Eu pulei — comentou.

— Pulou mesmo! — falou Greg, e aquilo fez com que ele e Brian caíssem na gargalhada mais uma vez.

Peguei a bola e a levei devagar até a outra cesta.

— A partida é de quanto, aliás? — perguntei, enquanto cruzava a linha da metade da quadra, olhando para a defesa.

Depois que Eddie tinha levado o troco, a parte racional de meu cérebro voltou a se manifestar, e eu só queria levar o Sr. Harnox para casa sem nenhum contratempo sobrenatural.

— Qual é o problema, você não aguenta perder, Garoto Espacial? — perguntou Eddie.

— Cale a boca, Eddie. Só jogue basquete — respondeu Greg.

— Nunca me mande calar a boca — retrucou Eddie.

Ele estava falando com Greg, mas olhava para mim com raiva.

Tentei usar o Sr. Harnox para fazer o bloqueio nos defensores, para que eu tentasse um arremesso de três pontos desmarcado, mas, quando passei ao lado dele, Eddie estava bem ali. O impulso me fez bater de frente com ele, e o antebraço de Eddie se ergueu e me atingiu como uma barra de metal, bem no rosto.

Doeu tanto que nem notei a dor de bater com as costas no asfalto. Quando me sentei e passei a mão no nariz, vi um pouco de sangue.

Eddie se agigantou sobre mim.

— Por que não olha para onde está...

Ele começou a falar, mas então foi erguido acima de mim. Suas pernas balançavam sem encostar no chão, espernando em desespero, e um grito surpreso ficou preso em sua garganta.

O Sr. Harnox tinha segurado Eddie pela camiseta com uma das mãos e o levantou até ficar no nível de seus olhos.

— Por favor, não machuque o pequeno — disse o alienígena.

Brian avançou sobre o Sr. Harnox para ajudar Eddie, mas o alien o arrancou do chão com tanta facilidade quanto se estivesse colhendo uma flor. Ele levantou os dois garotos o mais alto e mais afastados um do outro que seus longos braços permitiam. Embora os adolescentes gritassem e praguejassem enquanto estavam suspensos, o Sr. Harnox não parecia fazer força. O alienígena apenas olhou para mim, com testa franzida e a pele cinza em volta da boca apertada em uma expressão triste.

Eu me levantei mais do que depressa.

— Está tudo bem, Sr. Harnox, está tudo bem. — Tentei falar com um tom tranquilizador, mas não sabia bem qual de nós eu estava tentando tranquilizar. — Só coloque os dois no chão e vamos para casa. Certo? Só coloque eles no chão.

Apontei para o chão com os dois braços, como se estivesse brincando de mímica.

Para meu grande alívio, o Sr. Harnox deu de ombros e os soltou. Os garotos caíram um por cima do outro no solo. Brian ficou caído, fazendo careta e esfregando o tornozelo, mas Eddie se levantou depressa. Ele se afastou do alienígena, ainda encarando. Mas, como o Sr. Harnox não se moveu, avançou na minha direção com o dedo apontado para o meu rosto.

— Seu ímã de aberração. Você vem para cá para ficar com aquela sua avó maluca e depois traz um psicopata violento para o parque? Você deve estar...

Greg se meteu entre nós dois, colocou as duas mãos no peito de Eddie e o empurrou para trás devagar.

— É melhor você ir para casa, Toquinho — falou, por cima do ombro.

Essa teria sido a melhor ideia, é claro. Mas vi algumas gotas de sangue pingarem na minha camisa e fiquei tão furioso que voltei àquela zona vermelha.

— Não. — Aquilo era tão estúpido que não consegui acreditar que era eu que estava dizendo. — Vamos terminar o jogo. A não ser que Eddie esteja com muito *medo*.

— Não tenho medo de nada — rosnou ele, em resposta.

— Bom — falei, e me aproximei para colocar a bola nas mãos do Sr. Harnox. — Coloque a bola na cesta — disse a ele, e apontei para o aro.

O alien segurou a bola e correu na direção da cesta sem a quicar, feliz por ter algo para fazer. Os três adolescentes se apressaram para sair da frente. Ele esticou o braço e enterrou a bola sem nem pular. Depois que a bola passou, o Sr. Harnox continuou a segurar o aro, soltando os parafusos e arrancando-o da tabela com um chiado horrível. Ele caminhou em volta da quadra com o aro laranja na mão, olhando para ele como se ele não soubesse bem o que era aquilo e como aquilo tinha chegado ali.

Eddie, Brian e Greg olharam fixamente para nós dois, boquiabertos. Dei de ombros.

— Acho que isso termina o jogo — declarei.

Então foi Greg que olhou para mim com raiva.

— Muito obrigado. Você acabou de arruinar nossa quadra.

O Sr. Harnox deu alguns passos na direção dos adolescentes. Provavelmente só queria se desculpar, mas eles não sabiam daquilo. Os três começaram a andar para trás na mesma hora, tentando se distanciar do alienígena alto. Brian recuava tão rápido que tropeçou e caiu, mas se levantou bem depressa.

Eddie apontou para nós.

— Vocês não vão se safar dessa — ameaçou. — Vou me vingar de você.

Então todos se viraram e saíram correndo do parque.

O Sr. Harnox me entregou o aro.

— Eu peço a desculpa. Eu não sei como jogar esse jogo — falou.

Eu suspirei.

— Nem eu.

# 14

**Ajoelhei na areia da** margem do rio, limpando com água fria o sangue seco no rosto e nas mãos para que minha avó não surtasse. Minha raiva tinha diminuído, mas foi substituída por puro terror. Meus nervos estavam à flor da pele enquanto eu imaginava o que aqueles adolescentes fariam, com quem eles poderiam falar. Eu não estava nem um pouco empolgado para contar à minha avó o tamanho da bobagem que tinha feito.

Enquanto jogava pedras na água, o Sr. Harnox rondava a beira do rio, apoiado nos joelhos e nas mãos. De vez em quando uma de suas mãos cinzentas afundava depressa e saía segurando um peixe que se contorcia. Ele me mostrava o que tinha acabado de pescar, dava uma fungada ou duas no bicho, murmurava algumas palavras e o jogava de volta na água.

Eu estava pronto para sugerir que fôssemos embora quando ouvi um barulho atrás de mim. Virei e lá estava Amy, parada onde o gramado do parque se encontrava com a margem do rio. Estava usando o boné de beisebol amarelo, calça jeans e um agasalho.

— Oi, Toquinho.

— Oi. — Eu me levantei. — É, hmm, bom ver você.

— Mesmo? — perguntou, olhando para mim.

— Claro.

Ela inclinou a cabeça e analisou meu rosto.

— Você está bem? Seu nariz parece um pouco vermelho e inchado.

Esfreguei o nariz de leve. Ainda estava dolorido.

— Estou bem. Só me machuquei um pouco jogando basquete. Levei uma bolada bem no rosto.

Ficamos parados ali por um minuto ou dois, em silêncio. Por fim, Amy falou:

— Bem, eu só tinha saído para dar uma caminhada. Vou deixar vocês em paz.

Ela se virou e começou a se afastar. Corri até junto do Sr. Harnox e sussurrei:

— O senhor pode ficar aqui um pouco? Sozinho? Vou ficar ali ao lado, no parque.

Ele balançou a cabeça de forma positiva.

Corri para alcançar Amy, perto do parquinho das crianças.

— Espere um pouco — pedi.

Olhei para trás e me assegurei de que ainda conseguia ver o Sr. Harnox de onde estava.

Amy, ao lado do trepa-trepa, se virou para olhar para mim.

— Você não precisa se preocupar, Toquinho. Vou parar de perturbá-lo.

— O que você quer dizer com isso?

Ela não falou nada por um bom tempo, só passou os dedos nas ranhuras do pneu pendurado por três correntes, um daqueles balanços de girar. Quando falou, se dirigia mais ao pneu do que a mim.

— Não há muitas pessoas nessa cidade com quem eu possa realmente conversar. — Ela olhou para mim por um instante. Achei que deveria dizer algo, mas, como de costume, fiquei sem palavras. Seus olhos se abaixaram novamente na direção do balanço. — Mas tenho certeza de que todo mundo é mais bacana na Flórida. Então vou parar com isso.

Meu coração bateu mais rápido, e minha boca ficou seca. Será que conversar com garotas era sempre tão complicado ou só quando você estava escondendo visitantes do espaço sideral? E, se alguém tinha conseguido criar um tradutor de alien para terráqueo, será que não seria possível criar um que me ajudasse a falar com as meninas?

Num lampejo de inspiração, decidi tentar a verdade. Parte dela, pelo menos.

— Achei que você só estava interessada em ser minha amiga por causa da Pousada Intergaláctica — comecei. — Você sabe, por causa das fotos que estava tirando e do interesse em astrobiologia, no espaço sideral e tudo mais.

— De jeito nenhum! — exclamou ela, soltando o pneu para olhar para mim outra vez. — Quero dizer, isso é parte do todo, mas achei que fosse algo que tivéssemos em comum. — Ela deu alguns passos na direção dos balanços normais e se sentou num deles, envolvendo os braços nas correntes de metal que seguravam o assento. — Mas você não deve gostar muito dessas coisas.

Engoli em seco. Se ao menos ela soubesse. Se tínhamos alguma chance de ser amigos, era melhor eu tentar convencê-la de que nada estava acontecendo na pousada da minha avó.

Eu me sentei no balanço ao lado do dela.

— Pensei muito no que você me contou na casa da minha avó, sobre astrobiologia, vida extraterrestre e tudo mais.

— É mesmo? E então?

— Então que isso é divertido em filmes, mas não acho que seja verdade.

— Por que não?

— Quero dizer, se existe vida em outros planetas, não deve ser nada parecida com a vida daqui. Teria evoluído sob circunstâncias muito diferentes. Acho que nem seríamos capazes de reconhecê-la.

Amy deu um sorriso irônico. Ela empurrou o chão com os pés e colocou o balanço em movimento, parecendo bem mais confortável.

— Está claro que você nunca estudou atributos universais em termos da evolução da fisiologia.

Caramba. Nunca tente discutir com alguém mais inteligente do que você. Suspirei e mordi a isca.

— Então... o que isso quer dizer?

— Atributos universais. Coisas a que a evolução atingiu em muitas oportunidades diferentes, mesmo em animais ou lugares diferentes.

— Hein?

— Como pernas, braços e olhos. Quase todo animal, incluindo humanos, desenvolveu algum tipo de membros, mesmo em ambientes que não têm nada em comum. Então podemos pelo menos supor que aliens em diferentes planetas devem ter se desenvolvido de forma semelhante.

Olhei para baixo para ela não ver minha expressão, que com certeza era tanto de admiração quanto de pânico. Admiração por ela ter descoberto tanta coisa por conta própria. Pânico, porque estava cada vez mais difícil guardar o segredo da minha avó.

Mas Amy deve ter pensado que eu estava tentando não rir, porque insistiu:

— Eu sei, eu sei, isso parece esquisito a princípio. E tenho certeza de que existem muitas diferenças entre humanos e aliens. Mas deve haver semelhanças o bastante para que possamos ao menos reconhecê-los como seres parecidos conosco. Quero dizer, depois de conhecer aquele neandertal do Eddie, é difícil aceitar a ideia de que talvez existam seres de inteligência mais desenvolvida lá fora? — Dessa vez eu ri, e Amy retribuiu o sorriso antes de ficar séria de novo. — E aposto que também poderíamos nos comunicar se tivermos tempo suficiente.

Olhei para o Sr. Harnox, que engatinhava pela margem do rio tentando se comunicar com os peixes.

Amy suspirou.

— Mas eu deveria parar de falar dessas coisas.

— Por quê?

— Bem, se você não está muito interessado, podemos falar de outro assunto. Me conte sobre a sua cidade.

Viramos os balanços de lado para ficarmos um de frente para o outro. Falei para ela sobre Tampa, o acampamento de basquete do qual eu deveria estar participando e como sentia falta de poder nadar ao ar livre quando tivesse vontade. Então Amy me lembrou de que eu tinha prometido ir com ela algum dia na piscina natural de seu amigo, no Nooksack. Fiquei feliz por ela ainda querer fazer aquilo.

Amy virou o balanço até as correntes de metal formarem uma única linha, então soltou e girou bem depressa, com os braços esticados. Quando o balanço parou de girar, ela saiu cambaleando do assento e nossos sapatos se tocaram. Ela deu uma guinada para a frente e estiquei o braço para equilibrá-la, segurando seu ombro e sua mão.

Ela olhou para mim.

— Obrigada — disse, então sorriu.

Quando nos sentamos nos balanços outra vez, ainda estávamos de mãos dadas.

E eu tive vontade de beijá-la. Foi de repente. Para ser honesto, eu nem estava pensando no Desafio Colossal de Verão. Mas havia algo naquela pequena concentração de sardas em seu nariz, no sorriso torto e no fato de ela ser inteligente e engraçada e não ter medo de conversar sobre coisas que a interessavam.

E então o nervosismo voltou, e com força total. Como eu poderia começar algo assim? Eu não seria capaz de chegar perto suficiente se me inclinasse do balanço, então teria que me levantar e me aproximar dela. E se ela não quisesse que eu a beijasse? Será que eu simplesmente voltaria a sentar como se nada tivesse acontecido? E será que eu morreria de vergonha se isso acontecesse?

Ficamos sentados ali, olhando um para o outro de mãos dadas, até que o carro de patrulha do delegado Tate entrou no Parque Riverside.

— Ah, que ótimo.

Falamos aquilo ao mesmo tempo.

— O quê?

Perguntamos um ao outro, também ao mesmo tempo.

— Você primeiro — sugeri.

— Estou muito enrascada — explicou.

— Eu também.

O delegado Tate subiu com o carro no meio-fio, seguiu pelo gramado e estacionou ao lado dos brinquedos do parque. Ele abaixou a janela do carro e colocou a cabeça para fora

— Acho que já falei para você não vir aqui — brigou.

Eu estava pronto para abrir a boca e responder quando...

— Paaaai! — resmungou Amy.

Ela soltou minha mão, desceu do balanço e correu na direção do carro. Meu queixo deve ter caído em algum lugar abaixo da minha cintura.

Amy caminhou até o outro lado do carro e abriu a porta.

— Você está me envergonhando — sussurrou para o pai.

— Deixe isso para lá. Entre no carro. Estão esperando a gente, e você está nos atrasando.

Antes de entrar no carro, ela olhou para mim por cima do capô da patrulha e moveu os lábios silenciosamente: *sinto muito*.

O delegado Tate olhou para mim com uma expressão de poucos amigos.

— Alguns garotos acabaram de me contar uma história interessante — disse. — Sobre um pequeno arranca-rabo aqui com você e um dos hóspedes malucos da sua avó. Disseram que vocês dois os atacaram.

Não consegui encontrar a voz para protestar. Apenas olhei para o carro, onde o rosto triste de Amy era emoldurado pela janela.

— Acabei de resolver que fechar a pousada da sua avó e mandá-lo embora da cidade será minha prioridade máxima, garoto. Você me verá em breve.

Tate deu partida no motor e saiu do parque depressa

# 15

**Eu não me lembro** da caminhada de volta à casa da minha avó. Minha mente estava muito ocupada pesando o que era mais preocupante: a possibilidade de ser atacado numa vingança dos garotos do ensino médio, a ameaça do delegado Tate ou perder a única amiga que eu tinha na cidade. Tantas coisas deram tão errado que eu não conseguia demonstrar muita emoção por nenhuma delas. Eu me sentia entorpecido. Também precisava pensar no que contar à minha avó. Ela tomava conta da pousada em segurança e em segredo havia mais de quarenta anos, e eu tinha estragado tudo em apenas algumas semanas.

Meus pés descobriram o caminho de casa por conta própria, no entanto, de repente, me vi subindo devagar os degraus da varanda da Pousada Intergaláctica. O Sr. Harnox me seguia.

— Está com o sentimento vazio dentro de você? — perguntou.

*O quê?* Será que ele estava lendo minha mente, ou algo assim? Será que podiam fazer isso no planeta dele?

— Sinto — respondi, sem nem pensar no que estava fazendo.

Ai, não, eu estava mesmo prestes a contar todos os meus segredos para um alien? Será que ele conseguia...

— Porque estou sentindo o vazio dentro de mim. — O Sr. Harnox passou a mão na barriga. — O sentimento de fome de estômago vazio que sinaliza que preciso da minha refeição do meio do dia.

Ah, era apenas isso.

— Fiz compras ontem. Tem uma nova pilha de papel laminado e algumas garrafas de água sanitária no balcão da cozinha. — Olhei para ele, que balançava a cabeça, animado. — Comprei a embalagem Jumbo para Família, dessa vez.

O Sr. Harnox abriu um sorriso enorme. Pelo menos eu era capaz de fazer uma pessoa feliz.

Abri a porta da frente. O Sr. Harnox passou por mim, seguindo para a cozinha. Olhei ao redor e vi que uma selva crescia na sala de estar. Nem me preocupei, só entrei. Acho que já estava me acostumando à esquisitice da pousada.

Ao olhar com atenção, percebi que era apenas um casal de alienígenas gigantes que não cabiam muito bem no aposento. E "gigantes" não é exagero. O teto da sala de estar da Vovó é tão alto quanto uma cesta de basquete, e as cabeças dos alienígenas batiam nele. Bem, não exatamente as cabeças. Umas coisas esquisitas saiam do topo delas, acho que eram antenas. Eram largas e verdes e pareciam um pouco as folhas de uma palmeira. Os corpos tinham uma coloração marrom, forma de tubo e eram salpicados com vários tons de verde e amarelo. Para completar o visual de floresta tropical, os dois tinham pernas e braços compridos que terminavam em cerca de uma dúzia de cachos que pareciam plantas.

Depois de observá-los por alguns instantes, percebi que, apesar de as cabeças chegarem ao teto, eles estavam sentados com os joelhos dobrados e as costas encurvadas. Se resolvessem se levantar, acho que ficariam mais altos do que a casa. Apesar de os Turistas parecerem ocupar toda a sala, Vovó encontrou uma pequena clareira e estava parada diante deles, olhando para as enormes criaturas. Ela cruzou os braços sobre o peito e balançou a cabeça.

— Sinto muitíssimo, senhor. Tentamos acolher todos aqui, mas receio que dessa vez não seja possível.

— Mas o *Guia de Turismo Intergaláctico* não lista restrições de altura para viagens à Terra — protestou um dos alienígenas gigantes, com uma voz grave e estrondosa. Ele tentou fazer um gesto enquanto falava, mas os braços eram tão compridos que se arrastaram nas paredes, derrubando no chão algumas fotos emolduradas. — Sinto muito por isso — murmurou.

— Estou ciente de que o *Guia* contém informações incompletas — respondeu Vovó. — Mas não posso permitir que coloquem os pés fora dessa casa. Na verdade, vocês nem deveriam estar no primeiro andar sem um disfarce de terráqueo. Mas, no seu caso, eu não consigo imaginar como esse seria.

— Juro que não temos nenhuma intenção de falar com os nativos — disse o outro gigante. — Será que não podemos pelo menos dar uma caminhada por aí durante algumas horas? Talvez ninguém nos note.

Fiquei muito impressionado com a Vovó. Aqueles alienígenas poderiam tê-la arrancado do chão e a engolido com uma só mordida, mas ela não cedeu.

— Oh, pelo amor do Criador! — exclamou ela com as mãos na cintura. — Vocês dois são pelo menos dez vezes mais altos do que um terráqueo comum. E, infelizmente, ainda temos uma única espécie em atividade por aqui. Pelo menos no que diz respeito ao que se considera inteligência desenvolvida. Vocês seriam notados no mesmo instante.

— Mas será que não poderíamos...

— E, ainda por cima — interrompeu Vovó —, se forem descobertos e sua chegada for rastreada até aqui, perco minha Licença de Hotelaria Interestelar. Para sempre. Eu teria que fechar meu negócio. O *Guia* pode ser incompleto em algumas coisas, mas é bastante claro em relação a isso.

Os alienígenas se entreolharam. Eles talvez tenham dado de ombros, mas não tenho certeza. É difícil dizer onde ficam os ombros em gigantescas árvores selvagens ambulantes.

— As crianças vão ficar muito desapontadas — suspirou um deles.

*Crash!* Algo desceu a escada rolando, um borrão confuso de cores e barulhos. Mais fotos caíram da parede enquanto a coisa batia em cada degrau e algumas estacas de suporte se soltavam do corrimão. Ela caiu até chegar ao pé da escada e bateu na parede antes de eu ao menos conseguir ver o que era: um emaranhado de três aliens com a mesma cor e o mesmo formato dos gigantes, só que numa escala muito menor.

Uma das criaturas que parecia ter a minha altura foi a primeira a se recuperar. Ele pulou, segurou um dos outros pelas coisas que pareciam folhas de palmeira no topo da cabeça e deu-lhe um tapa no rosto com um braço de galho fino. O terceiro alienígena, deitado de costas no chão, esticou as gavinhas no fim das pernas, envolveu-as na parte inferior do torso do agressor e puxou, jogando-o com força no chão mais uma vez. Então os dois alienígenas no chão pularam e atacaram o primeiro, prendendo-o contra o piso e batendo nele de forma impiedosa.

— Crianças! Chega! — rugiu um dos gigantes. — Vocês são visitantes nesse planeta e têm que se comportar!

As crianças alienígenas se separaram, se levantaram e ficaram olhando para o chão.

— Desculpe, mamãe — murmurou um deles.

A mãe alienígena olhou para a minha avó.

— Você precisa desculpar meus meninos. Eles têm uma tendência a ser um pouco... cheios de energia.

O pai alienígena apontou para a criança que tinha se desculpado.

— Estou ainda mais decepcionado com você, Zardolph. Você é o mais velho, seus irmãos se espelham no que você faz.

— Mas, Paaaaaai — choramingou Zardolph. — É muito chato ficar dentro de casa. A gravidade é tão fraca neste planeta que dá para saltar para sempre. Podemos ir para fora de casa brincar? Por favooooor?

Os outros dois balançaram a cabeça, concordando, e as folhas de palmeira sacudiram de forma selvagem.

— Acho que temos más notícias — interveio a mãe. — Temos que partir agora mesmo.

— Nãããããoooo! — uivaram as crianças.

Elas se jogaram no chão e bateram com os braços de galhos nas tábuas do assoalho. As folhas de palmeira viraram um emaranhado confuso enquanto eles sacudiam as cabeças com violência. Acho que não foram as crianças da Terra que inventaram a pirraça.

— Parece que não somos bem-vindos nesse planeta — acrescentou a mãe, olhando para Vovó. — E essa viagem teria sido um presente tão bacana pelo seu aniversário, Zardolph.

O ataque de pirraça ficou ainda mais intenso.

— Parem com isso agora mesmo! — gritou o pai

As crianças pararam de bater no chão, mas continuaram deitadas.

— Mas estamos esperando por essa viagem o ano inteiro. As aulas começam daqui a três dias — reclamou Zardolph.

— Sim, e aí é que não vamos nos divertir nem um pouco! — completou um dos irmãos.

— Não é justo! — gritou o terceiro.

Eles todos começaram a se lamentar outra vez. Vovó tentou dizer algo aos pais, mas sua voz foi encoberta pelo ataque coletivo.

Andei até minha avó.

— Precisa de ajuda?

Tive que levantar a voz para ela me ouvir com todo aquele barulho.

Minha avó inclinou o corpo na minha direção.

— Preciso conversar com os pais, mas não consigo nem escutar meus pensamentos.

Levantei um dedo e subi a escada correndo até o quarto. Tirei um aro de basquete de brinquedo da parede ao lado da cama, peguei a bola e corri para o andar debaixo.

— Escutem! — gritei para os irmãos. Eles todos pararam de gritar e olharam para mim. — Querem brincar de uma coisa aqui da Terra?

Zardolph olhou para os irmãos, um pouco mais baixos, então se virou para mim e fez que sim com a cabeça.

— Você disse que gosta de saltar, não é? — perguntei, e ele confirmou com a cabeça outra vez. — Siga-me.

Eu os levei até a estante de livro sob o olhar de Vovó e dos enormes alienígenas. Usando as prateleiras como escada, subi na estante e prendi na o aro parede o mais alto possível. Então pulei de volta para o chão.

— Certo, o jogo se chama Coloque A Bola Na Cesta. — Os três jovens alienígenas me cercaram, tentando tirar a bola das minhas mãos. Eu a segurei sobre minha cabeça e os empurrei com o outro braço. — Opa! Esperem um minuto. Façam fila. Um atrás do outro. Pronto, assim. Agora... é Zardolph, não é? É seu aniversário, então você começa.

Zardolph se aproximou e pegou a bola. Ele correu na direção da parede, pegou impulso nela, ricocheteou na estante e chegou à parede novamente, só que mais alto daquela vez. Ele terminou o movimento com uma cambalhota no caminho até a cesta e soltou a bola dentro do aro.

— Ei, boa jogada — elogiei.

Ele pegou a bola e voltou correndo na minha direção, sorrindo.

— A Terra é incrível! Consigo saltar o dobro do que salto em casa.

Vovó sorriu e acenou para mim, então retomou a conversa com os pais. Ensinei aos garotos enterradas de costas, giros de 360 graus, e dei alguns passes para fazer uma ponte aérea. Na verdade, foi até divertido.

Depois de alguns minutos, minha avó chamou todos nós.

— Acho que podemos bolar um plano — disse às crianças alienígenas. — Infelizmente seus pais são grandes demais para ficar aqui. Serei bem firme quanto a isso. — As crianças gemeram. — Mas acho que vocês três podem passar uma noite.

Os gemidos se transformaram em gritos animados. As crianças correram até os pais e puxaram os enormes braços dos dois.

— Podemos ficar? Por favor, por favor, por favor? Podemos? — Os três falavam ao mesmo tempo.

Os pais se entreolharam.

— Não sei... eles nunca ficaram sozinhos antes...

— Meu neto, Toquinho, está trabalhando para mim durante o verão. Ele é um jovem humano ótimo. Talvez ele possa levar as crianças para acampar durante a noite. — Os três começaram uma nova rodada de súplicas, que Vovó interrompeu. — Elas não podem chegar perto da cidade ou de alguma casa, nem conhecer um nativo, mas ainda assim poderão se divertir brincando com Toquinho lá fora, em uma genuína floresta terrestre.

Ah, não.

Tentei chamar a atenção da minha avó, balançando a cabeça e fazendo o gesto de cortar a garganta, mas ela estava olhando para os aliens, radiante, e não percebeu. Aquele era um plano terrível. E era tão injusto ela só soltar aquilo sem nem pensar em me perguntar primeiro.

Os gigantes trocaram olhares, então encararam os filhos.

— Bem... acho que isso pode ser aceitável. — As crianças saltitaram, guinchando. — Mas voltaremos amanhã de manhã para buscá-los. E vocês precisam se comportar muito bem, entenderam? Agora vão agradecer ao novo amigo.

Os Meninos da Selva me rodearam. Estiquei a mão para que a apertassem, mas, em vez disso, eles esfregaram as folhas de palmeira no meu rosto todo. Não doeu, mas era pegajoso e um pouco sufocante. Todos falaram ao mesmo tempo. Eu não conseguia entender direito o que diziam, mas percebi que estavam animados com o acampamento. Finalmente, Vovó se enfiou entre os aliens e me levou para longe deles pelo corredor.

Paramos em frente à porta da cozinha.

— Sei que é pedir muito, Toquinho.

Desviei o olhar, encarei a parede.

— Sim. É mesmo.

Especialmente depois da manhã que tive.

— Mas isso significaria tanto para aqueles meninos.

— Você poderia ter pelo menos me consultado antes de anunciar a todos.

Vovó colocou a mão no meu ombro.

— Ah, Toquinho. Você está certo, claro. Eu estava pensando apenas em mim e na melhor forma de sair daquela situação. Por favor, me desculpe.

Olhei para ela. Era a primeira vez que um adulto se desculpava comigo. Respirei fundo e fiz que sim com a cabeça.

Minha avó me deu um abraço apertado. Eu estava começando a me acostumar àquilo.

— Acho que já considero sua ajuda algo corriqueiro. É que eu nunca teria sido capaz de lidar com uma situação como essa antes de você chegar aqui. Você é o melhor funcionário que já tive.

— Sou o único funcionário que você já teve.

Ela sorriu.

— Para ser sincera, não sei como conseguia me virar sem você, antes disso.

Era boa a sensação de ser útil, ser necessário.

Então o Sr. Harnox saiu da cozinha e passou por nós mastigando o papel laminado. Deu um aceno rápido para nós dois e subiu a escada. Minha raiva desapareceu quando o vi, no instante em que me lembrei das más notícias que tinha para a Vovó.

Evitei o olhar dela e me virei para o fim do corredor, onde os alienígenas pais tentavam encurralar os filhos.

Uma tarefa que seria quase impossível enquanto eles ainda estivessem tão animados na sala de estar.

Adiei minha confissão com uma pergunta:

— Como aqueles gigantes conseguiram passar pelos transportadores?

— Tem um no porão que é um pouco maior. Eles rastejaram, entrando primeiro com a cabeça, e aí conseguiram sair. Foi como ver cem palhaços saltarem de um único carro, no circo. — Vovó deu uma risadinha. — Você sabe, quase valeria a pena ser descoberta só para ver a expressão do delegado Tate quando encontrasse esses dois. Queria vê-lo tentar bancar o valentão com um casal de gigantes. Acho que ele engoliria aquele palito de dente horrível.

Vovó estava rindo de verdade. Mas, ao ouvir o nome do delegado, um caroço gelado de terror se formou em meu estômago.

— Escute, Vovó, por falar no Tate... não me importo em ajudá-la com as crianças, mas não sei se sair de casa para acampar é uma ideia tão boa.

— Por que diz isso?

Eu contei a história, olhando para o chão e falando o mais rápido que podia para acabar logo com aquilo. Terminei com o delegado Tate ameaçando fechar a pousada e me perguntei se ela ainda falaria comigo depois disso.

E ela falou:

— Ah, querido. Você deve estar se sentindo arrasado de tanta preocupação. Eu sinto muito por isso, mesmo.

— Eu que deveria sentir muito.

— Não é sua culpa, Toquinho, e nunca fui tão sincera.

— Mas o que você acha que o delegado vai fazer?

Minha avó balançou a cabeça e zombou:

— Se demonstramos medo, é porque o valentão já ganhou. Nós não vamos deixar alguém como ele tomar conta das nossas vidas.

— Acho que...

— Mas, se ele está bisbilhotando a nossa área e fazendo aquelas rondas intermináveis pela cidade, é melhor encontrarmos um local isolado para os hóspedes, na floresta. — Vovó colocou uma das mãos em cada lado do meu rosto. — Você faria isso por mim?

Dei de ombros e balancei a cabeça, concordando. Vovó tinha razão.

— Ah, Toquinho. Muito obrigada! Você é o melhor! Melhor até do que o primeiro dia de sol depois de um inverno sombrio do noroeste.

Ela me deu um beijo e saiu apressada pelo corredor. Então me toquei de uma coisa: eu tinha ficado tão preocupado com todo o restante que havia me esquecido do obstáculo mais importante. Eu nunca tinha acampado.

# 16

**Passei a maior parte** da tarde vasculhando os galpões de armazenamento no quintal da pousada, juntando peças espalhadas de material para acampamento. Tive que revirar quarenta anos de tralhas: pilhas de jornais amarelados, caixas de decoração de natal, latas de tinta de parede pela metade. Parece que Vovó nunca jogou nada fora.

Quando consegui empilhar tudo no carrinho da Radio Flyer e prender com corda elástica, chequei o interior da casa mais uma vez. Os alienígenas pais tinham ido embora e a Vovó estava terminando de disfarçar os Garotos da Selva na sala de estar.

— Bem, Toquinho, pode não estar perfeito, mas deve estar bom o suficiente para uma noite na floresta, não é mesmo?

Caramba. "Pode não estar perfeito" era um eufemismo. Ela havia juntado as coisas que pareciam folhas de palmeira no topo da cabeça de cada alienígena e enrolado uma bandana em volta, para que desse a impressão de que eram dreadlocks... mas aquilo não enganava ninguém. Eles estavam usando calças de moletom folgadas e camisas de beisebol de manga comprida, que não escondiam muito bem o formato de tubo de seus corpos. As gavinhas longas que saíam das mangas com certeza não pareciam dedos. E embora o marrom da pele deles fosse um tom normal para terráqueos seria difícil explicar as manchas verdes e amarelas que pareciam camuflagem. Teríamos que ficar muito bem escondidos durante a pequena excursão.

Os Garotos da Selva saltitavam pela sala. Passavam por cima do sofá, dando pulos tão altos que parecia impossível, e só para espiar pelas janelas superiores. Se engalfinhavam e rolavam pelo tapete. Eles eram um cruzamento de meninos do jardim de infância com excesso de açúcar no sangue e uma matilha de filhotes de cachorros selvagens.

— Eles com certeza estão muito animados, não é, Toquinho?

— Hmm, sim. Estão mesmo.

Eu começava a me perguntar se centenas de quilômetros quadrados de floresta selvagem seria espaço suficiente para eles.

— Preparei algumas coisas para a noite. — Vovó me entregou uma cesta de piquenique antiga. — Tem algumas salsichas de tofu, uns pães de trigo integral e uma salada de cuscuz. E tem suco de cenoura fresco na garrafa térmica. Ah, e também coloquei tudo o que é necessário para fazer sanduíches de marshmallow. Perfeito para acampamentos. Quando os meninos provarem uma dessas delícias, acho que nunca mais vão querer voltar para casa.

Vovó riu da própria piada. Tentei forçar um sorriso educado, mas sabia que acabaria comendo as bolachas no jantar e o marshmallow no café da manhã. Eu admirava o fato de minha avó cozinhar todos os dias... mas não sei se vou me acostumar à comida que ela fazia. Com alguma sorte, as crianças do espaço comeriam as guloseimas New Age.

— Ah, e leve isso aqui, só por precaução. — Vovó me entregou uma cópia cheia de marcações de um livro chamado *Então você acha que sabe acampar? — Um guia para o garoto da cidade grande se divertir na natureza do Noroeste Pacífico*". Folheei o livro um pouco e parecia um daqueles "manuais para idiotas" principiantes. — Isso deve responder qualquer pergunta que você possa ter.

Enquanto os alienígenas rodopiavam à nossa volta, espiei pela janela. Por sorte, a rua estava deserta. Minha avó me deu um abraço de despedida, juntei os pequenos Turistas e partimos.

Saímos numa corrida desenfreada até o fim da rua, eu puxando o carrinho pela alça da frente, e os Garotos da Selva empurrando a parte de trás para que chegássemos depressa à estrada de terra que desaparecia dentro da floresta. Assim que alcançamos a proteção das árvores, comecei a me sentir um pouco melhor. Quando nos embrenhamos numa trilha que adentrava a floresta selvagem, pareceu que um peso tinha sido tirado do meu peito. Meus problemas ainda estariam me esperando pacientemente quando eu voltasse a Forest Grove, mas talvez minha avó estivesse certa: passar um tempo longe seria bom.

Pouco depois eu estava arrastando o carrinho sozinho, pois era impossível manter todos os três aliens na trilha. Um esquilo passava correndo e desaparecia nos arbustos, e eles partiam em disparada atrás do bicho, se embrenhando em matagais de samambaia. Se o alien da frente tropeçasse e caísse, os outros dois pisavam em suas costas. Eles tinham competições para descobrir quem conseguia tocar o galho de árvore mais alto, dando saltos para alcançar alguns que estavam de 7 a 10 metros acima do solo. Algumas vezes eles colidiam entre si no ar ou agarravam um galho moribundo que se soltava da árvore e o faziam cair no chão.

No começo, fiquei bastante assustado com todo aquele entusiasmo louco dos garotos. E se eles se ferissem com um galho, quebrassem o braço ou algo assim? Eu não poderia levá-los ao hospital, nem mesmo ao veterinário. E não queria ser a pessoa a explicar àqueles pais gigantescos que deixei algo horrível acontecer a seus filhos. Mas os pequenos alienígenas pareciam feitos de borracha: eles apenas batiam em qualquer obstáculo e continuavam correndo. Nada os machucava ou os parava.

O manto de nuvens que cobrira o céu durante a manhã já tinha se dispersado, e aquele acabou sendo o primeiro dia realmente quente desde que cheguei. Eram quase cinco horas da tarde, a parte mais quente do dia por aqui. Depois de arrastar o carrinho para todo canto, cheguei a pensar que a temperatura estava quase alta demais.

Caminhamos até minhas pernas doerem, e finalmente escutei o ronco abafado da água quando a trilha se encontrou com o rio Nooksack. Eu tinha evitado as trilhas do rio perto da casa da minha avó e de Forest Grove, pois podia ter muita gente fazendo caminhada ali. Mas achei que havíamos entrado na floresta o bastante para nos aproximarmos do rio com segurança.

A floresta crescia bem na beira do rio, com árvores baixas e arbustos de amora quase dentro da água. Caminhamos pela trilha, que naquele momento seguia as curvas do rio.

Algumas vezes chegávamos a clareiras que nos permitiam ir até a beira da água, onde o solo era todo coberto de pedras brancas e lisas do tamanho de bolas de futebol americano. Paramos numa dessas clareiras, e ensinei os aliens a fazer uma pedra plana quicar na superfície do rio. Seus dedos — ou dígitos, ou gavinhas, ou qualquer que seja o nome que deem àquilo — eram perfeitos para envolver as pedras, que eles giravam com um estalo e mandavam quicando até a outra margem do Nooksack.

Aqueles aliens gostavam muito de brincar dentro da água. Na verdade, gostavam de brinca *sobre* a água. Podiam esticar as gavinhas dos pés como nadadeiras e, com um impulso na margem do rio, conseguiam correr sobre a água durante um tempo. Corriam um atrás do outro, com os pés batendo nas pequenas ondas brancas que se formavam quando a água se agitava contra as pedras, até que a gravidade os alcançasse e os sugasse para dentro d'água. No começo, fiquei nervoso com a possibilidade de eles se afogarem, mas o rio não era muito fundo e eles sempre acabavam saltando para a margem, sacudindo-se como cachorros.

Muitas árvores tinham caído na água, criando pontes naturais. Os aliens também gostavam de perseguir um ao outro por elas, correndo sobre um tronco inteiro com um equilíbrio assustadoramente bom, para então saltar e mergulhar nos arbustos e se esconder dos outros.

Apesar de toda a energia e da atividade louca, eu tinha que admitir que eles eram muito bem-comportados. Toda vez que eu gritava para eles que estava na hora de entrar na trilha, eles voltavam correndo para perto de mim sem discutir. Era estranho dizer a alienígenas o que fazer, eu me sentia como uma babá. Esperava que eles se cansassem e deitassem junto à margem do rio para descansar, mas eles nunca pareciam perder o gás.

Por outro lado, eu estava ficando bastante cansado de tanto puxar aquele carrinho pesado sobre as raízes expostas das árvores que cruzavam a trilha como serpentes enormes. Depois de carregar o equipamento pela floresta durante todo aquele tempo, achei que estávamos a uma boa distância da civilização para começar a procurar um local pra montar acampamento.

Mas o que era aquilo? O rio estava calmo aqui, fazendo mais um murmúrio do que um rugido, e achei que tinha ouvido alguma coisa.

— Shhhh! Rapazes, fiquem em silêncio. Agora! — sussurrei, gesticulando.

Os Garotos da Selva congelaram. Inclinei o corpo para a frente, me esforçando para escutar algum barulho. Meu coração parecia tão imóvel quanto os alienígenas.

Pronto! Um som, acho que uma risada ou alguém tossindo. E então um pedaço de uma canção, as palavras indefinidas, mas a melodia flutuando sobre o som da água. Ela vinha bem da nossa frente, onde a trilha seguia uma curva do rio e desaparecia do campo de visão. Alguém vinha na nossa direção. Talvez um bando de alguéns.

Olhei ao meu redor, desesperado. Meu coração voltou a funcionar e batia muito forte. À nossa frente estava uma área limpa da floresta, sem muitos arbustos para usarmos como esconderijo e muitos espaços abertos entre as árvores. Um matagal de arbustos de amora se erguia entre nós e a água, mas não tínhamos nenhuma chance de nos esconder ali. Era denso demais, e eu ficaria ensanguentado se tentasse.

Não havia um lugar onde pudéssemos nos esconder.

Nossa única opção era voltar correndo pela trilha que havíamos utilizado para chegar a esse ponto, mas teríamos que nos livrar do equipamento para ganhar velocidade. Além disso, a trilha era uma linha reta atrás de nós: quem quer que estivesse vindo faria a curva em pouco tempo e com certeza nos veria.

— Rápido, rapazes, por aqui!

Saí da trilha, me aproximando do matagal de amoreiras e escondendo a todos atrás de algumas árvores. Elas nos dariam uma cobertura parcial a distância, mas, quando o grupo passasse ao nosso lado pela trilha, estaríamos completamente expostos.

Espiei por trás de uma árvore com a bochecha pressionada no casco áspero. A curva no rio estava a cerca de meio campo de futebol de distância. Alguém a virou, surgindo no campo de visão. Protegi os olhos do sol, apertando-os para enxergar melhor. E não, não podia ser...

Mas era. O delegado Tate, descia a trilha. Usava uniforme e carregava um bastão de caminhada.

Girei a cabeça e fiquei parado com as costas pressionadas na árvore.

— Abaixem-se! — sussurrei para os alienígenas.

Vasculhei a área com a cabeça girando, checando cada centímetro quadrado das redondezas como se aquilo fosse criar milagrosamente um esconderijo. Senti os joelhos ficarem bambos e o suor escorrer pela testa, fazendo meus olhos arderem. Meu cérebro decidiu se perder dentro de uma nuvem de pensamentos criados pelo pânico, em vez de me ajudar a encontrar uma maneira de sair daquela situação. *O que eu fiz? Como Tate nos encontrou aqui? O que ele fará comigo aqui, na mata selvagem? Ele vai chegar a qualquer segundo, então nos encontrará e nada do que eu possa dizer conseguirá explicar isso de forma racional. Aí a Vovó vai perder a pousada e O QUE DIABOS ESTOU FAZENDO AQUI, PRA COMEÇAR???*

Os aliens se agruparam à minha volta, percebendo meu medo sem falar nada. Eles olhavam ao redor, observando cada árvore, com os olhos abrindo e fechando depressa, e os corpos tremendo. Ver as coisas da perspectiva deles me ajudou a me controlar. Quão assustado eu ficaria se estivesse em outro planeta e de repente meu guia surtasse e começasse a agir como um louco? Pensei na promessa que fiz à Vovó e soube que estava na hora de agir.

— Vamos lá. Não seja um pateta — murmurei para mim mesmo.

— Não seja o quê? — perguntou um dos aliens.

— Não importa. Tirem essas roupas, rápido! — sussurrei.

Empurrei o carrinho até um emaranhado de samambaias que ia até o joelho e o virei de lado, derramando o material de acampamento atrás das folhas verdes. Os arbustos esconderam o equipamento muito bem, mas, como não tinham muito mais que 50 centímetros de altura, não chegavam nem perto de esconderem todos nós.

Eu podia ouvir as vozes distintas, naquele momento, mas não conseguia entender as palavras. O que Tate estava fazendo aqui com outras pessoas? Será que era uma equipe de busca, nos procurando?

Os Garotos da Selva tiraram as calças de moletom, camisetas e bandanas.

— Passem tudo para cá! — pedi. Joguei as roupas nas samambaias, junto do material de acampamento. Tate e seu bando já estavam perto suficiente para eu escutar o barulho dos gravetos estalando sob seus pés. Tínhamos apenas alguns segundos antes de eles passarem pela clareira. Eu me aproximei bastante dos alienígenas. — Certo, escutem o que vou dizer — sussurrei. — Vocês precisam fechar os olhos e ficar parados ali, perfeitamente imóveis, desse jeito. — Juntei as pernas e abri os braços em ângulos diferentes. Eles me copiaram e senti uma breve pontada de esperança de que aquilo acabasse funcionando. — Está ótimo. Parece muito bom. Agora, não importa o que aconteça, não se movam. Certo? E não falem nada até eu mandar. Isso é muito importante. *Não se movam.*

Eu me escondi atrás deles e me encolhi até ficar o menor possível. Havia uma fresta de luz do sol entre os aliens, o suficiente para eu conseguir espiar a trilha.

Tate surgiu no meu campo de visão, a apenas alguns metros de onde eu estava escondido atrás dos Garotos da Selva. Eu me sentia muito exposto. Caminhando logo atrás dele estavam Eddie, Brian e Greg. E, para meu pavor, eles também estavam usando uniformes.

É isso, pensei. Está tudo acabado. Se Tate está disposto a recrutar adolescentes para nos caçar na floresta, então não há nada que eu possa fazer. Está tudo acabado.

Mas antes que eu sequer pensasse em me render ou rezar por misericórdia, vi mais pessoas entrando no meu campo de visão atrás dos rapazes do segundo grau. Cerca de uma dúzia de crianças. Talvez com 9 ou 10 anos de idade.

Mudei de posição. Os espinhos das amoreiras afundando nas minhas costas, e olhei para Tate com mais atenção. Ele estava usando um uniforme, é verdade, mas não era o habitual, de delegado. Era algum tipo de traje de líder de escoteiros.

As crianças menores usavam uniformes azul-marinho, que reconheci graças ao único ano em que Tyler e eu tentamos fazer parte dos lobinhos. Eddie, Brian e Greg usavam uniformes camuflados bege e verde. Deviam estar num nível mais avançado, por causa da idade.

Meus músculos relaxaram um pouco e soltei o ar. Deve ter sido a primeira vez em muito tempo, porque quase caí e desmaiei. Ainda era perigoso, mas prefiro lobinhos a adultos com armas e cães de caça, não importa a situação. Além disso, parecia que todos passariam direto por nós. Eu só podia esperar que os alienígenas estivessem se misturando bem à folhagem ao fundo. Me encolhi numa pequena bola outra vez.

O grupo passou devagar por nós, em fila. Todos carregavam mochilas de lona com um saco de dormir acoplado no topo. O cano longo e marrom de um rifle de caça saía de dentro da bolsa de Tate e ia até acima de seu chapéu.

De repente, o delegado parou, e toda a fila de escoteiros ficou imóvel atrás dele. Tate olhou para a floresta ao redor, então voltou alguns passos. Prendi a respiração outra vez.

— Agora, garotos, assegurem-se de anotar nos diários da natureza o que estou falando— começou Tate, a voz arrastada. — Esse aqui é um cedro. Dá para distingui-lo pela casca fibrosa. — Ele saiu da trilha, chegando ainda mais perto de nós, e bateu com a palma da mão numa árvore. — Esse é um cedro vermelho do oeste, se quiserem ser específicos. Cedros eram as árvores mais úteis para as tribos indígenas dessa região, há muitos anos. — Tate arrancou um pedaço pequeno da casca e o mostrou. — Estão vendo isso? Eles teciam essa casca e a transformavam em chapéus, cestos, todo tipo de coisas. E já falei como essa árvore é resistente e durável? Um cedro saudável pode viver mais de mil anos.

— Que coincidência. Ele nos contou isso mais de mil vezes — murmurou Eddie para os amigos.

Brian e Greg deram risadinhas.

— O que foi isso? — perguntou Tate.

— Nada, senhor.

Tate se moveu para outra árvore, virado de costas para nós enquanto olhava para os escoteiros.

— E essa aqui? É um bordo do Oregon. Essa é uma árvore decídua, então aquelas folhas cairão no outono, ao contrário das coníferas ou "perenes". Todos esses pinheiros que mantêm as agulhas verdes durante o ano inteiro são "perenes". Prestem atenção ao líder da tropa agora e, com sorte, alguns de vocês serão capazes de receber um distintivo da mata selvagem quando acabarmos essa excursão amanhã.

Quando achei que eles sairiam do campo de visão e eu poderia voltar a respirar, um dos garotos apontou para os alienígenas.

— Que árvores são aquelas?

Perfeito. Que sorte, ficar à mercê do lobinho que queria pular o distintivo da mata selvagem e ir direto ao distintivo de identificação de alienígenas do espaço.

Observei pela fresta entre os aliens, sem ousar respirar, enquanto o delegado Tate se aproximava dos Garotos da Selva. Ele chegou muito perto de nós, estudando a "casca". Chegou tão perto que sua barriga, pendurada por cima do cinto, empurrava Zardolph. Eu estava com medo de ele ouvir minha respiração.

E será que Zardolph estava se movendo? Seu torso deslizou devagar para longe de Tate. Eu bati em suas costas, para lembrá-lo de permanecer imóvel, e rezei para ele se lembrar de ficar em silêncio.

Tate apertou os olhos para estudar toda a "árvore". O palito de dente molhado se movia de um lado para o outro em sua boca.

— Hmmmm. O que temos aqui? — murmurou. Ele passou a mão no braço de um dos Garotos da Selva, e rezei para os alienígenas não sentirem cócegas. — O que é mesmo que temos aqui?

Alguns dos escoteiros atrás de Tate se cutucaram nas costelas com os cotovelos e sorriram.

— Qual é o problema, Sr. Líder da Tropa? — perguntou Brian. — O senhor não sabe que árvore é essa?

Os sorrisos se abriram por toda parte.

Tate de afastou dos aliens.

— O quê? Ah, não, claro que sei. Claro que sei.

Alguns garotos sacaram os diários da natureza e ficaram parados, lançando olhares inocentes para ele.

— O senhor poderia, por favor, nos contar? Para podermos anotar. Com detalhes — falou Eddie.

Tate examinou os aliens mais uma vez.

— Essas aqui são madronas, rapazes. — Ele deu um passo para a frente e bateu firme com a palma da mão num dos aliens. — Sim, madronas, guardem minhas palavras. Vivi aqui a minha vida toda e reconheceria uma madrona em qualquer lugar. Elas só crescem no Noroeste Pacífico. Normalmente são encontradas perto da costa, mas volta e meia são vistas perto de água doce. São árvores bonitas, não é mesmo, rapazes?

— Sim, senhor — murmuraram alguns.

Eles enfiaram os diários de volta nas mochilas. A decepção era visível por essa sessão de "passe a perna no líder" não ter dado certo.

Enquanto Tate voltava à trilha, olhou mais uma vez por cima dos ombros para as "árvores". Estava com as sobrancelhas abaixadas e uma expressão de desaprovação no rosto. Hesitou um instante, e quase achei que voltaria para inspecionar com mais cuidado. Prendi a respiração.

Por fim, ele se virou e se juntou aos escoteiros na trilha. Soltei outro suspiro, aliviado, e minhas pernas ficaram tão bambas que quase caí no chão.

Meu alívio não durou muito.

— Podemos montar acampamento aqui, Sr. Tate? — perguntou um deles. — Estou cansado.

— Sim, eu também.

— Estamos caminhando há horas.

Tate examinou a área. O que faríamos se eles ficassem? Eu não confiaria que os Garotos da Selva se manteriam imóveis por muito mais tempo.

— Nada disso — respondeu o delegado. Um coro de resmungos percorreu o grupo. — Vejam bem, rapazes. Há uma clareira no alto da montanha, depois da margem do rio, se seguirmos um pouco mais a trilha. Montaremos acampamento lá. Será mais fácil buscar água e encontrar lenha para nossa fogueira. — Alguns lamentos persistiram. — Levaremos apenas alguns minutos para chegar. Agora, somos escoteiros de verdade ou o quê?

— Sim, senhor — murmuraram alguns dos garotos.

— Então vamos seguir em frente.

Dessa vez prendi a respiração até eles avançarem pela trilha e saírem do meu campo de visão. Finalmente soltei o ar e comecei a tremer.

— Isso foi incrível, rapazes. Estou muito orgulhoso de vocês.

Os alienígenas começaram a falar ao mesmo tempo, um mais alto do que o outro, cortando os fins das frases dos irmãos.

— ...meus braços estão tão cansados que...

— ...você viu como ele chegou perto de mim, com aquele barrigão empurrando...

— ...o hálito dele fez meus olhos lacrimejarem quando...

— ...será que ele achou mesmo que éramos uma dessa plantas da Terra que...

— ...tive uma coceira horrível quando...

Eu finalmente os acalmei. Tate podia ter ido embora, mas isso não queria dizer que ele nunca mais voltaria.

— Vamos lá, rapazes, acho melhor nos distanciarmos daqueles escoteiros antes de montarmos acampamento.

Virei o carrinho para apoiá-lo novamente sobre suas rodas, e empilhei o material de acampamento. Quando voltei à trilha, os Garotos da Selva já disparavam na minha frente.

Suspirei. Eu não tinha apenas que manter aqueles três aliens desordeiros vivos, mas eles também tinham que ficar escondidos do delegado desconfiado e de uma dúzia de escoteiros curiosos.

Por acaso, achei que não seria capaz de encontrar uma dica útil na cópia que Vovó me dera de *Então você acha que sabe acampar?*

# 17

**Demorei uma eternidade** para montar aquela barraca enorme. Tentei consultar o livro de acampamento para iniciantes, mas era complicado demais. Acho que eu precisava de um manual destinado a qualquer que fosse o nível de habilidade logo abaixo de "tapado".

Algumas vezes eu desejava que ensinassem habilidades práticas na escola. Armar barraca nível básico, talvez, ou Conversar com garotas: um curso para iniciantes.

Mas você tem que aprender as coisas úteis botando a mão na massa. Então lutei com estacas e camadas de lona até que tudo aquilo se parecesse com algo em que desse para entrar e que nos mantivesse secos enquanto dormíamos.

Zardolph e seus irmãos não facilitaram. Eles tentaram ajudar por cerca de cinco minutos, mas então uma família de cervos passou perto de onde estávamos e os Garotos da Selva saíram correndo pela clareira atrás dos animais. Eu nunca tinha visto cervos de perto. Eles conseguiam dar aqueles saltos bacanas e quase flutuavam, então pousavam por apenas uma fração de segundo antes de saírem flutuando mais uma vez, como se tivessem molas no lugar das patas. Os alienígenas ficaram de quatro e fizeram uma imitação perfeita daqueles saltos elegantes, correndo em círculos com os cervos. E o mais estranho é que acho que os cervos gostaram. Eles sempre acabavam voltando para saltitar pela clareira com os irmãos do espaço sideral.

Até que um dos alienígenas pulou nas costas de um cervo e tentou montá-lo como um vaqueiro de rodeio. Aquilo não acabou bem.

Depois que os cervos desapareceram, veio um casal de guaxinins. Aqueles bichos são bastante assustadores. Eles rastejaram até o meio do acampamento, sem nenhum medo do humano ou dos alienígenas. Os guaxinins ficaram sentados sobre as patas traseiras e olharam para nós, com calma, fazendo um gesto com as patas dianteiras parecido com lavar as mãos, como se quisessem se gabar dos polegares opositores. Zardolph se apresentou, mas os guaxinins guincharam e tentaram acertá-lo com as garras. O alien deu um pulo para trás, surpreso, e bateu com a cabeça num galho de árvore enquanto os irmãos riam. Eles passaram o restante do tempo subindo em árvores, perseguindo esquilos e tentando pegar pica-paus.

Depois que o acampamento estava pronto, nos sentamos em troncos de árvores caídas e tentei bater papo com os Garotos da Selva. É de se pensar que algo assim seria muito fascinante. Afinal de contas, com três alienígenas para conversar, dá para descobrir alguns dos mistérios do cosmos ou coisa parecida. Mas nossa conversa acabou sendo algo tipo:

EU: Então... o que a Terra tem de diferente do seu planeta?

ALIEN #1: Não há ninguém como nós aqui.

ALIEN #2: Sim. E nossa casa nem fica aqui.

ALIEN #3: Estou com fome. Mamãe nos deixa comer o que quisermos nas férias. Quando vamos comer?

ALIEN #2: O que é aquilo? [aponta para um coelho]

ALIEN #3: Vamos persegui-lo!

ALIENS #1, 2 E 3: Sim! [todos saem correndo para os arbustos]

Acho que eles eram jovens demais. Eu não deveria cobrar tanto deles. Se uma criança do jardim de infância fosse transportada para outra galáxia, ela também não seria tão boa em responder um monte de perguntas dos aliens sobre a Terra.

No começo da noite fiquei com tanta fome que cheguei a pensar em comer as salsichas de tofu que estavam na bolsa térmica. Para elas ficarem minimamente comestíveis, eu teria que acender uma fogueira. E, para ser sincero, eu queria uma fogueira por outros motivos. A noite cairia em poucas horas, e eu estava um pouco nervoso por ficar aqui no escuro. Os animais selvagens que tinham visitado o acampamento durante a tarde me deixaram meio assustado. Não bem por causa deles, claro. Mas assisti a muitos programas no Discovery Channel para saber que num lugar que cervos e coelhos chamam de lar também viviam criaturas que gostavam de comê-los. Como coiotes. E ursos. Imaginei que um bom fogo brilhante desencorajaria a visita de quaisquer feras selvagens com dentes afiados.

A primeira coisa a fazer era preparar um buraco para a fogueira e posicionar um círculo de pedras em volta para conter as chamas. Eu me lembro de ler sobre esse truque num livro sobre um garoto que se perdeu na floresta com nada além de uma machadinha. Meu plano era puxar o carrinho até a margem do Nooksack e enchê-lo com pedras do rio. Mas os aliens não poderiam vir comigo. E se eu encontrasse Tate e os escoteiros de novo? Um susto já era o bastante. Além disso, levaria apenas alguns minutos.

Descobri que a melhor forma de fazer com que eles se comportassem era mantê-los ocupados.

— Certo, rapazes, vocês estão vendo esses gravetos espalhados por aí? — Peguei um galho caído do chão da floresta. — Precisamos de um monte deles para fazer uma fogueira. Eles têm que ser mais ou menos deste tamanho e vocês podem encontrá-los em volta do acampamento. Preciso da ajuda de todos para catar os gravetos, certo?

Eles pararam de correr um atrás do outro em volta de um toco de cedro apodrecido.

— É uma competição? — perguntou um deles.

Ótima ideia. Apesar de ver Tyler e seus irmãos brigando o tempo todo em Tampa, eu tinha me esquecido da mágica da rivalidade entre irmãos, o que aparentemente se estende além da atmosfera terrestre.

— Com certeza. Quem fizer a maior pilha até eu voltar é o vencedor, certo? — Enquanto eu saía com o carrinho, eles se espalhavam pela clareira, apanhando gravetos. — Lembrem-se, fiquem aqui até eu voltar — gritei, por cima do ombro.

Levei menos de cinco minutos para caminhar até a margem do rio. Enchi o carrinho de pedras e o arrastava de volta para a trilha quando ouvi algo ao mesmo tempo maravilhoso e terrível.

— Ei! Toquinho!

Eu me virei. Amy estava andando na minha direção, vindo do rio, pisando com cuidado entre as pedras e os pedaços de madeira, com os pés descalços.

Adrenalina inundou meu corpo. Mais uma vez. Eu me lembrei da professora de ciências explicando que a adrenalina é uma droga poderosa e fiquei me perguntando quantas doses meu coração era capaz de aguentar num único dia, antes de entrar em curto-circuito.

Tentei com todas as forças não olhar na direção do acampamento alien, o que chamaria a atenção de Amy para lá. E tentei com todas as forças não andar em círculos, ansiosamente procurando o delegado Tate, que poderia sair de trás de qualquer uma das milhares de árvores segurando um rifle protetor de filhas. Respirei fundo e me concentrei em ficar calmo e olhar para Amy. Tentar parecer um pouco tranquilo é mais difícil do que parece.

— Ei — falei, meus nervos fazendo a palavra sair esganiçada. — Por que... Quero dizer, o que é... Você sabe... Como chegou, hmm... aqui?

Acho que até mesmo um pouco de tranquilidade estava além do meu alcance.

Amy se aproximou, se equilibrando com cuidado enquanto caminhava sobre uma árvore caída.

— Meu pai.
— Seu pai?
— Sim. Ele é um líder de tropa e todo verão traz os escoteiros aqui para acampar. Hoje é a grande noite. Foi por isso que ele estava me procurando quando nos encontrou no parque. — Ela estava bem na minha frente naquele instante, segurando um pequeno balde plástico, metade dele estava

cheio de algum tipo de fruta. Suas pernas estavam realmente bronzeadas, e suas unhas do pé estavam pintadas de rosa. Tentei não olhar muito. — Eu não atrapalho e faço minhas próprias coisas. E acho ótimo. Cresci nesta floresta.

— Seu pai. — Falei de forma seca dessa vez. Uma acusação. — Você está dizendo que seu pai é o delegado, aquele que quer fechar a pousada da minha avó e quem sabe me colocar na cadeia?

— Sinto muito, Toquinho. — Amy ajeitou as pontas esfiapadas do short jeans. — Ele nem sempre é tão ruim, prometo. Ele só leva o trabalho muito a sério algumas vezes. Tem sido assim desde que minha mãe se mudou para a Califórnia.

Ficamos sem dizer nada, com os sons do rio preenchendo o silêncio entre nós. Como sempre, eu não fazia a menor ideia de como agir quando alguém dizia algo perturbador. Palavras de consolo? Um pouco de compaixão? Perguntas sobre o que aconteceu? Eu não sabia o que fazer, então apenas fiquei parado.

Apesar de saber que era péssimo eu me sentir daquela forma, fiquei aliviado quando Amy começou a falar de novo, principalmente porque ela mudou de assunto.

— Mas o que você está fazendo aqui tão longe? — perguntou, olhando para meu carrinho cheio de pedras.

Caramba. Talvez mudar de assunto não tenha sido uma boa ideia. Mesmo se eu soubesse mentir muito bem, seria difícil pensar numa história que explicasse aquilo. Decidi ficar o mais próximo da verdade possível.

— Ai... você sabe... estava só recolhendo algumas pedras para fazer um buraco para a fogueira.

— Eu não faria isso se fosse você. Se aquecer as pedras do rio, elas explodem.

— É mesmo?

Analisei seu rosto, esperando um sorriso malicioso. Não queria cair em mais uma de suas piadas.

— É mesmo. — Ela parecia bastante séria. — A água entra pelas fendas e, quando fica muito quente, se expande e estilhaça a pedra. Qual é, você nunca leu *Então você acha que sabe acampar*?

Suspirei e revirei os olhos.

— Preciso comprar um exemplar para mim.
— Então você está acampando aqui?
— Sim.
— Que legal! Fiquei preocupada em saber quando teríamos a chance de nos ver outra vez, com toda a esquisitice do meu pai, mas isso é perfeito. A piscina natural é realmente perto daqui. Quer vir comigo?

Foi quase impossível não olhar na direção do acampamento.

— Hmm... não sei se é uma ideia muito boa.
— Por que não?
— Bem, seu pai, não é mesmo? E se ele nos encontrar e...
— Quando meu pai está com os escoteiros, nada o distrai. Eles vão ficar cortando lenha, dando nós e anotando coisas nos diários da natureza até ficar escuro.
— Bem... e se ele vier checar como você está?
— Que nada. Ele me deixa em paz, aqui. Minha barraca fica bem perto, mas não no mesmo acampamento, para garantir que eu não interfira no tempo para os meninos criarem laços, ou qualquer coisa do gênero. — Ela esticou o braço e segurou minha mão. Sem pensar duas vezes. — Vamos lá, pelo menos venha colher frutinhas comigo.

Olhei escondido na direção do meu acampamento. Tudo calmo. Então olhei de novo para Amy. Percebi pela primeira vez que seus olhos tinham duas cores diferentes, um era esverdeado, e o outro, castanho. Muito legal. Amy estava parada entre mim e o rio, e, quando o sol do fim da tarde cintilou na superfície da água, quase pareceu que ela estava brilhando.

A mão de Amy estava quente contra a minha. Ela me puxou de leve, me levando na direção contrária da corrente do rio.

— O arbusto de mirtilos vermelhos fica bem aqui.

Soltei o ar, aliviado. Eu ainda podia observar o acampamento, ou pelo menos ficar de olho no que acontecia naquela direção, enquanto estávamos ao lado do arbusto de frutinhas. Eu podia demorar mais alguns minutos.

— Parece ótimo. Mas o que são mirtilos?

— Você nunca comeu um mirtilo? Aqui, experimente um.

Amy arrancou uma frutinha pequena, rosada e perfeitamente redonda, e a colocou em minha boca. Era deliciosa, um pouco azeda e doce ao mesmo tempo.

Levamos algum tempo para encher o balde. Em parte porque as frutinhas eram muito pequenas, mas principalmente porque comíamos duas ou três para cada uma que colocávamos no balde. Tentei ficar de olho no morro, na direção dos Garotos da Selva, mas, para ser sincero, era muito fácil me esquecer dos alienígenas por alguns minutos, já que eu e Amy passamos o tempo todo conversando.

E dessa vez eu não estava realmente nervoso por conversar com uma garota. Talvez porque tivéssemos quebrado o gelo mais cedo no parque, mas era exatamente como conversar com uma pessoa normal. Certo, é claro que eu sei que ela é uma pessoa *normal*. É só que era muito divertido e fácil conversar com ela, como conversar com um amigo ou algo assim. Talvez ela fosse minha amiga. Não importa.

De qualquer forma, era bom saber que tínhamos tanto em comum. Achava que talvez fosse difícil conversar com alguém que morava a 5.000 quilômetros de distância, mas, com internet, TV e tudo mais, acabamos descobrindo que tínhamos muitos interesses em comum. Ela inclusive gostava de jogar videogame, o que era bacana, porque não são muitas as garotas que conheço que se interessam por games. Então começamos a falar sobre nossas bandas favoritas e descobri que ela havia feito três anos de aulas de guitarra.

— Você toca guitarra mesmo? — perguntei.

— Sim. Tenho praticado num violão velho que encontrei num bazar. Mas dei umas dicas de que quero uma guitarra elétrica Fender de presente de aniversário, no mês que vem. — Ela mastigou alguns mirtilos. — Na verdade, acho que *dei umas dicas* não é bem a expressão correta. Está mais para *implorei*. Mas algumas vezes meu pai é bem tapado para comprar presentes bons. Então achei que fosse melhor dar uma ajudinha.

Quando ela mencionou o pai, comecei a pensar que deveria voltar ao acampamento. Uma brisa fez meu antebraço ficar todo arrepiado, e percebi que a temperatura tinha caído. A noite estava chegando depressa.

— Ei, Amy, acho que é melhor eu ir — falei.

— Tem certeza?

— Sim. Preciso voltar ao acampamento antes que fique escuro. Tenho medo de não conseguir encontrá-lo, sabe?

— Quer que eu vá com você até lá?

— Não! — Eu devo ter falado aquilo de forma um pouco ávida ou posso até mesmo ter gritado, porque ela pareceu um pouco assustada. — Quero dizer, essa é uma oferta muito gentil. E me diverti muito hoje. Sério. Mas... acho que é melhor eu voltar sozinho.

— Por que você acha isso?

— Ah, hmm... isso é... apenas parte de uma aposta que tenho com um amigo de Tampa. Ele me desafiou a acampar totalmente sozinho por uma noite na floresta. Acha que não sou capaz de fazer isso. Se você estivesse lá, mesmo por alguns minutos, seria algo como uma trapaça, sabe?

Acho que funcionou, porque ela sorriu para mim outra vez. Talvez eu estivesse começando a pegar o jeito de como falar com garotas. Mesmo que tivesse que mentir para mantê-la afastada do Acampamento Área 51.

— Então você está acampando totalmente sozinho? — perguntou.

— Sim.

— Uau. Isso é muito corajoso — disse. Eu sorri. Não consegui evitar. Ninguém jamais tinha me chamado de corajoso antes. — Especialmente com todos os ursos por aqui — completou.

— Ursos?

Examinei a floresta furtivamente, como se um urso pardo gigante estivesse prestes a me atacar. Meu rosto deve ter parecido tão aterrorizado quanto eu, porque ela riu.

— Que nada, estou só brincando. Nunca vi um urso aqui.

— Ela se sentou numa pedra e vestiu um casaco de moletom. — Se você se sentir solitário por lá, pode vir procurar meu acampamento. É só seguir a trilha. Sou muito boa em fazer fogueiras e roubei um saco enorme de marshmallows dos suprimentos dos escoteiros. — Ela segurou minha mão mais uma vez. — Isso não seria trapacear na aposta, seria?

— Que nada. Parece ótimo.

Eu sabia que não seria capaz de visitá-la, mas foi bom ter sido convidado.

— Só garanta que meu pai não o veja.

— Boa ideia. Até mais.

Apertei a mão dela, e ela apertou a minha. Caminhei até o carrinho e o puxei morro acima, na direção do acampamento. Por alguma razão ele parecia muito mais leve.

Mas acho que era só porque eu tinha jogado fora todas as pedras do rio.

# 10

**Não dava para acreditar** em como estava muito mais escuro entre as árvores do que na clareira junto à água, onde eu ainda podia ver o céu. Tropecei em raízes algumas vezes e caí com o rosto no chão da floresta. Quando me levantei, havia folhas e gravetos presos no meu cabelo e pendurados nos meus olhos.

O céu ficava claro até quase as dez horas, na cidade. Eram apenas nove horas, mas estava tão escuro na floresta que quase bati na barraca antes de encontrá-la. Quando meus olhos se acostumaram ao breu, percebi que não havia motivos para me preocupar com os alienígenas. Em volta do acampamento estavam três pilhas enormes de madeira. Na verdade, *torres* de madeira, cada uma com mais de 6 metros de altura e com a base tão grande quanto o meu quarto. Caramba, eles eram rápidos. Eu devia ter ficado afastado por apenas quinze minutos, talvez vinte. (Tudo bem, pode ser que eu tenha demorado mais porque perdi a noção do tempo com Amy. Mas, mesmo assim: estava de volta, e eles ainda estavam aqui, e aquilo era tudo que importava.)

Na base de cada torre de lenha estava um alien, esparramado no chão e com a respiração ofegante. Acho que existia um limite para o suprimento de energia extraterrestre, afinal de contas. Eles levantaram suas cabeças do chão bem devagar, apenas por um momento, para olhar para mim, mas então as deixaram cair na grama da floresta novamente.

— Tentamos continuar trabalhando — falou um deles, com dificuldade. — Mas não havia mais essa coisa de gravetos, por aqui.

Eu podia acreditar naquilo. Até onde dava para ver do chão ao redor, parecia que tinham passado um aspirador de pó.

Um dos alienígenas tentou levantar o corpo para se sentar, com as folhas de palmeira caindo sobre seu rosto.

— Você acha que temos lenha suficiente para a fogueira?

Olhei para o alto, mas os topos das torres estavam perdidos na escuridão cada vez mais densa.

— Sim, acho que está ótimo, rapazes. Bom trabalho.

Inspecionei os suprimentos no carrinho, apertando os olhos para achar uma lanterna. Quando achei uma e a acendi, a pequena lâmpada brilhou por um tempinho... então bruxuleou e se apagou.

Tentei bater nela algumas vezes com a palma da mão. Fico pensando se isso *alguma vez* já funcionou.

— Ótimo — resmunguei. — Não temos luz. Como posso acender uma fogueira na mais completa escuridão?

Enfiei as mãos na bolsa de lona, vasculhando às cegas em busca de uma segunda lanterna, que eu sabia que não estava ali. Então de repente todo o acampamento foi iluminado por um brilho esverdeado. Algumas vezes, em filmes, a câmera mostra a visão de um soldado quando ele está usando óculos de visão noturna. Você sabe que deveria estar escuro, mas pode ver perfeitamente e tudo parece um pouco verde. Foi assim. Só que mais claro, talvez.

— Isso ajuda? — perguntou Zardolph.

Eu me virei e ele todo estava brilhando. Bem, acho que não todo, mas aquelas manchas verdes e amarelas que cobriam seu corpo estavam reluzindo com muita intensidade. Zardolph se levantou e esticou os braços e pernas, deixando o acampamento ainda mais claro.

— Uau. Como você faz isso? — indaguei.

— Fácil. Eu apenas faço — respondeu. — Fiquei imaginando por que *você* não estava fazendo isso quando disse que precisava de luz. Terráqueos são estranhos.

Abri um sorriso. Tinha sido um longo dia, mas pelo menos eu tivera a chance de ver Amy outra vez, e os três alienígenas sob minha supervisão estavam todos satisfeitos, em relativa segurança, e não tinham sido detectados pelos cidadãos da Terra.

— Sim — concordei. Eu me senti muito cansado de repente. Cavar um buraco e acender uma fogueira não parecia muito atraente. Olhei para onde os outros dois aliens estavam esparramados no chão da floresta. — Seus irmãos estão dormindo? — perguntei.

— Sim. Viajar os deixa um pouco cansados.

— Você está com fome?

— Não. Comemos os doces chamados Hershey que estavam em sua caixa. Deliciosos.

Ótimo. Salsichas de tofu frias para o jantar.

— Você pode me ajudar a levar esses dois para dentro da barraca? Acho que está na hora de dormir.

Algumas horas depois, os alienígenas dormiam profundamente enquanto eu olhava para o teto da barraca. Cheguei o mostrador cintilante do meu relógio. 23h17. Algumas vezes não consigo desligar o cérebro à noite, e é difícil adormecer. Fechei os olhos e tentei não pensar em nada, mas minha mente continuava a oferecer coisas em que pensar mesmo assim. Não deveria ter me surpreendido por a maioria estar relacionada a Amy.

Eu me lembrava de tudo o que tinha dito a ela. Só que naquele momento, na tranquilidade da barraca e cheio de tempo para pensar, me veio à mente respostas muito mais legais que eu poderia ter dado. Desejei uma máquina do tempo para voltar e apagar os erros idiotas. Quem sabe? Acho que se alguém foi capaz de inventar um transportador intergaláctico, era possível que criassem uma máquina do tempo.

Tentei imaginar o que Amy estava fazendo naquele momento. Será que ela estava dormindo ou sentada junto à fogueira? Talvez ela tivesse se aproximado sorrateiramente das barracas dos escoteiros e escutando eles contarem histórias de fantasmas. Tentei visualizar sua reação se eu aparecesse no acampamento. Será que ela ficaria surpresa? Feliz, talvez? É difícil prever a reação das garotas. A maior parte do que penso sobre elas acaba se mostrando errada. Mas eu não conseguia me livrar da sensação de que ela poderia ficar um pouco feliz se eu aparecesse por lá. Apenas por alguns minutos. Um olá rápido, então eu voltaria.

Estiquei o pescoço e olhei para os aliens. Ainda dormiam. Estiquei o braço e sacudi um deles. As manchas amarelas e verdes se iluminaram com intensidade por um segundo, então se apagaram. Ele continuou em um sono profundo.

Fiquei de joelho, abri o zíper da barraca da forma mais silenciosa que consegui e rastejei para fora. Não me senti nervoso por abandonar os alienígenas, daquela vez. Eles estavam bem exaustos de tanto correr pela floresta o dia inteiro. Eu poderia sair por um minuto e voltar sem problemas. Os aliens sequer saberiam que eu tinha me ausentado.

Andar pela floresta sem uma lanterna não foi tão assustador quanto achei que seria. A lua estava brilhando, e pequenas aberturas nas copas das árvores acima da minha cabeça filtravam um pouco da luz. O luar deixava as agulhas dos pinheiros prateadas e não fiquei muito preocupado em bater de frente com uma árvore ou um arbusto de amoras espinhoso. Percebi que eu devia realmente gostar de Amy para andar por aí com todos esses animais selvagens que chamam a floresta de lar. Apenas rezei para que eles ficassem em suas camas macias e quentinhas aquela noite.

Caminhei na direção do som de água corrente e, ao chegar ao rio, segui a direção da corrente. Pouco depois, vi o brilho de uma fogueira entre as árvores.

Me aproximei até conseguir ver o acampamento. Tinha me preocupado com a possibilidade de cruzar com Tate e os escoteiros antes, mas o acampamento deles devia ser bem mais adiante na trilha. Lá estava Amy, sentada num tronco perto da fogueira, tocando violão e cantando. Continuei andando na sua direção de mansinho, até parar atrás de uma árvore bem na margem da clareira. Reconheci do rádio a canção que ela estava cantando, mas não costumo escutar estações de música country, então não sabia a letra, quem era o cantor ou nada do tipo. Ela usava uma palheta na maior parte da música, mas, quando chegou no refrão — que falava algo sobre dançar —, dedilhou bem rápido, tocando notas individuais. Ela era muito, mas muito boa.

Era bom apenas ficar parado ali, vendo-a tocar. A floresta atrás de Amy estava escura, e o fogo a iluminava, como um refletor num palco.

Quando ela terminou a canção, aplaudi e saí de trás da árvore. Ela pareceu assustada por um segundo e fiquei com medo de ela ter ficado chateada por eu ter vindo. Mas aí ela sorriu.

— Toquinho! Você me assustou!

— Sinto muito — sussurrei, e dei alguns passos para entrar na clareira. — Como está tudo por aqui? Os escoteiros vieram perturbá-la, ou algo do tipo?

Tentei ver o que estava além da clareira, mas o fogo tinha arruinado minha visão noturna. Tudo estava completamente escuro.

— Que nada, eles receberam ordens claras do meu pai para me deixar em paz. Não os verei até o café da manhã.

Balancei a cabeça. E fiquei ali parado. Então balancei a cabeça mais um pouco e fiquei mais um momento parado. Acho que eu deveria ter bolado um plano melhor de o que fazer quando chegasse. Por sorte, Amy quebrou o silêncio.

— Então, como está indo seu acampamento solitário? — perguntou.

— Ah, sim... está bom. Ótimo. — Amy continuou a olhar para mim. Finalmente a neblina se dissipou em minha mente e tive a brilhante ideia de fazer um elogio. — Você toca muito bem.

As bochechas de Amy ficaram um pouco mais vermelhas com o brilho da fogueira, e ela olhou para o violão.

— Nem tanto. Mas é divertido. — Ela passou a palheta pelas cordas algumas vezes. — Você toca?

— Eu? De jeito nenhum. Não tenho jeito pra música.

E é verdade. Na banda do quinto ano, eu era tão ruim tocando bumbo que atrapalhava o ritmo de toda a turma, então o Sr. Perry me transformou em assistente de professor.

— Venha aqui, vou lhe mostrar.

Comecei a protestar, mas Amy bateu com a mão no tronco, me convidando pra sentar ao seu lado, e percebi que aquela não era uma ideia tão ruim afinal.

Eu me sentei na árvore caída, onde o musgo acumulado funcionava como uma almofada, e Amy colocou o violão no meu colo. Ele parecia bem maior de perto.

— Pronto, vou ensinar como se toca um "sol". É o meu acorde favorito. — Ela envolveu os dedos quentes em meu pulso esquerdo e levou minha mão até o fim do braço do violão. Então esticou meus dedos com delicadeza e os posicionou em cordas diferentes. — Certo, agora pressione com força.

— Isso é muito esquisito.

Ela balançou a cabeça.

— Não é? Na primeira vez que você aprende a fazer um acorde, parece que é impossível. Mas depois de um tempo fica muito natural.

— Estou fazendo certo?

— O teste do som vai decidir. — Ela colocou uma palheta entre meu polegar e meu indicador da mão direita. — Dê uma palhetada.

Deixei a palheta deslizar sobre as seis cordas. Saiu um barulho abafado, mas foi encoberto por um ruído dissonante que me fez encolher.

Amy riu, e na mesma hora senti meu rosto ficar quente. Mas, quando tirei os olhos do violão e virei para ela, notei que tinha olhos cheios daquele sorriso, e foi fácil perceber que ela não estava rindo de mim de uma forma maldosa.

— Então, "sol" é o seu acorde favorito, né? — perguntei.
— Não sei por quê. Ele me parece bem horroroso.

Ela riu de novo, mais alto, e dessa vez eu me senti muito bem.

— Acho que me confundi com a posição dos dedos. Fica ao contrário quando estou de frente para o violão — disse ela. — Pronto, acho que isso vai ajudar. — Ela se levantou e foi para trás de mim, então se inclinou sobre meu ombro e reposicionou meus dedos. — O barulho abafado é porque seus dedos precisam ficar entre os trastes... essas pequenas linhas aqui... não em cima deles — explicou. Seu cabelo roçou em meu pescoço e me preocupei com a possibilidade de ela conseguir escutar meus batimentos cardíacos. — E o barulho horroroso aconteceu porque esses dois dedos estão na posição errada. Então você está muito desafinado. — Ela se inclinou ainda mais para solucionar o problema. Estava encostada às minhas costas, e eu estava me perguntando se ela podia *sentir* meus batimentos acelerados. — Tente outra vez.

Dei a palhetada. Foi perfeito, uma nota profunda que sumiu de forma suave.

Amy se sentou no tronco e aplaudiu.

— Um sol muito bom. Ainda mais para um iniciante.

Toquei o acorde mais algumas vezes, balançando a cabeça com os olhos fechados, como se realmente soubesse o que estava fazendo, imitando um músico de blues perdido num transe musical. Mais risos e aplausos de Amy.

— Obrigado! — falei.

Então coloquei o violão no chão e sobramos só nos dois. Nenhum alien, nenhum delegado, nenhuma avó. Apenas nós dois, o tronco e a fogueira.

Conversamos um pouco, mas tenho que ser sincero: não me lembro de uma palavra. Eu só conseguia pensar que, se alguma vez tive oportunidade para beijar uma garota, era aquela.

É estranho conversar com alguém que você pode tentar beijar. Muito estranho. Porque eu só conseguia olhar para os lábios dela. Era muito difícil compreender as palavras que saíam da boca de Amy, porque só conseguia pensar em como seria a sensação daquela boca meio que se amassando contra a minha.

Depois de um tempo fiquei ainda mais afobado, porque achei que talvez, apenas talvez, ela também estivesse olhando para os meus lábios... e então pareceu que eles não conseguiam mais funcionar. É difícil explicar, mas, quando achei que ela estava olhando para os meus lábios, comecei a me preocupar com a aparência deles, o que nunca tinha acontecido antes. E aí eles ficaram um pouco dormentes.

Apesar de não estar acompanhando a conversa com muita atenção, percebi quando ela parou. E então nossos rostos se aproximaram, apesar de não parecer nem um pouco que eu tinha consciência de que movia a cabeça.

Levei um instante para lembrar que não fazia ideia de como beijar alguém, e outro para perceber que aquilo não importava muito. Aí lembrei que deveria fechar os olhos.

E então estávamos nos beijando. Os lábios dela eram macios e quentes e tinham gostinho de mirtilo.

# 19

**Entreabri os olhos no** meio do beijo. Não sei bem por quê. Tudo parecia tão perfeito, talvez eu quisesse me assegurar de que era real.

Você sempre ouve falar que as pessoas veem fogos de artifício durante um primeiro beijo maravilhoso, grandes explosões de cor e luz e tudo mais. Só que para mim foi um brilho esverdeado suave dançando no canto do olho. Fechei os olhos mais uma vez e a beijei um pouco mais.

Meus olhos então se arregalaram. Brilho esverdeado?

Lá estava ele. Um Garoto da Selva, correndo pela floresta escura!

E, atrás dele, mais dois, desaparecendo atrás de uma parede de árvores.

Meu coração disparou. Eu não queria abandonar Amy, mas precisava ir embora. Não havia tempo para ficar e explicar. Como eu poderia explicar, afinal?

Devo ter parado de beijá-la, porque Amy afastou a cabeça, com os olhos abertos.

— Você está bem? — perguntou. — Parece um pouco assustado.

Meu corpo queria correr para a floresta, mas me forcei a preservar aquele momento. Eu não queria estragar aquilo tudo.

— Estou bem — falei. — Sério. Isso foi incrível.

Ela enrubesceu e abaixou os olhos.

— Foi mesmo.

— E agora tenho que ir.

— Tem certeza? — perguntou ela.

— Sim. E sinto muito. Mas nós nos falaremos em breve, certo?

Ela parecia estar pronta para dizer algo, mas, em vez disso, apenas fez que sim com a cabeça. Estiquei o braço, segurei sua mão e a apertei. Ela apertou de volta.

E então fui embora, me embrenhando nas samambaias e penetrando na floresta escura. O pânico rapidamente substituiu todas as outras emoções em meu cérebro inundado de adrenalina.

Corri pela floresta com as duas mãos na frente do rosto para me proteger dos galhos que ameaçavam me derrubar ou me arrancar um olho. Tropecei e caí sobre um canteiro de urticária que deixou meus braços coçando. Arbustos espinhosos rasgaram minhas roupas, e eu estava sangrando em várias partes diferentes do corpo.

Que perseguição frustrante. Cada vez que eu me aproximava de um brilho verde saltitante, ele desaparecia atrás de uma árvore ou numa curva do rio. Os alienígenas estavam se movendo bem depressa, mas pelo menos pareciam continuar próximos da água. Se eles virassem e seguissem na direção dos pés dos morros, das montanhas e das centenas de quilômetros de floresta ininterrupta, não havia como prever o que aconteceria com eles. Ou comigo.

Mas, quando consegui me livrar de um arbusto e vi os três alienígenas parados no topo de uma formação rochosa, percebi que as coisas podiam ficar muito piores do que se nos perdêssemos na mata selvagem. Porque, na base da formação, os escoteiros estavam sentados em volta de uma fogueira. E lá estava o líder da tropa, Tate, parado ao lado de um grupo de barracas. E todos olhavam para os visitantes brilhantes do espaço sideral.

# 20

**Durante um momento que** embrulhou meu estômago, os aliens e os humanos ficaram parados ali, se encarando.

Os Garotos Selvagens estavam tão imóveis que era difícil dizer que grupo estava mais surpreso em encontrar o outro no meio da floresta. Os alienígenas ficaram parados, com o olhar fixo, as manchas cintilantes pulsando no ritmo de um sinal de trânsito prestes a fechar. Era impossível distinguir os corpos ou os rostos contra o cenário negro da noite: eles apenas pareciam manchas sinistras de cor cintilante. E, como a formação rochosa tinha cerca de 5 metros de altura, parecia que as cores estavam flutuando no ar.

Os jovens escoteiros também olhavam, cada boca aberta formando um o de surpresa, os marshmallows caindo das pontas dos espetinhos esquecidos na fogueira.

Eu estava tão imóvel quanto todos os outros. Aquilo deve ter durado uns quatro ou cinco segundos, no máximo, mas era como assistir a meu pior pesadelo se tornar realidade numa tela de cinema. E eu só conseguia ver, não podia fazer nada a respeito.

Então os aliens apagaram o brilho e desapareceram. Os escoteiros recuperaram as vozes.

— Vocês viram aquilo?

— O que era?

— Tinha mais de um.

— Aposto que eram Eddie e os garotos mais velhos armando alguma.

— Sim, com lanternas ou algo assim. Só pode ser.

— De jeito nenhum! Estamos bem aqui!

— Então o que era...

— Silêncio — rugiu Tate. — Todos vocês! Parados e quietos. Agora!

O silêncio tomou conta do acampamento, os escoteiros se esforçavam para ver e ouvir o que os cercava na escuridão da noite. Tate deu alguns passos lentos para trás, na direção de uma das barracas. Seus olhos ainda estavam fixos na formação rochosa.

Eu me aproximei do acampamento com muito cuidado, tentando não pisar em nenhum graveto ou fazer barulho ao passar pelos arbustos. Eu só estava preocupado com o barulho, pois os escoteiros não seriam capazes de ver nada fora da luz projetada pela fogueira. Eu sabia, depois de visitar o acampamento de Amy, que era como olhar para dentro de uma casa à noite: a pessoa do lado de fora conseguia ver o interior muito bem, mas quem estava do lado de dentro não podia enxergar o que estivesse além da janela.

Junto à base da formação rochosa, entortei o pescoço para olhar para cima e consegui, com muita dificuldade, distinguir os contornos dos corpos escuros dos alienígenas. Balancei as mãos sobre a cabeça para chamar atenção.

Eles não me viram. Um deles se abaixou e apanhou alguma coisa do solo. Ele se levantou mais uma vez, então arremessou o objeto na direção do grupo de escoteiros. Fez o movimento que eu tinha ensinado quando estávamos arremessando pedras no rio, mais cedo.

*Bam!* Uma pinha quicou na cabeça de um dos escoteiros. Apertei os olhos e consegui ver que era Eddie, e ele olhava com uma expressão vazia para a formação rochosa. Os alienígenas apontaram as gavinhas para ele, balançando-se numa gargalhada aguda.

Aquilo causou uma comoção no acampamento, como cutucar um vespeiro com uma vareta, e todos começaram a se agitar. O círculo de escoteiro se desfez, alguns disparando para a segurança das barracas, outros correndo sem rumo e disparando pelo acampamento. O restante apanhava pinhas para arremessar de volta na direção da formação rochosa.

Os Garotos da Selva acharam a brincadeira ótima. Saltaram do topo da formação e deram voltas ao redor do acampamento, acendendo suas luzes corporais de vez em quando para criar um borrão amarelo-esverdeado em volta dos escoteiros. Então subiram nas árvores ao redor, escalando troncos e deslizando pelos galhos, se esquivando dos arremessos de pinha totalmente equivocados dos escoteiros, rindo o tempo todo.

O delegado Tate rosnou uma série de ordens que ninguém seguiu, ou pelo menos não escutaram.

— Fiquem perto da fogueira! Parem de correr por aí e formem um grupo grande! Cuidado com essas luzes, elas podem ser perigosas!

Ele pontuava cada ordem ignorada apontando para vários pontos do acampamento e batendo palmas para tentar chamar a atenção de todos, ou de qualquer um.

Fiquei tonto observando o borrão de movimentos diante de mim. Tinha tanta coisa para ver e tudo acontecia tão depressa que eu ainda não sabia como estava me sentindo. Eu estava dormente. Não apenas o corpo, mas também o cérebro.

Então vi duas coisas que acabaram com a paralisia. A primeira foi um garoto gorducho com cabelo raspado sentado junto à fogueira. Ele segurava um telefone celular com as duas mãos e tirava fotos do cenário ao redor, com o pequeno flash iluminando a noite. A segunda foi o delegado Tate entrando numa das barracas e saindo de lá com um rifle de caça nas mãos.

Apenas uma coisa podia ser pior do que fotos de aliens divulgadas: fotos de aliens mortos. Estava na hora de agir.

Corri pelo perímetro do acampamento, tomando cuidado para ficar fora do alcance da luz projetada pela fogueira. Tentei parar um dos alienígenas, que vinha em disparada na direção oposta, apoiando os quatro membros no chão. Estiquei o braço para interceptá-lo, mas ele girou e passou bem ao meu lado, gargalhando o tempo todo.

Eu me virei e corri de volta na direção de onde tinha vindo. Os gritos do acampamento estavam se aproximando. Eu tinha que fazer algo, e tinha que ser rápido. Outro alienígena veio correndo na minha direção. Quando ele se aproximou, entrei em modo armador, fingindo que daria um passo para a esquerda e então me movendo depressa para a direita. O alienígena caiu no truque. Colidimos e caímos em um canteiro de samambaias.

Ele tentou se desvencilhar, mas eu o segurei firme com um abraço e não soltei, apesar de a colisão ter me deixado sem ar. O alienígena tentou se livrar de mim, com o torso tubular escorregando entre meus braços. Finalmente consegui ficar de quatro e prendê-lo contra o chão com os joelhos, tentando recuperar o fôlego.

— O que estão fazendo? — grasnei.

— Estamos brincando com os terráqueos. Eles são muito mais divertidos do que as feras da floresta.

— Vocês têm que parar. Vocês vão se meter em encrenca!

— Encrenca? — O alien parou de tentar sair de baixo de mim. Seu corpo ficou imóvel, e seus olhos se arregalaram de medo, exatamente como os de um terráqueo. — Você não vai contar aos nossos pais, vai?

— Não conto se vocês me ajudarem a sair daqui. Agora!

Olhei para o acampamento. Ainda estava um caos, mas eu podia ver alguns escoteiros se aproximando bem devagar. Eu sabia que eles não podiam nos ver, mas tenho certeza de que podiam rastrear o barulho que vinha dos arbustos.

— O que você quer que eu faça? — sussurrou o alien.

— Traga seus irmãos aqui. Rápido!

Saí de cima do alienígena, e ele se levantou num salto. Inclinou o corpo para a frente e produziu um som agudo, esfregando suas antenas bem rápido. Os irmãos pararam de correr em volta do acampamento e vieram bem na nossa direção.

— Apaguem as luzes! Todos vocês! — sussurrei.

Os aliens escureceram no mesmo instante. Os escoteiros pararam para olhar para a floresta escura, piscando.

Então ouvi o delegado Tate gritar:

— Deitem-se no chão, rapazes. Agora!

Os escoteiros se jogaram no solo da floresta.

Tate apoiou o rifle no ombro e o apontou para a escuridão. Passei meu braço em volta dos ombros dos alienígenas e os puxei para ficarmos abraçados ajoelhados.

*Bam!* O ar se partiu junto à minha bochecha enquanto uma bala passava zunindo. Um pedaço da casca da árvore atrás de nós explodiu.

Segurei todos os braços que consegui e puxei os alienígenas para a floresta escura.

— Corram! — gritei, embora não precisasse.

Os Garotos da Selva tinham entendido a dica.

Corremos desenfreados entre os arbustos, galhos me acertavam no rosto e no corpo. A arma disparou mais duas vezes.

Nós quatro chegamos à trilha que ficava na margem do rio. Me perguntei se tínhamos tempo para encontrar um esconderijo ou talvez subir numa árvore. Mas os aliens não desaceleraram: em vez de seguir a trilha, seguiram em frente, passando por cima das pedras e do rio, batendo com as gavinhas na superfície branca da água e sumindo de vista.

Hesitei por apenas um segundo, então os segui, entrando no rio. O frio acabou com meu fôlego. A água só chegava até a metade da minha coxa, mas, assim que tentei atravessar, meu pé se apoiou numa pedra escorregadia, e eu caí para a frente, afundando o corpo inteiro. A correnteza me empurrou e me girou, me fazendo dar duas voltas de lado até conseguir apoiar os pés de novo. Eu me levantei, engasgando e cuspindo água, e dei alguns passos sem saber em que direção estava indo. Eu tinha girado e começava a voltar à margem original.

E lá estava o delegado Tate, correndo perto da margem do rio, vindo bem na minha direção. Parei, a correnteza empurrava minhas pernas congeladas, e o encarei. Ele apontou para mim.

— Você! — gritou. O luar iluminava seu rosto e o fazia parecer horripilante.

Eu me virei e comecei a me afastar, mas meus pés escorregaram nas pedras lodosas debaixo da água e a correnteza me sugou outra vez. Só ficar de pé era uma luta, e seria ainda mais difícil chegar à outra margem. Apertei os olhos e, com dificuldade, consegui ver a terra do outro lado do rio. Parecia uma distância impossível.

Ouvi Tate pular dentro do rio atrás de mim.

— Você — gritou ele novamente, parecendo muito mais perto.

Caí de joelhos e tentei rastejar para longe, mas a água batia em meu rosto, me cegando. A correnteza me puxou para dentro d'água mais uma vez. Bati o joelho num pedregulho submerso, e a dor explodiu em toda a minha perna. Tentei me segurar à pedra enorme para me equilibrar, mas ela também estava escorregadia, e fui levado pela água.

Parei de lutar e me rendi à vontade do rio. Ele me arrastou como uma folha morta. Eu nem me importava mais em chegar à outra margem, só precisava colocar a cabeça para fora para respirar.

De repente, fui arrancado da água. Achei que era o delegado, mas percebi que havia muitas mãos.

Os Garotos da Selva me ergueram e correram sobre a superfície do rio até o outro lado. Então tudo ficou preto.

# 21

**Acordei na minha cama** na pousada da Vovó, ainda vestindo a calça jeans enlameada e uma camisa de flanela toda rasgada. A luz do dia preenchia o quarto. Que horas seriam?

Rolei para fora da cama, me encolhendo com a dor no joelho e as dezenas de cortes por todo o corpo. Ignorando a dor, me arrastei até a porta. Eu tinha que descobrir o quão ruim estava a situação.

Não demorou muito. Logo do lado de fora do meu quarto, uma multidão de hóspedes corria de um lado para o outro, se atrapalhando e tirando roupas de malas parcialmente abertas. Minha avó estava no meio daquilo tudo, organizando o tráfego. Seu rosto não tinha nenhuma emoção, era totalmente profissional.

— O transportador naquele quarto parou de funcionar. Ele foi muito usado hoje pela manhã — disse a um grupo de Turistas peludos. Ela os levou até um quarto ao lado do meu. — Esse deve servir para vocês, mas há uma pequena fila. Vocês terão que esperar um pouco.

Ela separou três alienígenas que tinham colidido no corredor e estavam amontoados um sobre o outro.

— Não acredito que estamos sendo forçados a ir embora tão cedo — rosnou um deles, enquanto se levantava com dificuldade. — Nunca voltarei a esse lugar.

— Sinto muito, senhor.

A frase saiu seca, sem nem uma ponta da afeição ou preocupação habituais. O alienígena olhou para ela com raiva, mas ela já tinha dado as costas a ele enquanto saía para ajudar outros hóspedes a carregar as malas até um dos quartos.

Fiquei parado no meio daquilo tudo, me sentindo entorpecido. Os Turistas trombavam comigo enquanto passavam. Ninguém estava preocupado com disfarces àquela altura, então o corredor se parecia com a happy hour daquele bar em *Guerra nas estrelas*. Minha avó saiu de um quarto, e nossos olhos se encontraram. Ela parecia exausta, e foi a única vez que a vi sem um sorriso no rosto.

— Muito ruim? — perguntei.

Ela apontou para uma cópia da *Gazeta de Forest Grove* que estava em uma cadeira.

— Leia isso — disse, com o mesmo tom seco e cansado. — E me encontre lá embaixo.

Passou por mim apressada e desceu a escada correndo. Voltei para o quarto e olhei para a enorme manchete que ocupava a primeira página.

# APARIÇÃO DE ALIENS EM FOREST GROVE: FATO OU FICÇÃO?

Meu estômago deu um nó e achei que fosse vomitar. Ai, não, aquilo era tão pior do que o que tinha acontecido no parque com o Sr. Harnox e os adolescentes. Aquilo era... era a pior coisa que eu poderia ter deixado acontecer.

Debaixo da manchete havia uma foto de um dos Garotos da Selva, com o brilho do corpo iluminando a floresta atrás dele. Era como aquelas fotos famosas do Monstro do Lago Ness ou do Pé-Grande. Granulada. Fora de foco. Claramente amadora ou, no caso, tirada com um telefone celular barato.

Mas também, como naquelas fotografias famosas, a imaginação se tornava a câmera. Ela suavizava as bordas borradas. Adicionava profundidade a uma imagem plana. Encontrava feições e detalhes em sombras confusas. E então, como alguma parte da mente *queria* acreditar, era possível ver uma imagem muito clara de uma fera mitológica.

Ou, no caso, dava para ver exatamente o que estava lá: uma fotografia de um alien cintilante, escondido por alguns galhos folhosos de bordo, arremessando pinhas na floresta.

Passei os olhos na matéria.

FOREST GROVE — Robert Tate, delegado de Forest Grove há quase duas décadas, alega ter encontrado formas de vida extraterrestres na floresta ao norte da cidade na última madrugada.

Tate, também líder da Tropa de Escoteiros #17, acampava com uma dúzia de escoteiros perto do rio Nooksack quando o acontecimento misterioso se desenrolou logo antes da meia-noite. Como prova, ele apresenta uma fotografia tirada por um dos escoteiros (veja a foto acima).

"Havia um bando deles, acho que dez no total. Os corpos estavam totalmente acesos e eles voavam", disse Tate. "Eram extremamente hostis e lançaram um ataque contra nosso acampamento. Minha prioridade, como sempre, foi proteger os escoteiros."

O delegado disse que planeja mobilizar o apoio da comunidade contra A Pousada Intergaláctica, um estabelecimento local que atende a (continua na página A7)

Joguei o jornal de lado e desci a escada correndo e mancando. Os corredores já estavam vazios. O Sr. Harnox estava sozinho na sala de estar, agachado junto a uma das janelas, espiando o que acontecia do lado de fora por uma fresta na cortina. Todas as janelas estavam cobertas.

Afastei um canto da cortina na janela ao lado e olhei para o exterior. O que vi me deixou sem ar.

Centenas de pessoas estavam reunidas em frente à casa, pressionadas contra a cerca de estacas brancas e ocupando as calçadas. Alguns espiavam através de binóculos e outros mexiam em câmeras de vídeo. Pareciam se preparar para que um bando de aliens hostis saísse correndo pela porta da frente a qualquer momento.

E lá, na lateral da varanda, uns dez homens cercavam o delegado Tate, que falava num walkie-talkie. A maioria segurava espingardas e rifles de caça.

Ouvi um rangido na escada. Soltei a cortina e vi a minha avó descendo, apoiada no corrimão.

— Consegui tirar o restante dos Turistas daqui em segurança — anunciou.

Estava com olheiras e, pela primeira vez desde que a conheci, parecia velha. Também parecia triste, mas não tão triste quanto eu me sentia por deixá-la daquele jeito.

— E quanto aos três garotos aliens? — perguntei.

— Os pais chegaram aqui muito cedo e os levaram. Estão em segurança.

— Vovó, eu sinto muito. Eu não...

Ela se aproximou e colocou um dedo sobre meus lábios.

— Uma coisa de cada vez. Você está bem?

— Estou legal, mas...

— Você está bem e saudável, então. De verdade. Promete? — perguntou. Ela colocou a mão na minha testa, então olhou para mim. — Você estava tão febril quando eles o trouxeram para casa, ontem à noite. Delirando. Ah, fiquei muito preocupada. Graças ao Criador você está bem. — Ela soltou um suspiro longo e trêmulo. — Fiquei ao seu lado a noite toda, mas, antes de você acordar, *eles* apareceram do lado de fora e então... então...

Ela parou de falar, muito aborrecida para continuar.

Passei o braço sobre seus ombros e a levei para longe da janela. Tentei fazê-la sentar no sofá, mas ela me impediu.

— Toquinho, precisamos conversar sobre uma coisa.

Fiz que sim com a cabeça, nervoso demais para falar.

— Quando aqueles Turistas gigantes vieram buscar os filhos... pedimos a versão dos garotos dos fatos...

Engoli em seco. Tive vontade de sair correndo da sala, me esconder em algum lugar. Eu sabia que a Vovó queria que eu dissesse algo, mas não fui forte o suficiente.

— Eles nos contaram... — Ela respirou fundo. — Toquinho, eles nos contaram que você os deixou sozinhos na floresta. Todos os três disseram que saíram à sua procura, e foi assim que encontraram Tate e os escoteiros.

Ela analisou meu rosto, esperando minha reação. Eu podia sentir as pontadas quentes de lágrimas atrás dos olhos, mas me recusei a deixar que caíssem.

Minha avó manteve o olhar fixo em meu rosto.

— Eu o defendi. Disse aos pais que aquilo não podia ser verdade, que você nunca faria uma coisa dessas.

Eu queria tanto negar tudo. A mentira perfeita chegou a surgir em minha mente: eu tinha me afastado por volta de meia-noite para ir ao banheiro atrás de algumas árvores próximas quando os Garotos da Selva saíram da barraca e fugiram... eles tinham sido tão travessos o dia inteiro... deviam estar apenas *esperando* que eu baixasse a guarda por uma fração de segundo para escaparem e criarem confusões... eu podia ver a história tão bem que quase comecei a acreditar em mim mesmo.

Minha avó me observava com atenção, havia um brilho de esperança em seus olhos. Eu sabia que ela acreditaria em qualquer coisa que eu dissesse naquele momento.

Abri a boca, mas a história se recusou a sair. A Vovó tinha confiado tanto em mim desde que cheguei aqui, o único adulto que já tinha confiado em mim de verdade, e eu não podia retribuir com uma mentira.

Olhei para o chão.

— É verdade — falei. Ouvi a minha avó ofegar. Continuei olhando para o chão por um minuto, mas então me forcei a olhar bem nos olhos dela. — Eles estavam dormindo tão pesado. Achei que poderia dar uma volta, por apenas alguns minutos. Achei que tudo ficaria bem.

Se a minha avó tivesse gritado comigo, acho que eu teria conseguido lidar com aquilo. Mas foi tão pior quando as lágrimas se derramaram por trás de suas lentes cor-de-rosa e seu olhar me atravessou.

— Ah, Toquinho. Como você pode ter feito isso? — Ela se virou para fixar o olhar gelado nas cortinas. — E agora Tate venceu. A cidade inteira está lá fora. Estou arruinada.

Ela deixou o corpo cair no sofá. Todos os traços de sua energia habitual tinham desaparecido. Ela parecia uma marionete com todas as cordas cortadas.

Eu ajoelhei ao seu lado.

— Vovó, eu sinto muito, eu posso...

Ela levantou uma das mãos para me interromper.

— Não, não. A maior parte é culpa minha — interveio, sem nem mesmo olhar para mim. Sua voz estava praticamente inaudível. — Eu nunca deveria ter pedido para você ir. Era responsabilidade demais para colocar sobre seus ombros. Percebo isso, agora.

— Não! Isso não é verdade, Vovó. Posso cuidar disso, prometo. Eu *gosto* da responsabilidade. — Ela estava olhando para as mãos, apoiadas no colo com as palmas para cima. — Se você me der uma segunda chance, juro que nunca mais vou desapontá-la.

— Eu gostaria de lhe dar essa chance, Toquinho, e nunca minhas palavras foram tão sinceras. — Vovó suspirou. — Mas aquelas pessoas lá fora convidaram o medo a entrar em seus corações, e agora ele já se instalou ali. — Ela passou as mãos nos cantos dos olhos, por trás dos óculos, então apontou para a janela com um braço magro. — Olhe só para eles. O medo contorce tanto seus rostos que eles precisariam de alguns dos nossos disfarces para parecerem humanos outra vez. Infelizmente, não me darão a oportunidade de lhe oferecer uma segunda chance.

A realidade nua e crua daquele fato era impossível de ignorar. Meu corpo parecia estar se desligando. Eu estava cansado, dolorido, furioso comigo mesmo por nos colocar nessa confusão e — admitia — com medo da multidão do lado de fora da casa. Mas tinha que lutar contra tudo aquilo. Eu precisava manter uma janela de esperança aberta ou nunca mais seria capaz de me perdoar.

— Posso consertar isso — falei para a Vovó. — Posso me livrar daquela multidão e salvar seu negócio.

Ela parou de olhar para as mãos e me fitou com atenção.

— Como?

Respirei fundo.

— Ainda não sei.

*Bam! Bam bam bam! Bam!*

A cabeça da minha avó se levantou rapidamente. O Sr. Harnox soltou o canto da cortina e deu alguns passos para trás.

— Alguns deles, lá fora — disse, apontando para a janela. — Eles estão jogando...

*Crash!* Uma pedra atravessou a janela e caiu no tapete, cercada de cacos de vidro.

Corri até outra janela e espiei por trás das cortinas. O delegado Tate e alguns de seus homens escoltavam um grupo de adolescentes para longe da casa. Eddie e Brian estavam entre eles, segurando pedras.

— Garotos, vão embora daqui! — gritou. — Isso pode ficar perigoso. É um trabalho para homens. — Os adolescentes deram alguns passos relutantes para trás, e Tate continuou a enxotá-los. — Vão. Agora. — Ele levantou a voz para se dirigir ao resto da multidão. — As mulheres, crianças e idosos também devem ir. Não há como saber o que pode acontecer aqui hoje. Deixem isso para os homens.

Algumas pessoas se afastaram um pouco, mas a maioria da multidão permaneceu onde estava. Alguns deles gritaram coisas como:

— Temos direito de estar aqui!

E:

— Nos importamos com a segurança dessa cidade tanto quanto você!

Soltei a cortina e andei até onde estava a minha avó, que parecia mais alerta. O Sr. Harnox se aproximou de nós.

— Com licença e perdão... mas vocês pensaram na ideia... de fazer contato com a Força Policial Intergaláctica?

— Não podemos fazer isso! — Minha avó voltou à vida. Ela saltou do sofá e andou de um lado para o outro pela sala de estar. — Eles fecharão os transportadores. Talvez para sempre. Mesmo se de alguma forma conseguirmos nos livrar de Tate e daqueles humanos tolos, eu ainda ficaria sem o meu negócio.

Ela deu mais algumas voltas na sala, balançando a cabeça e murmurando sozinha.

Parecia um pouco maluca. O Sr. Harnox se moveu para colocar a mão em seu ombro.

— Mas, por favor, é a única forma de...

Ele começou a falar, mas minha avó o interrompeu e marchou na direção da porta da frente.

— Chega. Vou lá fora dar àquele homem horrível algo que ele merece há anos.

— Não! — gritei.

Tive uma visão dela num ataque de fúria, com olhos selvagens, dando uma bordoada no delegado diante de uma multidão de testemunhas iradas. Não achei que aquilo nos ajudaria.

Corri para impedi-la. Ela estava com a mão na maçaneta e tinha aberto a porta até a metade quando a alcancei e a segurei num abraço apertado. O Sr. Harnox me seguiu, fechando a porta e me ajudando a fazer a Vovó sentar no sofá de novo.

— Vamos pensar nisso por um minuto. Certo? — falei. Minha avó relaxou um pouco e balançou a cabeça para mim, concordando. — O que é a Força Policial Intergaláctica?

— Oh, é o que o próprio nome diz. — Ela suspirou. Seu rosto desbotava de um vermelho furioso para um cinza pálido derrotado. — Composta por policiais de planetas de todo o Coletivo Interplanetário. Eles respondem a situações em todo o cosmos. Mas você só deve contatá-los numa emergência terrível.

O barulho da multidão reunida ficou mais alto, entrando pela janela estilhaçada.

— Bem, Vovó... acho que essa é uma emergência.

— Mas nunca tive que chamá-los. Nem uma vez, em mais de quarenta anos.

Eu me contorci. Não achava possível me sentir pior do que aquilo, mas a faca da culpa foi cravada ainda mais fundo na minha barriga.

Um longo momento passou antes de ela falar outra vez:

— Oh, acho que o senhor está certo, Sr. Harnox. É nossa única opção a essa altura.

O Sr. Harnox balançou a cabeça devagar. Vovó olhou para mim, parecendo-se um pouco mais com a minha antiga avó.

— De acordo com o protocolo oficial, devo entrar em contato se houver alguma falha na segurança. Mas eu simplesmente tenho pavor de chamá-los. Quem sabe o que farão quando virem aquela multidão de humanos hostis do lado de fora?

— Vamos nos preocupar com uma coisa de cada vez — sugeri. Tentei me manter concentrado na tarefa presente para impedir que o medo e a culpa turvassem minha mente. — Como entramos em contato com a Polícia Intergaláctica?

— Precisamos ir até um transportador — disse ela.

Ajudei Vovó a se levantar do sofá e a levei pelo corredor. O Sr. Harnox nos seguiu.

— Então é melhor fazermos isso depressa — sugeri.

Subimos a escada com pressa e entramos no primeiro quarto de hóspedes que encontramos. Bati na porta do transportador.

— E agora, como fazemos isso?

— Precisamos inserir nosso código. Ele contém o número de identificação da pousada, assim como as coordenadas de longitude e latitude planetárias.

Apontei para as teclas no console do transportador.

— Certo, vamos em frente. Digite o código.

— É um número bem longo. — Vovó fez uma careta. — Nunca consigo lembrar.

— Então como...

— Espere, sei onde encontrá-lo.

Ela saiu do quarto e entrou num dos depósitos. O Sr. Harnox a ajudou a arrastar um monte de caixas de papelão enrugadas para o corredor. Depois de um tempo, ela encontrou a caixa certa e começou a tirar documentos de dentro dela. Nuvens de poeira subiam das caixas e pairavam no ar.

Afastei o canto de uma cortina e espiei pela janela. A multidão parecia maior dali de cima e estava crescendo a cada minuto. As pessoas tinham pulado a cerca e estavam lotando o gramado. As linhas de frente estavam perigosamente próximas da varanda.

O Sr. Harnox se aproximou e olhou sobre o meu ombro, analisando a multidão. Ele me olhou com uma expressão preocupada, então levei um dedo até os lábios e balancei a cabeça.

— Vovó. — Tentei bloquear o pânico e manter a voz neutra. — Acho que precisamos nos apressar um pouco, porque...

— Achei — disse ela, entrando no quarto depressa. — Basta digitar esses números aqui... — Ela se aproximou do console, pressionando os botões enquanto olhava para o papel. — ...e inserimos o código da FPIG, uma espécie de 911 do Espaço Sideral. Pronto. — Ela deu um passo para trás e ficou olhando para o console por um momento. — Eles devem receber a mensagem imediatamente.

Vovó fechou a porta do transportador. O círculo azul apareceu por um segundo, então apagou. Ela se virou e ficou de frente para mim e o Sr. Harnox.

— Está feito — disse, com a voz fraca.

— Você disse algo sobre eles fecharem os transportadores? Minha avó fez que sim com a cabeça.

— Ouvi variações da mesma história de diversos Turistas. Parece que a FPIG assumiu o controle do sistema de transportadores há centenas de anos, depois de uma fuga em massa de um planeta-prisão numa galáxia remota. Depois que os presidiários entraram nos transportadores, foi impossível encontrá-los. Agora a polícia pode fechar qualquer um dos transportadores a distância apenas com o toque de um botão. Assim que recebem uma chamada de emergência, desligam os transportadores daquela localidade até tudo ser resolvido. — Ela colocou a mão no braço do Sr. Harnox. — E o senhor está esperando há tanto tempo para voltar para casa, pobrezinho. Quem sabe quanto tempo levará agora?

O Sr. Harnox colocou uma das mãos cinzentas sobre a da minha avó e a acariciou.

— Não é esse o problema — disse. — Eu não iria embora enquanto o perigo rondasse, de qualquer forma.

Admito que doeu um pouco perceber que eu tinha muito a aprender sobre bravura e sobre tratar as pessoas com humanidade com alguém que vivia a milhões de anos-luz da Terra.

— Então o que fazemos agora? — perguntei.

Vovó suspirou.

— Esperamos eles aparecerem.

Pensei na multidão crescendo do lado de fora.

— E quando isso acontecerá?

— Espero que em breve. — Ela inclinou o corpo e sussurrou para mim. — Pelo menos eles podem proteger o Sr. Harnox. Não há como saber o que Tate e aquela multidão fariam se colocassem as mãos nele em seu frenesi.

Tremi ao pensar naquilo.

— O que posso fazer para ajudar? — perguntei. — Deve haver algo.

Minha avó mordeu o lábio inferior por um momento.

— Precisamos manter Tate e aquela multidão fora dessa casa até eles chegarem aqui.

Houve uma batida estrondosa na porta da frente. Todos nos assustamos.

— Vou atender — falei.

Eu estava aterrorizado com o que encontraria no outro lado daquela porta, mas era bom fazer *algo*, pelo menos para tirar uma parte da adrenalina do corpo.

Descemos a escada depressa e abrimos a porta. Lá estava Tate, com o uniforme de delegado. Parado atrás dele, na varanda, estava o adjunto Tisdall, junto de alguns daqueles homens armados. Tate usava óculos escuros que escondiam os olhos e mastigava mais um de seus palitos de dente. A parte mais horrível é que ele estava sorrindo.

— Perdoe-me, madame — disse. — Mas os cidadãos dessa cidade não vão mais aturar suas travessuras, ainda mais quando elas colocam outras pessoas em perigo.

Naquele momento, ele apontou para a multidão atrás de si.

Minha avó apenas olhou para ele, sem falar nada. Era perturbador vê-la parecer impotente diante daquele homem.

— Tenho uma petição assinada por várias boas pessoas da cidade — continuou Tate, balançando uma prancheta junto ao rosto da minha avó. — Ela pede a interdição imediata desse estabelecimento e uma investigação minuciosa da propriedade. Se você nos der licença, madame, eu gostaria de iniciar a investigação agora mesmo.

Passei o braço em volta da minha avó. Os ombros dela tremiam.

Soltei-a, me coloquei na frente dela e olhei para Tate, com o coração batendo desesperadamente.

— Você tem um mandado de busca? — perguntei.

O sorriso dele desapareceu.

— Você não está em posição de me fazer perguntas, garoto.

— Você tem um mandado de busca?

— Bem, não. Mas como essa petição claramente enuncia...

— Você e eu sabemos muito bem que essa petição não vale nada num tribunal — falei. Pelo menos torci para que não valesse. Eu estava apenas dizendo o que tinha ouvido em filmes policiais. Mas aquele não era o momento de mostrar fraqueza ou insegurança. — Se voltar com um mandado, teremos que deixá-lo entrar. Mas, se não tiver um, pode ficar sentado na grama com todos os outros. — Torci para que minha voz não soasse tão trêmula quanto eu a sentia.

Tate se curvou e aproximou o rosto a alguns centímetros do meu.

— Você está vendo aquela multidão, garoto? Se decidirem que querem entrar aqui, duvido que usem algum mandado.

Tate soltou um som horrível com a garganta, então se virou e cuspiu uma bola de muco na varanda da minha avó antes de olhar para mim de novo. Como Amy podia compartilhar até mesmo um átomo de DNA com aquele sujeito?

— Sou a pessoa que pode controlar aquela multidão, então colaborar comigo é a única garantia de que ninguém se machucará. Você me entendeu? — Ele olhou para o relógio. — Agora já é quase meio-dia. Você tem uma hora para reunir sua avó e os hóspedes e trazê-los até o lado de fora de forma muito pacífica. Você tem minha palavra de que eles não serão feridos. Mas vou levá-los à delegacia e fecharei esse estabelecimento de uma vez por todas. Esse é o melhor acordo que você vai conseguir. Depois disso, bem... o que acontecer aconteceu. Estamos entendidos?

O delegado ficou ereto e cruzou os braços.

— Você tem uma hora.

# 22

**Eu checava o relógio** a cada trinta segundos. Os minutos restantes até o prazo de Tate diminuíam em minha cabeça conforme eu tentava pensar em algo para fazer enquanto esperávamos a chegada da Força Policial Intergaláctica.

Infelizmente, as autoridades intergalácticas deviam ter sido as únicas pessoas que *não* apareceram. Todos os moradores de Forest Grove pareciam estar do lado de fora da casa, em uma enorme multidão enfurecida que preenchia as ruas e as calçadas. A aglomeração tinha se espalhado até o gramado, cruzando a cerca.

As pessoas estavam ficando barulhentas e inquietas. Algumas seguravam cartazes que diziam coisas como Forest Grove é só para humanos e árvores e aliens ilegais não são bem-vindos aqui. Alguns jogavam coisas na casa quando Tate não estava olhando.

E não era apenas com os locais que tínhamos que nos preocupar. Grandes vans brancas com antenas parabólicas surgiam entre a multidão como pedras no rio Nooksack. Os logotipos nas laterais eram uma sopa de letrinhas: KIRO, KOMO, KING, KCPQ. Todas as estações de televisão de Seattle. As pessoas que saíam das vans carregavam enormes luzes e câmeras, que apontavam para a casa ou usavam para entrevistar os cidadãos.

Todas as equipes de gravação cobriam os equipamentos com grandes guarda-chuvas. Enormes nuvens escuras cobriram o céu durante toda a manhã. Quando aquilo acontecia aqui, o sol ficava borrado e o céu ganhava uma aparência sombria e sinistra em pleno dia.

Minha avó, o Sr. Harnox e eu nos reunimos na sala de estar, tentando pensar em formas de sairmos daquela confusão. Nós fazíamos um revezamento para olhar pelas janelas. Naquele momento, era a vez da Vovó.

— Oh, galáxias maravilhosas, lá vai ele — murmurou.

— O que ele está fazendo? — perguntei.

Nós nem precisávamos mais usar o nome de Tate.

— Ele está com aquele megafone mais uma vez. Falando alguma baboseira como "É esse o tipo de lugar que queremos em nossa comunidade?" e "Vigilância é a única forma de termos certeza de que nossas crianças estão em segurança". — Ela fez uma imitação muito boa da voz ranzinza e prepotente de Tate. — Só falta aquele homem entregar as tochas e os forcados. E é engraçado, não é?, como ele parece deixar os discursos inflamados só quando uma daquelas câmeras de TV se aproxima.

Grunhi e batuquei os dedos no braço da poltrona. Eu estava tendo sérios problemas em visualizar um cenário em que tudo isso terminasse bem. O que a Força Policial Intergaláctica poderia fazer, em todo caso? Será que só iam piorar tudo? Eu estava chegando à conclusão de que talvez a chegada de *mais* alienígenas não fosse a solução do problema.

Mas e se eles não aparecessem? O que aconteceria?

Eu forçava meu cérebro em busca de um plano B, mas voltava sem respostas todas as vezes. Chequei o relógio. De novo. Cinquenta minutos faltando.

Minha avó se virou para olhar para mim.

— Toquinho? Querido, você está bem? — Dei de ombros.
— Quero dizer, bem, dentro do possível?

— Deve ser só o meu estômago. — Não tínhamos tomado café da manhã nem almoçado. Estávamos nervosos demais.
— Por falar em tochas e forcados, talvez devêssemos preparar a casa para o pior cenário possível. Você sabe, colocar tábuas nas janelas, empurrar alguns móveis contra as portas.

Minha avó negou com a cabeça, tristemente.

— Se aquelas pessoas decidirem que vão entrar, descobrirão um jeito. Não os manteremos do lado de fora à força.

Eu sabia que ela estava certa.

Minha avó olhou pela janela outra vez. O Sr. Harnox chamou minha atenção, então se levantou e foi para o corredor em silêncio.

Eu o segui e me juntei a ele perto da porta da cozinha.

— O que houve? — sussurrei.

— Pequeno homem... você sabe que não desejo nenhuma dor aos humanos... nenhum sofrimento, não é mesmo?

Inclinei o pescoço para olhar para ele e balancei a cabeça, concordando.

Ele levantou um dedo longo e retorcido.

— No entanto... se eles entrarem... e tentarem machucar a mulher que é sua ancestral... — Ele olhou bem para mim. — Eu vou detê-los. — Minha respiração ficou presa em minha garganta. — Vou detê-los com força. Está entendendo isso?

Concordei outra vez. Eu entendia bem demais.

Eu me lembrava da forma casual com que ele tinha erguido os dois adolescentes. Minha imaginação criou um cenário terrível: a multidão invadia a casa, e o Sr. Harnox, na varanda, segurava homens e os arremessava de volta para fora, derrubando os cidadãos de Forest Grove como pinos de boliche. Pessoas poderiam ser mortas, provavelmente *seriam*. Vovó perder a pousada seria a menor das preocupações de qualquer um.

Ai, não. Aquilo estava cada vez pior.

— Escute, fique sentado com a Vovó por enquanto, certo? Não faça nada até eu mandar. Está bem?

O Sr. Harnox balançou a cabeça, concordando, e voltou à sala de estar. Eu andei de um lado para o outro no corredor, respirando fundo. Olhei para o relógio. Quarenta e seis minutos até o prazo. Quarenta e seis minutos até o motim começar. Ah, não. Meu estômago estava tão embrulhado de preocupação que eu estava com vontade de vomitar.

De repente tive uma ideia. Uma ideia desesperada, que não era tão boa. Mas eu tinha que fazer alguma coisa.

Subi a escada correndo, entrei no quarto e vasculhei minha gaveta de tranqueiras. Ali — enterrado sob uma pilha de moedas alienígenas — estava o cartão de visitas de Tate, já amassado, que ele tinha me dado no dia em que o conheci no mercado.

Sentei na beira da cama e olhei para o número do telefone. Talvez ele escutasse a voz da razão, falei pra mim mesmo. Talvez, se ele concordasse em dispersar a multidão e mandar todos para casa, pudéssemos deixá-lo entrar e pelo menos conversar com ele, fazer algum tipo de acordo. Eu não conseguia imaginar como seria aquilo, mas a única coisa que importava naquele momento era tirar todas aquelas pessoas furiosas dali, acabando com a confusão e evitando qualquer tipo de violência.

Segurei o cartão e desci a escada nas pontas dos pés. Depois de espiar e me assegurar de que minha avó e o Sr. Harnox ainda estavam na sala de estar, entrei escondido numa das salas com telefone.

Respirei fundo, ensaiei as primeiras falas algumas vezes em minha cabeça e disquei o número.

— Alô?

A voz estava abafada, difícil de distinguir.

— Delegado Tate, quem fala é o Toquinho, o garoto dentro da pousada. — Eu estava falando apressado, tentando fazê-lo me escutar antes de dizer não. — Por favor, me escute. Não quero que ninguém se machuque, então estou pedindo...

— Toquinho? É você?

Definitivamente não era a voz de Tate.

— Sim...

A voz veio mais alta dessa vez, mais ainda abafada.

— Toquinho, sou eu. Amy.

Mesmo com tudo o que estava acontecendo, ainda era bom escutar a voz dela.

— Amy! Ei, por que você está atendendo o telefone? Onde você está?

— Estou na viatura do meu pai.

Carreguei o telefone até a janela e olhei para fora. O carro de Tate estava na margem da multidão, onde a rua se transformava num beco sem saída.

— Não consigo vê-la.

— Estou deitada no chão. Eu só... eu não aguento ver o que está acontecendo aí fora. — A voz dela falhou. — Mas também não consegui ficar em casa. — Ela ficou em silêncio por um momento. — Por que está ligando para o meu pai?

— Estou tentando impedir que as coisas fiquem feias.

— Tarde demais. As coisas já estão feias.

— Eu sei, só que... receio que, se eu não fizer alguma coisa, as pessoas vão se machucar. Ou pior. Acho que...

— Toquinho, preciso lhe contar uma coisa. Eu não sabia se ia... Ah, isso tudo não importa. Apenas me escute com muita atenção. — A voz de Amy tinha mudado. Ela estava mais urgente e parecia mais segura. — Escutei meu pai conversando com o adjunto. Ele está planejando invadir a casa com todos da multidão que quiserem acompanhá-lo.

Observei Tate circulando pela multidão, distribuindo cópias da *Gazeta de Forest Grove* e apontando para a casa com o rosto fechado.

— Como você...

— Só escute. Ele sabe que está sendo observado, ainda mais com aquelas câmeras de TV aí fora. Ele vai subir na varanda e fazer um grande discurso para inflamar as pessoas. Esse é o sinal para o adjunto entrar escondido pelos fundos da casa e dar um tiro para o alto. Quando a arma disparar, meu pai terá uma desculpa para agir. As pessoas vão achar que o tiro veio de dentro da casa, e então, quando ele correr para a porta da frente, os apoiadores o seguirão.

Olhei de onde estava, junto à janela, para onde minha avó abraçava o Sr. Harnox.

— Aquele desgraçado sorrateiro, eu vou...

— Não fale assim do meu pai.

— Por que não? Ele é...

— Toquinho. Ele é meu pai.

— Então por que você está tentando me ajudar?

Aquilo estava ficando muito complicado.

— Ele é meu pai, e eu acredito nele. Só não acredito no que ele está fazendo agora.

— Hein?

— Ele está fazendo isso da forma errada. Ele deveria estar... não importa. Escute, eu só precisava contar, para que você garantisse que todos aí estão em segurança. Eu tentei convencê-lo a ir embora, fazer isso de outra forma, mas ele não me escuta.

— Bem, você pode pelo menos tentar atrasá-lo?

— Farei o que for possível, mas...

— Amy! Ele está indo na direção do carro!

*Clique.* A ligação caiu. Observei da janela enquanto Amy saltava da viatura, no mesmo instante em que o delegado Tate abria a porta. Ela começou a falar, balançando os braços, enquanto ele ficava parado, olhando para ela com a testa franzida e os braços cruzados em cima da grande barriga.

Coloquei o telefone no gancho e voltei à sala de estar. Minha avó estava junto à janela, balançando a cabeça e estalando a língua.

— Todas aquelas pessoas lá fora. Quem diria? Passei a vida cuidando de uma pousada para aliens e ainda assim essa é a coisa mais surreal que já vi. É como um filme ruim.

Uma lâmpada se acendeu em meu cérebro. Eu repentinamente soube o que fazer. Aquilo foi tudo o que precisei, aquelas duas palavras. *Filme ruim.*

Olhei para o relógio. Restavam 45 minutos no prazo de Tate, se ele o cumprisse. Eu precisava agir rápido.

— Vovó, continue aqui e fique de olho no que está acontecendo na frente da casa, certo? Acho que posso consertar isso.

— Mas o que você vai...

— Só confie em mim, está bem?

Olhei nos olhos dela e vi a confiança que temia nunca ver outra vez.

— Tenha cuidado. E avise se precisar de ajuda.

— Obrigado, Vovó.

Disparei pelo corredor e saí pela porta dos fundos.

## 23

**Saí de fininho para** o quintal nos fundos da casa. A floresta rodeava a pousada, deixando apenas um caminho estreito de cada lado e me protegendo da visão de todos os bisbilhoteiros que estavam parados ali.

Fui até os barracões de depósito e enchi os braços com suprimentos. Depois de três viagens subindo e descendo a escada, uma pilha com tudo de que eu precisava estava no meio do meu quarto. Jornal, papelão, um fio de luzes de Natal, um tubo tamanho família de cola, um pacote de balões longos e finos, um saco de farinha e um pouco de tinta. Além disso, o kit completo de maquiagem e acessórios para disfarces de Turistas. Eu me sentei no chão e coloquei a mão na massa, tentando ignorar o barulho da multidão debaixo da janela.

Eu não fazia um projeto de papel machê desde a primeira série, tinha me esquecido da bagunça que aquilo criava.

Eu também tinha me esquecido de como eu era ruim em projetos de papel machê.

Eu checava o relógio enquanto trabalhava. Os minutos passavam rápido demais. A luz que entrava pela janela estava ficando cada vez mais fraca com a ameaça de uma tempestade de raios. Quando faltavam dez minutos para o fim do prazo, eu tinha quase terminado, mas algumas partes ainda estavam gosmentas e úmidas. Corri até o banheiro e trouxe dois secadores de cabelo para agilizar o processo de secagem. Foi bom ter usado bastante cola: papel machê demora uma eternidade para secar.

E então o tempo acabou. Avaliei meu trabalho. O papelão estava cortado meio torto; o papel machê parecia ter calombos em vários pontos, e as cores das tintas não correspondiam exatamente ao original.

Mas teria que servir.

# 24

**Desci a escada bem** devagar, aninhando meu projeto nos braços. Vovó e o Sr. Harnox estavam na sala de estar, um ao lado do outro, espiando pelas janelas da frente. Eu me arrastei pelo corredor, passei pela porta vaivém, cruzei a cozinha e saí pela porta dos fundos.

Fechei a porta da forma mais silenciosa possível e fiquei na varanda dos fundos. Todas aquelas nuvens escuras faziam o dia parecer o crepúsculo, e uma rajada de vento constante soprava contra mim.

Coloquei tudo numa pilha na varanda, então peguei uma peça por vez e comecei a vesti-las. Quando tudo estava no lugar, usei uma janela como espelho. Dei voltas, olhando para mim mesmo de todos os ângulos. Os Garotos da Selva morreriam de tanto rir se me vissem assim, mas era agora ou nunca.

O momento tinha que ser perfeito. Eu queria estar posicionado quando Tate começasse a...

— Posso pedir a atenção de vocês, por favor? — A voz do delegado saía do megafone no outro lado da casa. — Alguns podem não acreditar em criaturas das profundezas do espaço. — O megafone amplificava a fala arrastada, preenchendo o céu que escurecia. — Mas eu sirvo essa comunidade fielmente e lhes digo que vi o que vi! — Eu podia ouvir a multidão responder em frente à casa, um burburinho de aprovação. — E tenho provas fotográficas para me sustentar.

Ele recebeu aplausos e alguns gritos de incentivo.

Comecei a descer os degraus da varanda dos fundos, então parei. Vasculhei o quintal à procura de Tisdall, o adjunto de Tate. Eu não podia encontrar com ele antes de chegar à frente da casa e levar meu plano adiante. Tate continuava a falar enquanto eu apertava os olhos no quintal coberto de sombras.

— Nós já vimos as coisas peculiares que aconteceram neste estabelecimento comercial ao longo dos anos, não é mesmo? — Alguns gritos de aprovação da multidão. — Os hóspedes de aparência esquisita que passeiam por nossa cidade, falando de forma estranha e agindo de um jeito bastante esquisito. Estou certo?

Mais gritos e assovios do outro lado da casa.

Nenhum sinal de Tisdall. O plano poderia ter mudado — talvez Tate achasse que poderia deixar a multidão pronta para atacar por conta própria, sem o tiro de advertência do adjunto. Cheguei ao pé da escada e me preparei para a ação.

— Bem, não finjo saber tudo o que está acontecendo aqui, companheiros — continuou Tate. — Mas sei de uma coisa: apesar de essa pousada estar sempre cheia de hóspedes estranhos, nunca tem um carro estacionado aqui em frente. Já notaram isso, meus amigos? Já viram algum carro aqui? Como pode isso?

Mais assovios e gritos animados. Tive um momento de pânico quando achei que não seria capaz de executar o plano, no fim das contas.

Mas então uma imagem da minha avó me veio à mente. Ela estava encolhida no lado de dentro da casa, olhando pela janela, aterrorizada com o que poderia acontecer. Eu *tinha* que fazer aquilo. Por ela. Essa ideia me ajudou a me concentrar.

— Então acho que a pergunta que tenho que fazer a todos vocês é a seguinte — berrou Tate: — Independentemente de acreditarem em vida em outros planetas ou não...

Ele hesitou. Eu respirei fundo e me preparei.

— ...esse é o tipo de estabelecimento que queremos na nossa cidade?

Um rugido de "Não!" se elevou. Tate tinha feito seu trabalho. Com ou sem sinal, aquela multidão parecia pronta para se mover. Tinha chegado a minha hora de agir.

Estiquei o braço atrás de mim e liguei as pilhas. As luzes de Natal começaram a piscar. Era agora ou nun...

— O que diabos...?

A voz me assustou tanto que meu coração parou. Eu me virei para olhar, e lá estava Tisdall, no quintal. Ele saiu da sombra de um barracão de depósito e entrou sob a luz fraca do céu que precedia a tempestade.

Ele olhou fixamente para mim, de queixo caído e olhos arregalados.

Nós nos encaramos por um instante.

E então percebi que sua arma não estava apontada para o céu, pronta para fazer um disparo de aviso. Ele segurava a arma com duas mãos trêmulas, apontando-a para mim.

Percebi que talvez esse não fosse o melhor plano do mundo.

Minhas pernas estavam congeladas. Nem mesmo quando Tisdall começou a correr na minha direção, gritando algo incoerente, eu consegui me mover. Eu não conseguia gritar. Eu não conseguia respirar.

Ele se aproximava depressa, cada passo o trazendo cada vez mais perto. Eu estava tão assustado que não conseguia nem fechar os olhos ou cobrir o rosto com minhas mãos. Eu estava condenado a ficar ali parado, vendo o fim de toda aquela história. O meu fim.

Eu estava ligeiramente ciente do som da multidão em frente à casa, berrando e cantando com uma fúria ensurdecedora e sem sentido. Tive tempo de fazer uma prece silenciosa para que, de alguma forma, minha avó ficasse bem, apesar do meu plano ter dado errado, de eu ter falhado com ela e de que ela talvez nunca mais me visse vivo. Foi aí que Tisdall tropeçou num taco de croqué e caiu de cara na grama. Quando ele bateu no chão, seu braço deu um solavanco e a arma disparou com um rugido que parecia um canhão.

Meus ouvidos estavam zunindo com a explosão, mas eu ainda conseguia ouvir algumas coisas na frente da casa. Alguém gritou, e Tate berrou no megafone:

— Estamos sendo atacados! Sigam-me!

Minhas pernas começaram a funcionar outra vez.

# 25

**Corri até o outro** lado da casa, com as pernas batendo uma na outra debaixo de todo aquele papelão e papel machê. A multidão se movia em direção à casa, com Tate na frente. Entrei correndo na varanda frontal, balançando as mãos sobre a cabeça. Eu não tinha ensaiado nenhum barulho bom, então me contentei com um "Wuuu-uu-uu!" como um fantasma de Halloween.

A primeira pessoa a me ver foi uma mulher alta com um vestido cor-de-rosa. Algumas vezes, quando crianças pequenas caem, elas ficam tão surpresas que abrem a boca para chorar e nenhum som sai por alguns segundos. Foi exatamente o que aconteceu: os olhos estavam do tamanho de faróis, a boca aberta numa expressão de grito, mas nenhum som saía. Foi então que, assim como acontecia com aquelas crianças pequenas machucadas, os pulmões dela voltaram a funcionar e soltaram o berro mais estridente que já ouvi.

Todos na multidão se viraram no mesmo instante. Mais gritos vieram em seguida, e tudo aconteceu ao mesmo tempo.

A multidão se transformou num caos. Alguns corriam para a esquerda, outros, para a direita, e outros, em círculos. Eddie e Brian colidiram e se afastaram para correr em direções opostas. A cerca de estacas foi derrubada enquanto a multidão fugia da casa. Um grupo de pessoas se separou e saiu correndo pela rua na direção da cidade, lideradas pelo adjunto Tisdall, que balançava as mãos no ar e gritava.

Os pais seguravam os filhos pequenos em abraços protetores. Muitas pessoas se esconderam debaixo das cadeiras de praia e colocaram as mãos sobre as cabeças, como se estivessem numa simulação de furacões da escola primária. Gritos preencheram o ar.

Tate berrou pelo megafone:

— Afastem-se, cidadãos! Afastem-se! — Ele correu bem na minha direção com o megafone balançando na frente do rosto. — Não vou deixar isso aí colocar Forest Grove em perigo!

A multidão se espalhou, todos se empurravam para chegar à rua. Eles cercaram o jardim, deixando apenas o delegado e eu no meio.

Tate jogou o megafone na grama e correu com os dois braços esticados para me agarrar. Eu o fiz me seguir pelo gramado, me esquivando atrás de obstáculos, como um arbusto ou uma escultura de espaçonave, para então correr em outra direção.

Mas a multidão formava um muro impenetrável à nossa volta, e eu não conseguiria ziguezaguear por muito mais tempo. Quando voltei ao centro do gramado, o delegado me atingiu por trás.

Eu tropecei e caí de cara na grama. Tate caiu em cima de mim e achei que eu nunca seria capaz de respirar novamente.

— Peguei você! — gritou o delegado. Ele se apoiou em mim para se levantar. — Povo de Forest Grove, eu lhes mostro a prova da presença alienígena que ameaça nossa cidade!

Tate me agarrou pelos ombros e tentou me levantar, mas, quando o fez, meu capacete e minha máscara caíram.

A multidão se engasgou. Tate ficou segurando uma réplica de papel machê da cabeça de um Garoto da Selva. Ele encarou a máscara. Estava pintada de marrom e cinza e tinha uma porção de tiras finas de papelão balançando por cima, como aquelas extensões nas cabeças dos garotos alienígenas. Então ele olhou para mim. Seus olhos ficaram arregalados.

A multidão ficou em silêncio durante vários momentos. Então alguém gritou:

— Vejam, caiu um braço daquela coisa.

As pessoas se aproximaram, apertando os olhos para olhar para nós.

— Espere um pouco, acho que aquilo são luzes de Natal. Dá para ver o cabo bem ali.

— Aquelas garras nos pés se parecem com garfos de plástico. Acho que foram pintados de verde.

— A coisa toda está presa com fita isolante e Band-Aids.

Tate desviou o olhar de mim para a multidão, com uma expressão furiosa no rosto. Ele começou a balançar a cabeça bem devagar.

Todos gritaram de uma só vez:

— Isso não é um alien
— É apenas alguém fantasiado.
— É só uma criança.

— Esperem... acho que o reconheço debaixo da tinta no rosto. É aquele garoto novo, aquele que trabalha aqui. Já o vi pela cidade.

Tate levantou as mãos, pedindo silêncio. Ele jogou o capacete de Garoto da Selva de lado e olhou para mim com raiva.

— O que pensa que está fazendo, garoto?

Todos ficaram muito quietos. Eu olhei para a multidão reunida.

Fui transportado de volta para a segunda série e para aquela terrível peça do Robin Hood. Eu podia sentir o olhar implacável da plateia me queimando. Aquele tinha sido o pior momento da minha vida, todos rindo, olhando e apontando bem para *mim*.

Olhei para todos os rostos na multidão e congelei. Eu não sabia se conseguiria terminar o trabalho.

Mas então me virei para a janela e vi a minha avó no gramado em frente à casa, olhando para mim. A pessoa que tinha acreditado que eu seria capaz de fazer aquilo.

Eu me virei de novo para a multidão, limpei a garganta e tentei falar alto suficiente para todos ouvirem:

— Achei que seria bom para os negócios da Vovó — falei. — Quero dizer, quando caminhei até o acampamento ontem à noite para assustar os escoteiros, foi só uma pegadinha. Mas quando vi minha foto no jornal e todos começaram a levar aquilo muito a sério, achei que seria uma boa propaganda. Qualquer propaganda é uma boa propaganda, não é mesmo?

A multidão gemeu. Tate olhou para mim de boca aberta.

— Que perda de tempo — disse uma senhora idosa, com três câmeras penduradas em seu pescoço.

— Eu sempre soube que era uma enganação — comentou um homem com macacão jeans.

Ele tinha manchas de grama nos joelhos de quando se escondeu debaixo de uma cadeira de praia.

*Splat!* Fui atingido por uma maçã parcialmente comida, bem no peito, e pequenos fragmentos respingaram em meu rosto. Então uma casca de banana, uma pera podre, uma lata de Coca-Cola pela metade e duas salsichas ainda nos pães molengas.

A humilhação foi um milhão de vezes pior do que participar daquela peça idiota. Aquilo era a vida real.

O rosto de Tate ficou tão vermelho quanto o ketchup que manchava minha fantasia. Ele se virou para se dirigir à multidão.

— Mas... mas... mas isso não é o que eu vi ontem à noite! — gritou ele. Esse anúncio foi recebido por um coro entusiasmado de vaias. — Eu juro, a todos vocês, que foi um alien de verdade que vi ontem à noite!

As pessoas que estavam perto de nós balançaram as cabeças, se viraram e foram embora.

— Eu sabia que não deveríamos ter acreditado nele — disse um homem barbado com uma bengala. — Isso é ridículo.

— Posso entender os escoteiros serem enganados, são apenas garotos — resmungou sua companheira. — Mas você é um homem feito, delegado.

Ela também se afastou da cena e seguiu pela rua.

— Esperem! Escutem o que tenho a dizer! Por favor! — implorou Tate. — Havia mais deles! E... e... e eles eram reais! Eles não se pareciam nada com isso! Eram reais, estou dizendo!

Tate andava em círculos, tentando encontrar alguém que acreditasse nele, mas a multidão estava ficando cada vez menor. Pais empurravam os filhos para longe em carrinhos, outros carregavam suas bicicletas pela rua, e as equipes de TV juntavam seus equipamentos e iam embora nas vans.

Bem mais da metade das pessoas tinha ido embora. Tate segurava dois dos homens armados que o seguiram o dia inteiro.

— Vamos lá, rapazes. Vamos vasculhar esse lugar. — Os dois se entreolharam, indecisos. — Escutem, esse lugar estava cheio de hóspedes pela manhã! Eles não podem ter desaparecido. Vamos lá!

Tate subiu os degraus, seguido por três dos homens. Alguns dos membros remanescentes da multidão ficaram e assistiram. Outros iam embora aos poucos, ainda balançando a cabeça.

Minha avó abriu bem a porta. Ela sorria.

— Pode entrar, delegado.

Eu o segui. Tate cambaleou pela casa, abrindo as portas que levavam a quartos vazios e transportadores que pareciam armários.

Quando terminou de vasculhar a casa inteira, ele subiu a escada para dar mais uma volta na casa. Porém os três sujeitos que estavam com ele o reprimiram e seguiram para a porta da frente. Um deles inclusive tocou no chapéu e gesticulou com a cabeça para a minha avó enquanto saía, dizendo:

— Sinto muito por perturbá-la, senhora.

Tate os seguiu até a varanda, onde um pequeno grupo ainda os observava do gramado.

— Mas... mas e quanto a ele?

O delegado apontou para o Sr. Harnox, em seu terno, sentado numa das cadeiras da varanda. Ele acenou para as pessoas no gramado.

— Deixe-o em paz, Tate — gritou alguém.

— Você já desperdiçou tempo e dinheiro do contribuinte demais por uma noite — berrou outra pessoa. — Deveria estar na escola tentando pegar as crianças que estão fazendo aquelas pinturas malucas nas paredes de tijolos da região.

Os homens que tinham seguido Tate dentro da pousada se juntaram às suas esposas e filhos e seguiram pela rua na direção da cidade.

Em questão de minutos, a multidão tinha desaparecido. Apesar do meu rosto ainda arder por causa da vergonha pela qual eu tinha passado, o restante do meu corpo estava inchado de triunfo. Meu plano tinha funcionado! E não havia nada que o delegado pudesse fazer.

Tate ficou parado sozinho no gramado, cercado por um mar de embalagens de alimentos e jornais descartados. Achei que ele ficaria furioso, que tentaria subir os degraus até a varanda para me atacar. Mas, depois de um olhar na direção dele, eu soube que não tinha que me preocupar com aquilo.

Os primeiros pingos grossos de chuva caíram, salpicando o chapéu e o uniforme de Tate. Seus ombros se curvaram, e sua cabeça ficou pendurada de forma frouxa no pescoço enquanto ele olhava para o chão. Parecia que tinha encolhido 15 centímetros. Não se movia. Se ele tivesse uma pontinha de decência, eu até teria sentido alguma pena.

Eu me virei para a porta da frente. Vovó a mantinha aberta para eu entrar.

— Eles foram embora — falei.

— Eu sei. Isso foi muito corajoso, David.

— David?

Ela colocou a mão em meu ombro.

— Você se importa se eu chamá-lo assim? "Toquinho" é amável, mas uma pessoa corajosa e engenhosa o suficiente para fazer tudo aquilo merece um nome melhor.

Pensei por um momento, então balancei a cabeça.

— Por mim está ótimo.

Ela saiu do caminho para me deixar entrar. Eu me virei para olhar uma última vez para Tate.

Amy estava parada no meio do jardim, olhando para mim. Não consegui decifrar sua expressão facial no escuro e na chuva. Ela pegou o pai pela mão e o levou até o carro em silêncio.

# 26

## REVELADA A FRAUDE DA APARIÇÃO ALIEN

### DELEGADO E PIADISTA SOFRERÃO MEDIDAS DISCIPLINARES

FOREST GROVE — Uma suposta aparição de aliens relatada pelo delegado do condado de Whatcom, Robert Tate, foi desmascarada quando o piadista tentou agir pela segunda vez na semana passada.

O autor da pegadinha, o menor fantasiado, David "Toquinho" Elliott, de Tampa, na Flórida, interrompeu uma manifestação liderada por Tate no fim da noite. Centenas de cidadãos locais tinham se reunido para ouvir as teorias de Tate sobre o "alienígena", que ele acreditava estar conectado a uma espalhafatosa hospedaria local, A Pousada Intergaláctica.

Muitos membros da multidão reunida mais tarde alegaram que tinham participado da manifestação como piada, mas a prefeitura não vê o assunto como motivo de risos.

"As ações do delegado foram irresponsáveis, indesculpáveis e, francamente, muito vergonhosas", disse o presidente do conselho municipal, Dale Mount. Tate foi suspenso por tempo indefinido para que uma investigação seja feita sobre o ocorrido, e corre o risco de perder o emprego pra sempre.

Elliott, na cidade para passar o verão trabalhando na hospedaria, também terá que responder por suas ações. Ele foi indiciado por má conduta e desordem, e pode ser condenado a até 100 horas de serviço comunitário e (continua na página B4)

# 27

**Minhas peripécias com a** fantasia de alien foram capturadas por várias câmeras de vídeo e as imagens foram assistidas, até agora, mais de três milhões de vezes no YouTube. Além disso, fui a matéria principal no segmento de notícias esquisitas na CNN, MSNBC, Fox News e quase todos os noticiários regionais dos Estados Unidos.

Embora eu tenha passado meus quinze minutos de fama sendo motivo de piada nacional, foi legal. Caminhei até a biblioteca um dia para usar a internet e, quando digitei meu nome nos principais sites de busca, tive centenas de respostas.

No entanto, qualquer esperança que eu tivesse de deixar a humilhação pública em Forest Grove quando voltasse para casa desapareceu quando Tyler Sandusky me mandou um cartão-postal. Acho que foi a primeira vez que aquele garoto postou alguma coisa no correio em toda a sua vida. Na frente estava uma típica foto turística de uma família brincando na praia na Flórida. Mas Tyler tinha usado um marca-texto verde para desenhar orelhas pontudas nas crianças, antenas saindo das cabeças dos pais, coisas assim. No verso, a mensagem dizia: *Enviei o link do seu vídeo para todos na minha lista de contatos. O Clube de Ficção Científica e Fantasia convocou eleições para presidente e soberano supremo para o resto da vida e você ganhou de lavada. Parabéns!*

Pelo menos havia uma chance de Tyler estar brincando. O e-mail da minha mãe, que me acusava de trazer desgraça pública ao nome da família e me ameaçava com punições de proporções épicas quando eu voltasse para casa, pareceu um pouco mais sério.

Mas a verdade é que não deixei nenhum dos dois me abater. É claro que eu levaria algum tempo para superar aquela vergonha (e para convencer minha mãe a um dia me deixar sair de casa novamente), mas tudo aquilo tinha valido a pena só pelo olhar de Tate ao perceber que fora derrotado.

Não havia tempo para me preocupar com meus problemas pessoais mesmo. Eu passava quatro horas por dia recolhendo lixo em Forest Grove para cumprir minha cota de serviço comunitário. Era um trabalho solitário. As pessoas até mesmo atravessavam a rua para me evitar. Elas balançavam as cabeças e murmuravam do outro lado da calçada, ao passarem por mim.

Mas, apesar de ser um pária na cidade, eu era um herói dentro da Pousada Intergaláctica. Vovó sempre fazia festa para mim e dizia que estava orgulhosa. Agora que éramos apenas nós três, ela preparava meus pratos preferidos, ou pelo menos o equivalente orgânico e não processado. Passamos muito tempo limpando e reformando a pousada, mas também tivemos tempo para ficar juntos. Vovó, o Sr. Harnox e eu jogávamos cartas ou jogos de tabuleiro todas as noites. Era mais divertido do que pode parecer, pareciam férias de verão de verdade, afinal de contas.

A Força Policial Intergaláctica nunca apareceu, mas os transportadores tinham sido fechados a distância, como minha avó temia. Aquilo significava que não tinha jeito de contatá-los para avisar que a crise estava resolvida. Eu estava começando a ficar preocupado com a possibilidade de minha avó nunca mais poder retomar seu negócio.

Quero dizer, seu negócio *de verdade*. Um dos efeitos colaterais inesperados de toda a cobertura da imprensa foi seu telefone começar a tocar sem parar com pessoas ligando de todos os estados, até mesmo de outros países. Todos queriam passar uma noite na casa espacial excêntrica que tinha ficado famosa na TV.

Mas minha avó não aceitou sequer uma reserva feita por um hóspede humano. Ela inclusive mudou o número do telefone para um que não estava no catálogo. Parecia muito feliz e disse que estava satisfeita por finalmente ter algum tempo livre para reformar a casa. Toda vez que eu lhe perguntava se estava preocupada sobre algum dia ser capaz de reabrir o estabelecimento, ela apenas sorria e dizia:

— O universo cuidará de nós. Ele sempre cuidou, e imagino que sempre cuidará.

Um dia, estávamos sentados no chão de um quarto de hóspedes vazio, mexendo uma mistura de cola para passar na parte de trás do papel de parede antes de o fixarmos. Minha avó estava cantarolando sozinha, bem contente.

— Então... Vovó?
— Hmmmm?

— Você pensou mais sobre a ideia de receber algumas das pessoas? Sabe, os humanos que querem se hospedar aqui agora?

— Na verdade, não.

Ela não ergueu o olhar da parede, onde estava espalhando as folhas de papel.

— Porque acho que você conseguiria lotar todos os quartos daqui, todas as noites, pela próxima década. Você sabe, com todas as pessoas que têm ligado.

— É verdade.

Continuei a pressionar.

— E você poderia cobrar bem mais, com uma procura tão grande.

— Hum-hum.

— Na verdade, você poderia ganhar dinheiro suficiente para se aposentar em cerca de seis meses. Você às vezes pensa nisso, em se aposentar? Quero dizer, você cuida da pousada há mais de quarenta anos. E vi quanta energia é necessária para lidar com esse lugar. Talvez ter os transportadores fechados tenha lhe dado uma desculpa para finalmente começar a relaxar.

Ela me olhou de forma estranha e se levantou.

— Venha comigo — disse.

Descemos a escada, saímos pela porta dos fundos e seguimos pelo gramado, onde Vovó abriu um par de portas externas. Eu a segui para fora da luz do sol e desci uma escada que levava a um porão frio e escuro.

— O que estamos fazendo aqui? — perguntei.

— Aqui... me ajude a tirar essas caixas do caminho.

Empurramos uma torre de caixas de papelão pela sala até criarmos um corredor por onde pudéssemos passar. Vovó me levou até um canto onde dois baús estavam encostados à parede.

— Pode abri-los.

Abri o trinco do primeiro e levantei a tampa. Ele estava cheio até a borda com pedaços de pedra amarelados. O baú devia conter, não sei, talvez cinquenta quilos daquela coisa. Meu queixo caiu.

— Ouro? — perguntei, quando meu cérebro começou a funcionar outra vez.

Minha avó balançou a cabeça, assentindo.

— Agora o outro.

Levantei a tampa. Aquele continha diamantes. Estavam brutos e sem forma, mas ainda assim eram diamantes. E eram enormes. Um pedaço na parte de cima do baú era quase tão grande quanto uma bola de basquete. Eu não sabia muito bem quanto dinheiro uma coisa daquelas valeria, mas tinha que ser um número com um monte de pontos entre um monte de zeros.

— Mas isso... isso é... como você...?

Ela riu.

— Venha. Vamos falar sobre isso na luz do sol. Depois que consegui tirar os olhos de todo aquele tesouro, fechei os baús. Colocamos as caixas de volta onde estavam e subimos a escada até o quintal. Vovó se sentou numa cadeira de balanço na varanda dos fundos, e eu me acomodei em um dos degraus.

Ela levantou uma sobrancelha para mim.

— Um bom plano de aposentadoria, não acha, David?

— Sim, acho que deve ser suficiente — concordei. — Como você conseguiu tudo aquilo?

— Um comerciante interplanetário traz para mim quase todos os anos. Ele troca mercadorias por todo o cosmos. Às vezes passa por um planeta em que ouro e diamantes são tão comuns que não têm nenhum valor monetário. São apenas pedras. Então recolhe um bocado e traz um carregamento até aqui, para trocar.

— O que você dá a ele?

Minha avó sorriu.

— Sabe aquele dinheiro alienígena que você recebeu como gorjeta durante todo o verão? Tenho barris cheios daquilo. O comerciante pode trocar em outros planetas. Então eu entrego um baú cheio de moedas alienígenas e recebo uma pilha de diamantes ou ouro de volta. Nós dois apertamos as mãos e vamos embora felizes.

— Uau. Que esquema maravilhoso. Você está rica!

— Pode ser. Mas ter um monte de dinheiro da Terra não ajuda muito meus negócios. — Ela suspirou. — Nem todo o ouro naquele porão é capaz de seduzir um único técnico de transportadores a passar algumas semanas num planeta primitivo e me ajudar.

— Mas isso pode ajudá-la quando você quiser se aposentar — lembrei.

Vovó não respondeu.

— Imagino que você ainda não queira se aposentar, não é mesmo?

— Acho que não, David. — Ela balançava para a frente e para trás na cadeira. — Sempre foi tão agradável receber os Turistas aqui. E isso tem sido muito mais do que um emprego para mim, durante todos esses anos. Pode-se dizer que foi o propósito da minha vida.

— É mesmo?

— Cuidar de um lugar onde espécies de todos os tipos consigam se misturar em paz é o maior presente que posso oferecer ao cosmos. Isso me enche de esperança por todos nós.

Meus pensamentos voltaram ao dia em que a multidão enfurecida quase invadiu a pousada, e suspirei.

— É uma pena as outras pessoas não verem isso da mesma forma.

Ela olhou para mim com uma expressão triste.

— Você sente falta daquela menina, não sente? Amy?

Engoli em seco e fiz que sim com a cabeça.

— Toda vez que tento ligar para ela, Tate atende. E desliga quando peço para falar com ela. O catálogo tem o endereço da casa deles, mas não me atrevo a ir até lá.

Minha avó balançou a cabeça, concordando.

— Há outra razão para eu ter mantido a pousada funcionando por todo esse tempo, mas acho que é uma tolice. E se torna mais tola a cada ano que passa. — Ela pegou uma xícara de chá esquecida no chão e olhou para dentro dela por um tempo antes de continuar. — Quando abri a pousada, eu tinha acabado de me formar na Universidade de Evergreen State. Eu era tão jovem, apenas uma menina boba. Então conheci um Turista que me ajudou...

— Como foi que você conheceu seu primeiro Turista? — perguntei.

Eu andava tão ocupado lidando com aliens do presente, esse tempo todo, que nunca me passou pela cabeça perguntar como tudo aquilo começou.

— É uma história muito longa e que vai ficar para outra hora — respondeu Vovó. — Mas esse Turista abriu meus olhos para os mundos além da Terra e me ajudou a montar esse lugar. Foi ideia dele, na verdade, escondê-lo às vistas de todos, com essa decoração espacial. Ele tinha um senso de humor maravilhoso.

Vovó ficou em silêncio por um momento, e dessa vez um sorriso tocou brevemente seu olhar.

— Nós nos tornamos muito próximos, muito bons amigos. Ele foi forçado a partir cerca de um ano depois que abrimos a pousada. A verdade é que parte de mim deseja que ele volte um dia, por um daqueles transportadores. Sim, tenho que admitir, essa é parte da razão para eu manter a pousada por tanto tempo.

Minha avó ficou com um olhar distante depois daquilo. As coisas em que estava pensando, de alguma forma, faziam seu rosto parecer mais jovem.

E então passou pela minha cabeça sobre o que ela poderia estar pensando, e meu corpo todo tremeu. Tive que me levantar e dar uma volta no quintal para o nervosismo ir embora.

Havia apenas uma coisa pior do que pensar na sua própria avó... *daquele jeito*... com qualquer sujeito do mundo. E era pensar em sua avó com um alien.

Continuamos a trabalhar na casa, e fiz jornada dupla na tarefa de limpeza de Forest Grove para acabar com as horas de serviço comunitário que estava devendo. Os anúncios de liquidações de volta às aulas já apareciam nos jornais e na TV, um sinal de que meus dias na casa da Vovó estavam chegando ao fim.

Num domingo à noite, eu, Vovó e o Sr. Harnox estávamos sentados na sala de estar, jogando dominó. Eu estava tendo dificuldades em me concentrar.

— Você está se sentindo bem, David? É sua vez — disse minha avó.

Tirei os olhos do jogo e me virei para ela.

— Pensei muito na sua história, Vovó. Sobre esperar e esperar até seu amigo chegar por aquele transportador.

Ela balançou a cabeça. Eu me levantei. — Sinto muito por sair correndo, mas há algo que tenho que fazer. Mesmo que não dê certo.

Ela sorriu e esticou o braço para acariciar minha mão.

— Faça o que achar certo.

Cruzei a sala até porta da frente. Eu não me importava com o que Tate faria comigo. Eu tinha que ver Amy, mesmo que fosse só mais uma vez. Saí pela porta e estava pronto para descer os degraus correndo quando ouvi o portão da cerca bater. E lá estava Amy, ofegante, segurando uma espécie de fichário.

Desci os degraus com pressa para encontrá-la.

— Ei. Eu estava saindo agora mesmo para vê-la e...

Ela levantou a mão para me interromper.

— Só tenho uns dois minutos. — Ela forçava as palavras a saírem enquanto tentava recuperar o fôlego. Ela vasculhou os arredores, então se virou para mim. Todas as coisas que eu queria dizer a ela nas últimas semanas ficaram emboladas em minha cabeça, eu não sabia por onde começar. — Vim dizer que estamos indo embora da cidade.

— Indo embora? Por quê? Você viveu aqui a vida toda.

— Meu pai perdeu o emprego.

Ficamos em silêncio depois daquilo. Ela ficou olhando para as sandálias. Parte de mim não conseguia acreditar que eu nunca mais a veria.

Eu me forcei a dizer algo. Não podia simplesmente ficar parado ali enquanto ela dava meia-volta e ia embora.

— Para onde vocês estão indo?

— Estamos nos mudando para Bothell, nos arredores de Seattle. Meu pai arranjou um emprego num shopping, como segurança. Foi o único... o único emprego que...

Lágrimas encheram os olhos de Amy. Sem pensar, passei meus braços ao redor dela e a puxei para mais perto. As comportas se abriram. Ela tremia e soluçava.

— Ah, você deveria vê-lo... não sai de casa... fica sentado com o roupão... ainda escuta o rádio da polícia a noite toda... ser delegado era a única coisa... sempre quis... ainda pior... do que quando minha mãe foi embora.

Ela afundou seu rosto molhado na minha camiseta, e eu a abracei. Sussurrei que tudo ficaria bem, embora não acreditasse naquilo.

O choro se acalmou depois de um tempo, e ela foi capaz de respirar um pouco, ainda trêmula. Ela se afastou, secou os olhos e tirou o cabelo do rosto.

— Corri até aqui enquanto ele colocava as malas na caminhonete. Ele pode chegar a qualquer segundo. — Nós nos olhamos. Novas lágrimas brilharam em suas bochechas sob o luar. — Eu só queria me despedir. Eu realmente vou sentir a sua falta.

— Também vou sentir sua falta — falei, tentando controlar a voz.

— Mas eu também queria que você ficasse com isso. — Ela colocou o fichário nas minhas mãos. — Sei que você fez o que foi preciso. E não o culpo. Mas queria que ficasse com isso... para você saber.

Era um álbum de fotografias, uma coisa velha com fita adesiva colando a lombada. As páginas de abertura tinham três fotos coladas: a placa em frente à pousada, cadeiras de balanço na varanda da frente, janelas no andar de cima. As bordas de cada foto mostravam folhas desfocadas, uma prova de que o fotógrafo estava escondido em algum arbusto.

Sem entender, olhei para Amy. Ela balançou a cabeça.

— Continue.

Passei à próxima página, uma foto da minha avó na varanda dos fundos conversando com dois hóspedes. Um deles tinha orelhas pontudas e um rosto com as cores do arco-íris. O outro tinha apenas 70 centímetros de altura, mas estava com os olhos alinhados com os da minha avó, pois flutuava a 1 metro do chão. As próximas fotos mostravam duas criaturas com os corpos cobertos de tufos de longos pelos verdes. Eles estavam comendo uma cadeira de balanço. A próxima era um hóspede escalando uma árvore. Os quatro braços musculosos eram feitos sob medida para escalar, e ele estava tentando não bater nos galhos com os espigões de estegossauro que cobriam suas costas. Folheei o resto do álbum de fotografias, todas de Turistas.

— Você sabia?

A pergunta saiu como um sussurro.

Ela confirmou com a cabeça.

— Mas... mas... mas... você *sabia*? De tudo? Quando veio tomar café da manhã... e o Sr. Harnox... e a noite na floresta. Você sabia de tudo? O tempo todo?

Ela confirmou com a cabeça outra vez.

— Descobri há alguns anos. Eu costumava vir aqui todos os dias depois da escola, mas só ficava escondida nos arbustos e observava.

— Por quê?

— Por muito tempo eu fiquei sem saber nada sobre o que realmente estava acontecendo aqui. Mas o lugar era tão fascinante mesmo assim. Sua avó é a pessoa mais interessante dessa cidade pequena. E ela é tão corajosa. Simplesmente faz o que quer e não se importa com o que pensem dela. Eu a admiro tanto... essa é a principal razão para eu ter contado pra você sobre o plano do meu pai de invadir a pousada naquela noite. Eu não podia deixar aquilo acontecer com ela.

Minha mente estava quase tão entorpecida quanto no momento em que descobri os alienígenas. Mas Amy estava olhando para a rua, e eu sabia que o tempo estava se esgotando. Eu me forcei a me concentrar.

— Por que não contou ao seu pai?

— Ah, eu sabia como ele reagiria. Ele não estava preparado. Torço para que ele esteja, algum dia... mas depois de toda aquela cena com a multidão enfurecida...

Amy secou uma lágrima.

De repente, uma caminhonete escura veio em velocidade pela rua, com uma pilha de malas e móveis presa com corda elástica na traseira. Os pneus fizeram barulho quando a caminhonete parou bruscamente em frente à casa. Amy sussurrou depressa no meu ouvido:

— Não se preocupe, Toquinho. O segredo da sua avó está a salvo comigo. Eu nunca contarei a ele. Nunca contarei a ninguém. — A porta da caminhonete se abriu. Passos pesados vieram na nossa direção, pela calçada. — Viver perto da sua avó foi a melhor coisa que aconteceu comigo. Me ajudou a perceber que tudo é possível — continuou, apressada. Secou mais algumas lágrimas e me abraçou de novo. — Eu não quero ir.

Eu mal reconheci o homem que passou pelo portão. Ele usava um velho boné de beisebol. Tinha o rosto coberto por um bigode de uma semana. Estava claro que não vinha conseguindo dormir muito. Ele me encarou.

Fiquei esperando que gritasse. Palavrões. Ameaças. Mas tudo o que Tate falou foi:

— Está na hora de ir.

Amy balançou a cabeça para o pai. Olhou outra vez para mim e bateu no álbum de fotografias.

— Fique com ele.

Eu quis agradecer, mas não achava que seria capaz de forçar as palavras a saírem com o nó que estava preso na minha garganta, então a abracei.

— Você pode tirar as mãos da minha filha?

Tate se aproximou, esticando o braço na minha direção. A porta da frente se abriu.

— Não encoste a mão no meu neto! — falou minha avó, descendo os degraus com pressa.

Vovó e o delegado se encararam por um longo instante, até que Tate abaixou os olhos e se virou para a filha.

— Vamos, Amy.

Eu não podia acreditar que aquilo estava mesmo acontecendo. Amy me soltou.

— Adeus — disse ela.

— Tchau.

A palavra saiu engasgada.

Vendo Amy ir embora, senti um calafrio, como se os cabelos na minha nuca estivessem arrepiados. De repente, nuvens enormes de neblina surgiram, descendo até passar pelas copas das árvores e chegar ao chão. A estrada que levava à cidade desapareceu, e logo tudo o que eu era capaz de ver era o primeiro andar da pousada. As janelas do segundo andar eram apenas luzes fracas e borradas.

E o que era aquele zumbido? Começou tão baixo que eu tive que me concentrar para escutar, só que ficou mais forte, sua intensidade pulsando de forma rítmica. Eu não conseguia chegar à conclusão se estava escutando aquilo com os ouvidos, sentindo com o corpo, ou os dois. Depois de um minuto o som fazia meu peito latejar, como se eu estivesse perto de um enorme alto-falante com o grave no máximo.

Os pelos do meu braço se arrepiaram. O rabo de cavalo de Amy se elevou bem devagar, até ficar flutuando. Tate passou a mão no bigode, confuso. O solo tremia, enviando vibrações pelas minhas pernas que me desequilibravam. Percebi que a casa inteira estava balançando atrás de nós, com as cortinas se agitando nas janelas. Uma luz amarela brilhante piscava no céu, encoberta pela neblina, porém ainda visível, aparecendo e desaparecendo no ritmo do zumbido pulsante. A luz ficou roxa, depois vermelha, verde e então de algumas cores que eu não reconheci, num verdadeiro caleidoscópio.

Tate passou o braço em volta de Amy, recuando na direção do portão e levando a mão ao cinto para pegar a arma que não carregava mais. As cores distorcidas pela neblina se moviam de forma bizarra sobre seu rosto.

O zumbido pulsante acelerou. Eu agora podia senti-lo em meus dentes. O tremor do solo aumentou. Meu coração estava disparado.

Então, de uma vez só, tudo parou. As cores, o zumbido, tudo. O rabo de cavalo de Amy se soltou. Eu expeli o ar. Tate olhou para mim com raiva.

O Sr. Harnox veio até a varanda e olhou para o céu. Todos seguimos seu olhar. Um objeto enorme descia na nossa direção pelas nuvens espessas. Ele desceu e desceu, até pousar atrás da casa.

— Finalmente — soltou o Sr. Harnox.

Um enorme sorriso se formou em seu rosto.

# 20

**Corremos até o quintal.** O campo atrás da casa estava todo coberto por uma espaçonave gigantesca. O corpo da nave parecia um enorme dirigível metálico sobre dois grandes suportes flutuantes. Pelo menos, o que conseguíamos ver dela era assim. A parte de cima da nave estava perdida numa neblina densa, então não tínhamos como saber qual era seu verdadeiro tamanho.

De qualquer forma, ela era grande demais para o meu campo de visão. Milhares de portais redondos se alinhavam no dirigível em colunas horizontais. A nave era preta e lustrosa.

Um tubo enorme saía da lateral, soltando fumaça no ar. A mortalha de nuvens que ele tinha criado em volta da pousada esconderia a nave dos olhos de qualquer um da cidade.

Resquícios das cores caleidoscópicas giraram em volta dos suportes flutuantes, diminuindo de intensidade até se apagarem. A ponta de um dos suportes pousara num dos barracões de depósito, amassando o teto, e algumas das construções externas tinham sido completamente esmagadas.

— Eu sabia! — exclamou Tate, sua voz encontrando um pouco daquela rouquidão confiante novamente. — Peguei vocês dessa vez. Você não vai ter tempo de se vestir como *aquela coisa*, garoto.

Ele pegou um walkie-talkie no bolso da jaqueta e começou uma chamada.

— Ah, não, você não vai fazer isso — declarou Vovó, marchando na direção dele e segurando o aparelho.

Tate puxou o walkie-talkie com toda a força enquanto se agigantava sobre a minha avó. Ela o segurava com as duas mãos, num verdadeiro cabo de guerra. Eles poderiam ter ficado naquela luta para sempre, mas um tubo desceu da parte inferior da nave e depositou dois vultos no gramado. Meu coração disparou. Aqueles alienígenas não estavam lá para passar as férias.

Tate se posicionou entre os dois aliens e Amy, segurando os ombros da filha e a puxando para trás de si. Amy esticou a cabeça na mesma hora, tentando ver com clareza o que estava acontecendo.

Um dos aliens caminhou na nossa direção. Sob as luzes da varanda dos fundos, pudemos ver que ele era baixo e magro, com a pele vermelha brilhante. Usava um uniforme preto com padrões geométricos contornados em branco sobre o peito. Ele curvou o corpo no que poderia ser uma saudação e depois, com um gesto do braço, apontou para o alienígena que vinha atrás. A cabeça do outro parecia um pedaço retangular de granito verde-limão apoiado bem em cima dos enormes ombros quadrados. O bloco que formava a barriga esticava o tecido do uniforme preto.

O pequeno alien vermelho falou:

— Apresentando o comandante Rezzlurr, da Força Policial Intergaláctica.

O enorme alien verde cruzou os braços e olhou para nós. Eu engoli em seco. Tate estufou um pouco o peito, ajeitando a postura, quase como se prestasse continência. Talvez o policial que ainda vivia nele conseguisse reconhecer a presença de um oficial de patente superior.

— Recebi um chamado de emergência desse planeta — resmungou o grande alien. O pequeno subalterno vermelho tirou um pequeno aparelho do bolso e apertou um botão. O holograma de um globo azul e verde girando apareceu no ar, ao lado de uma coluna de palavras que passava, revelando mais texto. O Comandante Rezzlurr olhou para o holograma.

— Dessa "Terra". Parece que vocês estão em perigo.

Foi a Vovó, é claro, que recuperou a fala primeiro.

— Nós *tivemos* uma emergência, mas já foi resolvida.

Ela deu um passo à frente para confrontá-los, enquanto o restante de nós observava.

— Sentimos muito por qualquer inconveniência, senhora — respondeu o alien vermelho.

O Comandante Rezzlurr deu de ombros.

— É uma galáxia grande.

— Bem, agora que finalmente estão aqui, pelo menos vocês podem ligar os transportadores outra vez. Fiquei incapacitada de manter meus negócios interestelares durante todo o tempo que ficamos esperando.

O enorme alien verde negou com a cabeça, o que deve ter sido difícil sem um pescoço.

— Antes que possamos fazer isso, precisamos conversar com o chefe de segurança — declarou.

— É protocolo oficial, senhora — explicou o alien vermelho.

— Chefe de segurança? Mas não tenho um chefe de segurança. Não tenho nenhuma segurança.

O comandante Rezzlurr gesticulou com a cabeça para o alien vermelho, que digitou alguns números no aparelho holográfico. O globo foi substituído por uma imagem da pousada da minha avó. Rezzlurr olhou para as palavras irreconhecíveis que passavam.

— Aqui diz que você tem esse estabelecimento há mais de quarenta anos. Passou todo esse tempo sem um chefe de segurança? Serei obrigado a registrar isso em meu relatório.

— Do que você está falando?

O alien vermelho apertou outro botão e citou o que estava escrito na nova coluna de palavras que passavam:

— De acordo com a lei estabelecida pelo Coletivo Interplanetário, todos os estabelecimentos que recebem transportadores devem ter pelo menos um chefe de segurança que trabalha ou fica à disposição na área 24 horas por dia. O desrespeito a essa regra pode resultar na suspensão ou perda permanente da Licença de Hotelaria Interestelar do estabelecimento.

— Você pode parar com as ameaças, por favor? Ninguém nunca se preocupou em me avisar sobre essa regra — retrucou Vovó.

— Sinto muitíssimo, senhora. É o protocolo. — O alien vermelho tirou uma caneta do bolso e a usou para escrever em sua máquina de holograma. Uma imagem de um formulário preencheu o ar à sua frente, e as palavras foram aparecendo enquanto ele escrevia na máquina. O comandante Rezzlurr ficou parado com os braços cruzados, parecendo não ter interesse algum nos procedimentos. — Precisarei juntar algumas informações para o relatório — falou o alien vermelho.

— Quando você pode abrir os transportadores de novo? — perguntou Vovó.

— Quando voltarmos ao quartel-general, arquivarei o relatório. Depois disso, um comitê de autoridades analisará os fatos e fará uma recomendação acerca do restabelecimento do sistema de transportadores. Se decidirem restabelecê-lo, um representante os visitará na próxima vez em que uma nave de serviço estiver na área. Há um espaço de tempo durante o qual você pode recorrer diante de qualquer decisão que...

— *Se* decidirem restabelecer? Levará anos até que isso aconteça!

— Se você tivesse contratado um chefe de segurança adequado, talvez a emergência tivesse sido evitada — respondeu, de forma seca. — Agora preciso de algumas informações. — Ele começou com os machos. — Nome?

Ele olhou para o alien alto e cinza.

— Harnox.

— Planeta e galáxia de origem.

— Shuunuu. Andrômeda.

— Obrigado. — A caneta balançava entre os dedos do alien vermelho, e as palavras se formavam no formulário holográfico. Ele olhou para mim em seguida. — Nome?

— Toquinho... quero dizer, David, David Elliott. Terra. Via Láctea.

— Obrigado. Nome?

O pai de Amy levou uma das mãos à cabeça, e acho que ele estava prestes a fazer uma saudação, mas desistiu.

— Tate. Robert Tate.

O enorme alien verde ficou com uma expressão estranha, olhando para o vazio e coçando a cabeça. Parecia tentar se lembrar de algo.

— Você precisa dizer seu planeta e galáxia de origem, pai — lembrou Amy.

Ele hesitou por um momento.

— Certo. Essa é a Terra, e ela fica na...

— Espere um minuto — resmungou o comandante Rezzlurr. — Você disse Tate? Robert Tate?

Tate confirmou com a cabeça, franzindo as sobrancelhas pela surpresa.

Rezzlurr tirou o aparelho de holograma da mão do alien vermelho e digitou bem depressa no console. O globo que girava reapareceu, com mais algumas palavras. O alien verde analisou o que estava escrito.

— Você informou uma aparição oficial ao Centro Nacional de Informações sobre OVNIs em... vamos ver... no ano terrestre de 1977?

Tate olhou para o restante do grupo, encabulado, então voltou os olhos para os sapatos.

— E você descreveu a nave como... Onde está?... Oh, sim, achei. "Um corpo triangular alado contendo um grande globo, voando em padrões de zigue-zague pelo céu do norte"? Foi você?

Tate tossiu e olhou rapidamente para nós mais uma vez.

— Isso me soa um pouco familiar.

Um enorme sorriso se abriu no rosto do comandante Rezzlurr.

— Aquela era uma nave de escravos de Arslag! — gritou. — Passei mais de um ano atrás dela, por todo o cosmos. Por fim, fiquei tão desesperado que comecei a checar relatos de OVNIs em planetas primitivos. Acabei chegando ao seu. Aqueles desgraçados arslaguianos estavam se escondendo por aqui, acharam que ninguém os procuraria num sistema solar tão minúsculo. — Rezzlurr deu um tapa animado nas costas de Tate. — Consegui encontrá-los com sua dica. Recebi minha primeira promoção logo depois. Excelente trabalho policial.

Tate sorriu, orgulhoso. Amy ficou radiante.

— Obrigado... senhor — respondeu.

— Ah, não, eu que preciso agradecer! Uau! Encontrar com Robert Tate, não consigo acreditar! Que universo pequeno, não é mesmo? Então, o que você faz aqui, Tate?

O sorriso do homem desapareceu.

— Bem, passei muitos anos como delegado, mas recentemente... me aposentei.

— Um agente da lei? Excelente. E você diz que se encontra em um estado de autodesativação? Melhor ainda?

Tate limpou a garganta.

— Bem, minha filha e eu vamos nos mudar em breve para...

— Vou direto ao assunto, Tate — interrompeu Rezzlurr. — Você consideraria a possibilidade de voltar à ativa? Por uma boa causa?

Tate olhou para Amy, que sorriu para ele, radiante, então voltou a olhar para Rezzlurr.

— Estou ouvindo.

O enorme alien verde se virou para minha avó.

— Acho que encontramos seu novo chefe de segurança.

Minha avó sacudiu a cabeça.

— Oh, não. Acho que não.

Rezzlurr a ignorou.

— O que você acha, Tate? Gostaria de se tornar um membro oficial da Força Policial Intergaláctica?

O comportamento de Tate era totalmente profissional.

— De que tipo de salários e benefícios estamos falando, senhor?

O alien vermelho se intrometeu.

— Você terá acesso ao melhor plano de saúde do universo. Se algum dia precisar de cuidados médicos, pode apenas se transportar para um dos centros médicos em...

— Isso mesmo — continuou o comandante Rezzlurr. — Você não terá que se submeter às técnicas primitivas dos açougueiros desse planeta, nunca mais. Medicina de ponta, oficial Tate. Isso deve duplicar sua expectativa de vida por aqui.

Vovó tinha uma expressão impaciente ao ouvir aquilo.

— E tem duas semanas de férias a cada trimestre — continuou o alien vermelho. — Se desejar, uma vez por ano terá direito a uma viagem com todas as despesas pagas para qualquer planeta tropical na galáxia de Adzerathon. Eles oferecem as melhores...

— As damas de lá são uma loucura — interrompeu Rezzlurr, cutucando Tate nas costelas com o cotovelo. — Milhares de espécies de todos os cantos, para todos os gostos e...

Tate limpou a garganta mais alto e olhou para Amy ao seu lado.

— Acho que entendi o que vocês querem dizer.

Então fitou o chão. Todos nós o observamos, esperando. Amy segurou a mão do pai.

— Então... esse seria um trabalho de um verdadeiro agente da lei? — perguntou.

— Senhor — começou o pequeno alien vermelho, muito sério —, seria o trabalho de agente da lei mais importante do planeta.

Tate olhou novamente para Amy, que apertou sua mão com força. Então olhou para os aliens.

— Estou pronto, disposto e capaz.

— Ele será perfeito — anunciou o grande alien verde para minha avó. — O Coletivo gosta que o pessoal de segurança seja nativo. Ainda mais em postos primitivos.

Vovó sacudiu a cabeça outra vez.

— Sinto muito. Não precisamos de segurança por aqui.

O comandante Rezzlurr franziu a testa.

— É mesmo? Achei que tinham sido *vocês* que nos chamaram por causa de uma emergência importante.

O pequeno alien vermelho se intrometeu.

— Senhora? Contratar um especialista de segurança aprovado significaria que poderíamos abrir os transportadores imediatamente.

O comandante Rezzlurr e Tate sorriram. A semelhança em suas expressões era um pouco perturbadora. Todos nós, tanto humanos quanto aliens, olhamos para minha avó e esperamos a resposta. Ela cruzou os braços e bufou.

O Sr. Harnox se curvou na direção dela.

— Sinto muito, mas... você me disse várias vezes... que todas as criaturas do universo merecem uma chance... que todos têm a bondade dentro de si. — Ele colocou a mão no ombro da minha avó. — Esse homem não é uma criatura assim?

Minha avó olhou para Tate com raiva.

— Ele é uma criatura, com certeza.

Olhei para Amy.

— Se seu pai conseguir o emprego, você poderia ficar aqui. — Amy confirmou com a cabeça, com um sorriso esperançoso se formando nos lábios. Eu me virei para a minha avó. — Ela ama isso aqui, Vovó. Não só Forest Grove, mas a sua pousada. *Especialmente* a sua pousada.

Vovó olhou para Amy, então para o Sr. Harnox e, depois, para mim.

— Parece que fui voto vencido — declarou.

Então respirou fundo e voltou a atenção para o antigo delegado.

— Duas condições, Tate — disse ela, finalmente. — Um: você não vai, em hipótese alguma, assustar ou atormentar meus hóspedes. Entendeu?

Tate deu de ombros, então fez que sim com a cabeça.

— Bom. E dois: meu neto vai embora em pouco tempo e precisarei de mais ajuda. Não é como se eu pudesse colocar um anúncio para divulgar o emprego. Se você assumir como chefe de segurança, vou precisar que sua filha fique com o trabalho dele.

Amy soltou um grito esganiçado.

— Sério? Você quer isso mesmo?

— Quero dizer, se você aceitar, é claro.

— Eu adoraria! Obrigadaobrigadaobrigada! — Ela deu um abraço apertado na minha avó, e as duas giraram na grama, rindo. Amy estava radiante. — Tenho tantas boas ideias para esse lugar. Não posso esperar para compartilhá-las com você!

Vovó segurou o rosto de Amy entre as mãos.

— Mal posso esperar para ouvi-las, querida.

Amy não conseguia parar de sorrir. Ela estava me abraçando, me apertando com força contra seu corpo. Olhei de relance para Tate. Ele levantou uma sobrancelha, mas o comandante Rezzlurr já o levava na direção da espaçonave.

— Você gostaria de fazer uma visita à minha nave, oficial? É um modelo de última geração.

Tate se virou para seguir o comandante.

— Com certeza.

O alien verde passou o braço sobre os ombros de Tate e gesticulou na direção da nave.

— Você vai adorar essa belezinha. É uma verdadeira delegacia voadora, e muito mais. Tem um arsenal extenso e uma prisão de segurança máxima. Além de um hospital de ponta e água e comida suficientes para vivermos durante anos. Na próxima vez...

Tate parou.

— Amy, gostaria de vir conosco? É o tipo de coisa que você deve gostar de ver, não é mesmo?

— Siiiim! Obrigada, pai. Eu adoraria. — Ela se virou para mim. — E obrigada, Toquinho, pelo melhor verão de todos os tempos.

O rosto dela estava tão animado que não pude evitar retribuir o sorriso.

— De nada. E eu meio que acho que me chamam de *David*, agora.

— Está ótimo por mim — respondeu, e então me beijou na frente de todo mundo.

Ela se afastou e olhou para mim com os olhos brilhando. Tate podia estar me fuzilando com o olhar, mas não virei para ele, nem mesmo me importei. Soltei o ar e senti como se aquela fosse a primeira vez que o fazia desde a noite que a multidão enfurecida se reuniu em frente à pousada. Tudo ficaria bem: minha avó voltaria a cuidar de seus negócios, e Amy poderia ficar e aprender sobre alienígenas em primeira mão.

Mas, enquanto Amy sorria para mim, também senti uma tristeza me inundar. Tudo podia estar ótimo... mas eu não ficaria aqui para desfrutar de nada daquilo. Sabia que era egoísmo me sentir daquela forma, mas não conseguia evitar. Tentei empurrar aqueles sentimentos para baixo e apenas ficar feliz por eles.

Amy apertou minha mão com força mais uma vez, então a soltou e seguiu o pai.

— Tchau, David! — gritou por cima do ombro, e então correu para se juntar a Tate.

Ele estava caminhando ao lado do comandante Rezzlurr, que continuava dando as orientações enquanto se dirigiam à espaçonave.

— Bem, a parte mais importante do trabalho será identificar aliens fora da lei. Se um deles foge da prisão, é comum procurar abrigo num planeta primitivo antes de conseguirmos fechar os transportadores. Precisamos que você...

A voz dele foi sumindo enquanto o trio desaparecia dentro da nave gigantesca.

Apenas nós três permanecíamos no gramado. O Sr. Harnox deu um abraço em Vovó.

— Obrigado por todas as coisas e tudo mais — disse. — Estou pensando em seguir os passos deles.

— Está? — perguntou ela.

— Sim. Reconheço aquela espaçonave. Esses policiais passam perto do meu planeta. Vou pedir para eles me darem uma carona.

Vovó sorriu, e seus olhos ficaram embaçados.

— Você precisa voltar para casa — concordou.

O Sr. Harnox balançou a cabeça e retribuiu o sorriso.

— Obrigado por me acolher tão bem na sua Terra. Eu viajo muito, e você é a criatura mais bondosa e generosa que já conheci.

— Obrigada, querido.

— Você acha possível eu retornar algum dia?

— Isso seria adorável.

Eles se abraçaram mais uma vez, então o Sr. Harnox apertou minha mão.

— Adeus, pequeno homem. Obrigado a você também.

— Obrigado por ser tão bom para a minha avó — falei. — E por jogar basquete comigo.

O Sr. Harnox sorriu e levantou as mãos sobre a cabeça, como se estivesse defendendo. Eu fingi que quicava uma bola de basquete e girei na direção dele, soltando aquele belo arremesso de meio-gancho.

— Arremessou, caiu! — gritei. O Sr. Harnox riu e bateu palmas com as longas mãos cinzentas. — Essa jogada me ajudará a ganhar a posição de armador nesse outono, posso sentir. Obrigado de novo. — O alien alto e cinza esticou o braço e, dessa vez, não hesitei em apertar sua mão. — Tchau, Sr. Harnox.

— Adeus.

Ele se afastou e entrou na espaçonave. Vovó e eu ficamos no gramado, observando tudo aquilo.

Ela se virou para mim.

— Você está bem David? — Confirmei com a cabeça. Eu não confiava em mim mesmo para falar. Vovó olhou bem para o meu rosto. — O que houve?

Dei de ombros.

— É que eu só... eu vou sentir muitas saudades desse lugar, sabe?

— Vamos sentir saudades suas também, mas você vai voltar.

— O que quer dizer?

— Você volta no próximo verão, não é mesmo?

— Posso? — perguntei. — Quero dizer, você tem dois empregados agora. Tem... tem certeza de que quer que eu volte?

Vovó colocou as mãos em meus ombros.

— E se houver outra emergência? Nunca conheci alguém tão engenhoso quanto você. Precisamos de você por aqui. Quero que nos visite sempre que tiver vontade. — Ela sorriu. — Na verdade, mesmo se não tiver vontade, é melhor voltar. Ouviu?

Um peso saiu de cima do meu peito. Eu a abracei.

— Obrigado, Vovó.

Ela olhou para a espaçonave gigantesca. Mas eu olhava para A Pousada Intergaláctica. A casa era um portal para destinos espetaculares em todo o universo.

Mas, de todos os bilhões de lugares para onde ela podia levar, eu tinha encontrado o que mais gostava.

# EPÍLOGO

**Eu me sentei no** terminal do aeroporto e tirei o laptop da minha bagagem de mão. Meu voo para casa estava uma hora atrasado, e eu pretendia aproveitar cada minuto da primeira conexão com a internet que tinha em mais de dois meses.

Quando coloquei a mão na bolsa para tirar o cabo de força do computador, um envelope branco caiu. Eu o abri e peguei o bilhete que estava dentro dele.

Querido David,

Percebo agora que nunca discutimos o salário de seu emprego de verão ímpar. Peguei todas as moedas alienígenas da gaveta em seu quarto e as darei ao comerciante na próxima vez que ele passar por aqui. Usando a taxa de câmbio, incluí no envelope um cheque que acho que se aproxima da soma correta.

Sentirei saudades todos os dias. Por favor, escreva para a sua velha avó de vez em quando. Garantirei que o quarto esteja pronto para o seu retorno.

Até lá, que as luzes celestiais do cosmos sirvam todas as noites como uma lembrança de todas as novas amizades que você fez nesse verão.

Intergalacticamente sua,

Vovó

Peguei um cheque no envelope e o desdobrei. Então quase o deixei cair no chão. Eram muitos zeros.

Quando terminei de imaginar todas as coisas que poderia comprar com o salário do meu emprego de férias, dobrei o cheque e o guardei num compartimento secreto na carteira. Então voltei ao computador.

Naveguei pela lista de favoritos, que incluíam alguns fóruns de esportes e alguns sites de humor. Mas... eles pareciam meio sem graça. Percebi que eu não tinha sentido muita falta daquilo, no fim das contas.

Então entrei na minha conta de e-mail. Apaguei todo o lixo e encontrei uma mensagem de verdade.

> Olá,
>
> Acabei de voltar a Tampa e estou feliz de você estar chegando em casa. Será ótimo vê-lo outra vez. Você chegará à cidade alguns dias antes de sua mãe, e acho que isso é bom. Nós dois temos muito o que conversar, e acho que talvez seja melhor se fizermos isso em particular, pelo menos num primeiro momento. Talvez possamos ir de carro até Orlando e conversar no caminho. Ou você prefere só jogar basquete no quintal enquanto colocamos o papo em dia? Você decide. De qualquer forma, será bom passarmos algum tempo juntos.
>
> Até logo,
>
> Papai

Sim, seria muito bom vê-lo. Tenho o pressentimento de que não teremos problemas em deixar a conversa mole de lado de agora em diante.

Comecei uma nova mensagem de e-mail.

Ei, Tyler,
Sabe qual é esse gosto amargo no fundo de
sua garganta? Não? Deixe-me lhe contar. É o
gosto da DERROTA. É isso mesmo, porque fui eu
quem ganhou o Desafio Colossal de Verão. Agora
você sabe como é que é

Parei de digitar à medida que as lembranças daquela noite na floresta voltaram. Agora que tudo estava resolvido na pousada da Vovó, eu podia me concentrar nas partes boas. Foi um dos melhores momentos da minha vida. Tudo tinha sido perfeito. (Tirando, vocês sabem, os alienígenas fugitivos.)

Apertei APAGAR. Aquele momento era apenas meu e de Amy.

Recomecei.

Ei, Tyler,
Volto hoje, estarei em casa mais tarde. Ligo
para você amanhã. Deveríamos nos encontrar.
Ainda faltam alguns dias antes de as aulas co-
meçarem, não é mesmo? E, por falar na escola,
acho que deveríamos parar de zombar do povo
do Clube de Ficção Científica e Fantasia esse ano.
Talvez eles saibam de algo que

Apertei APAGAR outra vez. Tyler nunca mudaria. Eu teria que tomar minhas próprias decisões na escola e, se ele não gostasse... Bem, tenho certeza absoluta de que eu conseguiria fazer novos amigos.

Ei, Tyler,

Não consegui jogar muito basquete esse verão. Mas quer saber? Não importa. Mesmo assim vou ficar com a posição de armador titular. Você pode ter ido a todas as clínicas e torneios, mas o Treinador disse que estava atrás de liderança. Imagino que você não tenha se aprimorado muito nesse aspecto frequentando a piscina durante todo o verão, babando pela Amanda Peterson e suas amigas. Meu conselho? No próximo verão, arrume um emprego.

Vejo você na quadra.

David

Sorri e apertei ENVIAR.

# AGRADECIMENTOS

**Toda vez que lia** os agradecimentos de um livro, eu pensava: por que esse autor tem uma lista tão incrivelmente grande de pessoas para agradecer? Escrever não é uma atividade bastante solitária?

Então tentei escrever um livro e publicá-lo. Portanto, aqui está minha lista incrivelmente grande de pessoas que eu gostaria de agradecer:

Meus pais, por não fazerem o filhinho criativo demais se sentir esquisito toda vez que o pegavam conversando sozinho no quarto enquanto criava histórias. (E, vocês sabem, meio que atuar nos diálogos, fazer gestos com as mãos e todas essas coisas.)

Meus primeiros leitores, Myra "(sniff) estou tão orgulhosa de você, querido" Smith e Tyler "Hmmm... qual é a de toda essa coisa tipo Nárnia?" Robbins, por estarem comigo desde o primeiro dia dessa aventura maluca.

Minhas filhas, Logan e Cameo, por todas as risadas e carinhos. E por, de vez em quando, saírem de meu quarto de escrever. E também por invadirem meu quarto de escrever, pularem em meu colo e me interromperem completamente. Preciso disso de vez em quando.

Toda minha família estendida, por todo o apoio. Meus santos padroeiros, Ginger e Carter, além dos maravilhosos baby-sitters Cindy e Joe, GG e o clã dos Johnson (Brian, Cameo, Finnigan, Clayton e Barrett).

Minha amiga Sam, uma bibliotecária genial, pelas recomendações de livros e momentos divertidos.

O autor premiado Terry Trueman, cuja habilidade incrível para escrever é superada apenas por sua bondade e generosidade.

Meu agente, George Nicholson, pelo melhor conselho que já recebi. E também Erica Silverman, Marcy Posner, Ira Silverberg, Kelly Farber e todos na Sterling Lord Literistic.

Jacqueline Byrne e Leah Hoyer, as primeiras pessoas que demonstraram interesse profissional em meu trabalho. Seu encorajamento significou muito para mim.

Todos no programa de pós-graduação em Redação para Crianças e Jovens Adultos na VCFA, em especial meus conselheiros Uma Krishnaswami, Margaret Bechard e Martine Leavitt. E também as pessoas na minha primeira oficina, além de meus companheiros de Sweet Dreams and Flying Machines (obrigado pela edição relâmpago, Jessica, Linden e Mima!).

A incrível autora Rita Williams-Garcia, que ajudou muito com esta história durante o primeiro semestre (e não riu quando contei em que eu trabalharia).

Meu companheiro de escrita, o excelente autor infantil Royce Buckingham, por falar de negócios enquanto comíamos o combinado especial de almoço no House of Orient.

O agente de cinema Jody Hotchkiss, por excelentes conselhos editoriais e muito apoio, junto de toda a equipe na Hotchkiss and Associates.

Os produtores David Hoberman, Todd Lieberman e Albert Page. Por gostarem de alienígenas.

A incrível equipe da Disney-Hyperion Books for Children e da Disney Publishing Worldwide, incluindo Jeanne Mosure, Hallie Patterson, Jennifer Levine, Jennifer Crowell e Tyler Nevins.

Minha maravilhosa editora, Stephanie Owens Lurie. Por tudo. Acho que a capa deste livro deveria conter "Por Clete Barrett Smith e Stephanie Owens Lurie". (Será que todo escritor se sente assim? Ou apenas os sortudos?)

Mais importante, eu gostaria de agradecer a vocês, leitores. Não importa se compraram este livro, o pegaram emprestado na biblioteca, baixaram ou impediram que ele juntasse mofo na garagem de alguém. Independente da forma como colocaram as mãos nele, eu lhes agradeço. Fico muito feliz em compartilhar minha história com vocês.

(Espere, quase me esqueci. Qual é o contrário de agradecer? Maldizer? Se é isso, então eu os amaldiçoo, vídeos virais e palavras cruzadas on-line. Eu os amaldiçoo por gastar tantas das minhas horas de escrita. Nunca mais deixarei que seus charmes me levem a um transe completamente improdutivo. Vocês sabem, a partir de amanhã.)

Este livro foi composto na tipologia Minion Pro,
em corpo 11,5/15, e impresso em papel off-white
no Sistema Cameron da Divisão Gráfica
da Distribuidora Record.